The Painted Veil

面纱

[英]威廉·萨默赛特·毛姆 —— 著
姜向明 —— 译

陕西师范大学出版总社

图书代号：WX17N0712

图书在版编目（CIP）数据

面纱 /（英）威廉·萨默赛特·毛姆著；
姜向明译．—西安：陕西师范大学出版总社
有限公司，2017.10
　　ISBN 978-7-5613-9327-7

　　Ⅰ.①面… Ⅱ.①威… ②姜… Ⅲ.①长篇小说—
英国—现代 Ⅳ.① I561.45

中国版本图书馆CIP数据核字（2017）第137536号

面纱
MIAN SHA

[英]威廉·萨默赛特·毛姆 著　姜向明 译

责任编辑	焦　凌
责任校对	王西莹
特约编辑	简　雅　周欣祺
装帧设计	COMPUS·道辙
出版发行	陕西师范大学出版总社
	（西安市长安南路199号　邮编710062）
网　　址	http://www.snupg.com
经　　销	新华书店
印　　刷	山东临沂新华印刷物流集团有限责任公司
开　　本	880mm×1230mm　1/32
印　　张	7.5
字　　数	170千
版　　次	2017年10月第1版
印　　次	2017年10月第1次印刷
书　　号	ISBN 978-7-5613-9327-7
定　　价	36.00元

读者购书、书店添货或发现印装有问题，请与营销部联系、调换。
电　话：(029) 85307864　85303629　　传　真：(029) 85303879

译者序

毛姆的独角戏

威廉·萨默赛特·毛姆是著名的英国作家，名气响到我无须在这里介绍其生平的程度。在翻译这本《面纱》之前，我曾在20年前译过他的一部短篇集《在中国屏风上》。那是我第一次翻译毛姆先生的作品，也是我第一次尝试着翻译文学作品。幸运的是，我的这第一部译稿遗失在了日本，如果它至今还保留着，估计我会因那时自己的幼稚且胆大的翻译而羞愧死的。根据我的浅识，毛姆只写过《在中国屏风上》和《面纱》这两本以中国为背景的作品，而我有幸都翻译过了。如此说来，我和毛姆先生也算有那么一点缘分。

《面纱》可说是一本淋漓尽致地展现毛姆先生写作才华的书。众所周知，毛姆原本是学医出身的，也许正是这样的经历造就了他冷静、客观、犀利、嘲讽的文风，这一点和鲁迅先生颇为相似。毛姆自己也曾说过，在旅游中他感兴趣的不是风景，而是遇见的形形色色的人。因此，《面纱》也毫无例外，通过对人的细致观察，通过抽丝剥茧式的心理刻画，他写活了书里的基蒂这个女主角。读完全书，你会觉得基蒂就像你身边的某位女性，尽管她是个西方人。可以毫不夸张地说，

I

毛姆在本书里对女性心理、女性形象的描摹甚至超越了大多数女性作者。我觉得，这本书就是基蒂一个人的独角戏，其他的人物和风景，全都是塑造这一人物的陪衬。从这点上说，毛姆的这本书是成功的，因为基蒂这个人物完全可以和包法利夫人、查泰莱夫人、达洛维夫人等等女性并列在世界文学的经典人物之林。

　　为什么说基蒂就像你身边的某一位女士呢？因为她是那么真实，她身上聚集了无数女性的特点。毛姆对这些特点的描写手法几乎接近自然主义，也就是说既不美化也不丑化，而是如实地描写出一个活生生的女性。基蒂是个矛盾重重的女人，她的虚荣心极强，喜欢光鲜的外表，喜欢有滋有味的生活，但她骨子里仍是个善良的女人，有同情心，有理解力。我觉得毛姆写得最妙的地方是：当基蒂经历了失败的婚外恋，看清了查理这个花花公子的真面目后，别说恨这个男人，就连把他忘掉、不再爱他都很难做到。当她从疫地回到香港再次与查理相逢时，她又一次屈服于自己的情欲，但事后又有清醒的认识，对自己的懦弱和无能痛恨无比。而对她的丈夫呢，虽然他俩之间几乎没有任何沟通交流，但通过别人对她丈夫的评价以及她丈夫的一些行为，她认识到自己的丈夫是一个有责任心、有担当的难能可贵的君子，但她依旧无法爱上这个人，因为她丈夫生性沉默寡言，不善与人沟通，是一个相处起来比较无趣的男人。基蒂在最后只是希望得到丈夫的谅解而已，而且这种希望里面有一大部分还是为了她丈夫的缘故，因为她觉得只有她丈夫原谅了她，自己才能获得解脱，获得内心的安宁。这也许正是根据该小说改编的电影的最大败笔——电影里的基蒂最终爱上了自己的丈夫，从而落入了"我爱你因为你是个好人"的常理式的俗套。这就是真实的人，矛盾重重、充满弱点、举步维艰的人，生活的面纱也许会在一瞬间揭开，让我们看见一眼真相，但是看见真相后，我们不过是感觉自己"焕然一新""充满力量"而已,并非是真正变得强大了多少。

与真实的人物描写相比,故事里的中国背景则显得极其模糊、虚幻,包括寥寥无几的几个中国人的形象,也显得极其生硬、概念化。每当读到这些地方,我都会有一种挥之不去的感觉:毛姆先生对中国和中国人完全缺乏了解,甚至也没有多少兴趣去了解。不过,就像我前面说的,这些人物和风景全都是陪衬而已,你完全可以忽略掉它。要写这些故事、这些人物,毛姆完全可以将它放置到任何国家、任何地方,而且丝毫不会影响到他讲故事的能力。因此,如果西方人想要通过毛姆的作品来了解中国,那结果我想只能是误入歧途了。虽然他写到了中国,但其实令他感兴趣的依旧是在中国的外国人的境遇及其想法。

《面纱》是一个人的单线故事,关于一个人的心理变化的故事,关于一个人从愚昧走向成熟的成长故事。这也是本书的精华所在,因为毛姆对人性及女性心理的深刻挖掘、真实书写,使得这部作品获得了许多人的共鸣,也使得这本书不仅风靡一时,且跨越时代经久不衰。

最后,我想简单地说说翻译毛姆的事。我相信,翻译过毛姆的译者都会有一种感觉,那就是毛姆的文字貌似简单平实,但其实译起来一点都不容易。而且,我有种特别强烈的感觉,就是原文越是平实越是简短的地方越难翻译。我想,那是因为毛姆的文字来自典型的西方思维,来自典型的西方书写习惯,因此要将这样的文字迻译为与西方文字几乎有天壤之别的中文是极不容易的一件事。至于我的翻译究竟能表现出多少原汁原味的毛姆,这个我自己是不能说的,只能看读者们自己的判断了。我只是希望我的译笔没有糟蹋掉毛姆的这本精彩之作,阿门!

又及:关于本书的书名译法,就我查找到的资料来看,以前共有两种:《面纱》和《彩色的面纱》。两者比较来说,我自然更喜欢《彩色的面纱》。因为《面纱》把原文里的"painted(彩色的)"一词遗漏或者说省略了,而我认为该词是很关键、不能省略的一个词。但是,我对"彩色的面纱"这一译法也不太满意,因为就我的私见,这里的veil一词应该是个宽泛的概念,可以指任何遮盖物,并不一定特指"面纱"。直到我找到了江枫老师翻译的那首雪莱的《十四行诗》,才豁然开朗,我打心底里感谢江枫老师,"彩幕"才是我心里觉得"最合适的"一个译法,因为作为书名来说它既准确又简洁。[1]

---

1 为避免读者误解"彩幕"和"面纱"是两部不同的作品,本书仍旧沿用通行的译名《面纱》。——编者注

"……活着的人们称之为生活的彩幕。"1

---

1 引自雪莱写于 1818 年的一首《十四行诗》:不要掀起那活人称之为生活的彩幕,/虽然描绘着的是一些不真实的图形,/只不过是用漫不经心的色彩的涂布/模拟我们愿意信以为真的一切情景;/幕后有孪生的命运——希望和恐怖,/不断在无形的凄凉深渊上编织他们/自己的投影。我知道有人曾掀起过,/要寻找目标献出爱情,他迷惘的心/温柔,但是,不幸,他,一无所获。/那里也没有这世界所能容纳的任何/他能称许的事物;他穿过冷漠人群,像亮斑落在幽暗的舞台上,像明辉/陷入阴影,像努力追求真理的精灵,/像那传道者,也未能找到它的踪影。(江枫译)

前言

本书的创作灵感来源于但丁的以下几行诗句:

Deb, quando tu sarai tornato al mondo,

E riposato della lunga via,

Sequito il terzo spirito al secondo,

Ricorditi di me, che son la Pia:

Siena mi fè; disfecemi Maremma:

Salsi colui, che, innanellata pria

Disposando m' avea con la sua gemma.

"祈祷吧,当你回到人世,休息吧,在漫漫旅途之后,"第三个精灵跟在第二个后面说,"记住我,我是皮娅:锡耶纳养育了我;马雷马毁了我:和我订婚后给我戴上戒指的他知道这个。"

那时我在圣托马斯医院实习,复活节给了我六周的假期。我往格莱斯顿旅行包内装入衣物,往口袋里塞了二十英镑,就上路了。当时我年方二十。我去了热那亚、比萨,之后又去了佛罗伦萨。我在劳拉街租了一间房,从它的窗口能看见大教堂美丽的穹顶,房东是一位寡妇,有个女儿,每天的食宿费是四个里拉(在一连串的讨价还价后定下来的)。我恐怕她从这桩交易里赚不到多少便宜,因为我的食量惊人,我可以毫不费劲地一口气吞下一座通心粉的高山。房东太太在托斯卡纳山上有一座葡萄园,在我的记忆里,她给我喝的产自那里的基昂蒂红酒是我在意大利喝过的最好的酒。她女儿每天都给我上意大利语课。那时我觉得她已经相当成熟,但我猜她的年龄不会超过二十六。她有过不幸的遭遇。她的未婚夫是一名军官,在阿比西尼亚[1]阵亡了,留下了她这个圣处女。等到她母亲去世后(她是个高大的、开朗的白头发大妈,在我们慈爱的上帝定下的死期之前,她是绝不会提前一天死掉的),艾西利娅就会去做修女,这是明摆着的事。不过,她满心欢喜地期待着这一天的到来。她喜欢开怀大笑。午饭和晚饭时,我们总是相处愉快,不过她教书很认真,每当我不开窍或思想开小差时,她就会用一把黑尺敲我的指关节。我本来应该为她用这种像管教小孩的方式对我而感到生气,但我联想到在书本上看到过的那些老学究,反而笑了起来。

　　那时我很辛苦。我的每一天都从翻译易卜生戏剧的一些片段开始,我通过翻译来掌握写作的技巧,来流畅地书写对话。做完翻译后,我便带上拉斯金的书,去欣赏佛罗伦萨的美景。看了拉斯金在书中对乔托的钟楼及吉贝尔蒂的青铜门所做的介绍,我也对它们献上了一番赞美。我对乌菲兹美术馆里的波提切利表达了恰到好处的热情,出于我当时的年少轻狂,还对大师不满意的那些作品冷冷地转过背去。午饭

---

[1] 埃塞俄比亚的旧称。

后我上意大利语课，然后再次出去参观教堂，沿着阿诺河像白日做梦般地闲逛。吃完晚饭后，我就出去寻找刺激，但因为我的天真，或者至少说是因为我的腼腆，我回到家总是和出门时一样纯洁无瑕。尽管房东太太给过我一把钥匙，但每次听到我进门后锁上门闩，她都会发出一声宽下心来的叹息，因为她老是担心我会忘了上锁。回到家后，我就继续专研教皇派和保皇派之间的斗争史。我痛苦地意识到，浪漫时代的作家们绝不会像我这样过日子，尽管我怀疑他们靠二十英镑在意大利连六个礼拜都维持不下去，但是，我还挺享受这种严肃、刻苦的生活。

我已经读过了《地狱篇》（在翻译版本的帮助下，不过对那些生词我还是会积极地去查字典），于是艾西利娅就直接教我读《炼狱篇》。在我们读到我在上文里引用过的那几行诗时，她告诉我皮娅是一位锡耶纳的贵妇，她丈夫怀疑她背叛了自己，但由于她的家庭背景而不敢弄死她。于是，他把她关进了他在马雷马的城堡里，他相信城堡里的恶毒空气能够置她于死地，但是过了很长时间她依然安然无恙，他终于失去了耐心，就把她从窗口扔了下去。我不清楚艾西利娅是怎么知道这个故事的，我手头的这本里但丁并没有这么详细的注释，但这个故事还是激发起了我的想象力。这故事一直在我的脑海里打转，多年来它都会时不时地来骚扰我两、三天。我常常会自言自语地反复吟哦这两句诗：锡耶纳养育了我，马雷马毁了我。但那只是占据了我的思想的许多主题之一，而且我在很长一段时间里都淡忘了这一主题。我当然把它视为是一个现代的故事，可我想不出在当今世界里我该为它设定一个怎样的背景才能使它成为可能。直到我去中国做了一次漫长的旅行，我才找到了合适的背景。

我想这是我写过的以情节而非人物来推动发展的唯一小说。人物和情节之间的关系是很难解释的。你不可能把人物设定在一个真空的环境里；你一想到人物，就会同时想到此人在某种情境里做着某类事情；所以，在构思人物时，你至少会凭借想象同时考虑好这个人的主要行为模式。不过，本书中的人物是我根据情节的逐步展开而选择的；他们的原型都来自我长期以来在不同的地方认识的一些人。

我在写作本书时也遭遇到了作家们常常会碰到的一些困扰。我本来给我的男女主人公定下的姓氏为莱恩，一个极其普通的姓，但后来知道了原来在香港有许多人都姓这个姓。他们提起了诉讼，连载我这本小说的杂志社的老板花了二百五十英镑才摆平此事，然后我把主人公的姓氏改为费恩。之后，又冒出了殖民政府的助理秘书，他觉得我在书里诋毁了他的形象，威胁说要开始走法律程序。我非常吃惊，因为在英国我们可以把首相搬到戏剧舞台上，或者把他用作小说里的出场人物，坎特伯雷的大主教、上议院的大法官、政府部门的高官什么的都不会在意这种事情。我觉得不可思议，政府里的这么一个临时的七品芝麻官竟会觉得我的小说是在有意冒犯他，不过为了省得麻烦，我把香港改写为一个虚构的地名：清延[1]。在发生此事的时候，本书已经出版，只得要求召回。不过，仍有许多狡猾的评论家以各种各样的理由拒绝了退换。如今，这批书具有了藏书意义上的价值，我估计其数量大约在六十本上下，收藏家会出高价收购它们。

威廉·萨默赛特·毛姆

---

1 原注：在本书中，清延已被还原为香港。

1

她发出一声惊呼。

他问道:"怎么啦?"

尽管关着百叶窗的房间里一片漆黑,他还是从她的脸上看到了一丝突如其来的恐惧。

"刚才有人在转动门把。"

"嗯,也许是女仆吧,或者是哪个男仆。"

"他们从不会在这个时间来打搅的。他们知道我午餐后要睡觉。"

"那还会是谁呢?"

她颤抖着嘴唇低语道:"沃尔特。"

她手指着他的鞋。他费劲地穿鞋,不过她的紧张影响到了他,他变得笨手笨脚的,再加上,他们刚才正处于热情似火的阶段。她烦躁地微微叹了一口气,把鞋拔递了过去。她穿上睡袍,光着脚走到梳妆台旁边。她拿起梳子,整理起一头凌乱的短发,而他刚系好一只皮鞋的鞋带。她把大衣递给他。

"我怎么出去呢?"

"你最好等一下。我先看看外面有什么动静。"

"不可能是沃尔特。他五点前不会离开实验室的。"

"那会是谁呢?"

此时，他们在低声细语。她在发抖。他突然想到一旦遭遇紧急情况她一定会丧失理智，这使他觉得恼火。如果这里不安全，那她为什么要见鬼的说安全呢？她屏住气，一只手拉住他的胳膊。他跟随着她的目光，他们面向窗户站着。窗户外是游廊，百叶窗拉着，还上了插销。他们看见白瓷的球型把手在缓缓地转动。他们刚才没听见游廊上有脚步声。看着门把无声地旋转，令他们毛骨悚然。一分钟过去了，依旧鸦雀无声。接着，他们看见另一扇窗户的白瓷球把手也转动起来，同样的无声、诡异、恐怖，如超自然的魔力。基蒂已经吓得六神无主，张开嘴就要大叫。不过，他看见她的样子，赶忙去捂她的嘴，于是她的喊声窒息在了他的手掌中。

寂静。她倚在他身上，膝盖不住地打战，他担心她会晕倒。他皱着眉头、咬紧牙关把她抱到床边，让她在床上坐下。她的脸色像床单一般苍白，尽管他是个肤色黝黑的人，可此时他的脸颊也一样苍白。他站在她旁边，用好奇的目光凝视着白瓷的球把手。他们一言不发。然后，他看见她哭了起来。

"看在老天的份上，别哭了。"他烦躁地嗫嚅道，"如果注定要出事，那就让它出事好了。我们只要死不承认就好了。"

她寻找手绢，他知道她要什么，就把她的包递了过去。

"你的遮阳帽呢？"

"我把它放在楼下了。"

"哦，我的天！"

"我说，你一定要振作起来。那百分之九十九不是沃尔特。他干吗要在这个时间回来呢？他从来不会在中午回家的，是不是？"

"是的。"

"我们随便赌什么都可以，那肯定是仆人。"

她给了他一个忧郁的微笑。他那醇厚、温柔的话语使她放下心来,她激动地握住了他的手。他停了一会,等她恢复镇定。

"听我说,我们不能一直待在这儿。"他说,"你现在可以到外面的游廊上去看一看了吗?"

"我觉得头重脚轻。"

"你这儿有白兰地吗?"

她摇了摇头。他的眉心突然起了皱褶,感觉越来越不耐烦,他也不清楚该怎么办。突然,她更紧地抓住了他的手。

"要是他等在外面怎么办?"

他强作笑容,话语里保持着温柔和哄骗的音调,这正是他想要达到的全部效果。

"那不太可能吧。拿出一点勇气来,基蒂。怎么可能是你丈夫呢?如果他回来,看见客厅里有一顶陌生人的帽子,然后上楼发现你的房门锁着,那他一定会采取某种行动的。肯定是佣人。只有中国人才会那样转动把手。"

现在,她确实坦然些了。

"即便是女仆,这也不是一件令人愉快的事。"

"可以收买她,如果确有必要,我会用上帝来吓唬她。做政府官员没多大好处,不过在碰到困境时总能化险为夷。"

他说的没错。她站了起来,张开双臂向他转了过去,他搂住她,吻她的唇。如此强烈的激情,简直像受难。她对他无限仰慕。他放开她,她走到窗边。她解开插销,微微打开百叶窗,往外面看,没有人影。她悄悄地跑上游廊,朝她丈夫的更衣室里瞧了瞧,接着又看了看她自己的起居室。都没有人。她返回卧室,挥手让他过来。

"没人。"

"估计那只是幻觉吧。"

"别笑呀。我都吓坏了。你现在去我的起居室坐一下。等我穿上鞋袜就来。"

2

他照她说的做了,五分钟后她也过去了。他正在抽烟。

"我说,能给我一杯加汽水的白兰地吗?"

"好的,我来摁铃。"

"照现在的情形看,我觉得你不会有事的。"

他们默默地等着仆人的回应。她吩咐仆人倒酒。

"你给实验室打个电话,问一下沃尔特是否在那里。"她接着说,"他们听不出你的声音。"

他拎起电话,询问号码。他问:费恩医生在吗?然后,他放下了听筒。

"午饭后他没有回去。"他告诉她,"问一下仆人,他是否来过这里。"

"我不敢。如果他来过而没有见着我,那不是显得太滑稽了吗?"

仆人拿来了老酒,汤森喝了起来。他让她也来点,她摇了摇头。

她问道:"如果是沃尔特,该怎么对付呢?"

"他也许不会在乎的。"

"不在乎?"

她的语调充满怀疑。

"我总觉得他是个相当腼腆的人。有种男人受不了争吵,你知道。他是个明智的人,知道弄出丑闻来对他自己没有一点好处。我完全不相信刚才会是沃尔特，但即使是他，我也觉得他什么也不会做的。我觉得他会无视此事。"

她思考了一会儿。

"他非常非常爱我。"

"嗯，那就更好啦。你完全可以哄住他。"

他给了她一个迷人的微笑，她对此向来没有抵抗力。那是一个次第展开的微笑，从明亮的蓝眼睛那里开始，一路往下降落在他那英俊的嘴角上。他的一口牙齿细碎、整齐、洁白。他的微笑非常感性，以至于她的心都为之融化了。

"我没那么担心了，"她突然高兴地说道，"这是值得的。"

"是我不好。"

"你为什么要来？看见你我很吃惊。"

"我无法抗拒。"

"你真贴心。"

她微微向他靠过去一点，她那乌黑、闪亮的眼睛注视着他的眼睛，她的嘴唇因欲望而微微开启，他张开臂膀抱住她。她发出一声陶醉的叹息，倒在了他的怀里。

他说："你知道，我是个靠得住的男人。"

"跟你在一起我太幸福了。我希望我能使你感觉像我一样幸福。"

"你现在不害怕啦？"

她回应道："我恨沃尔特。"

他不知道接下来该说什么，便又吻了她一下。她的脸蛋温柔地贴着他。

接着，他突然抓起她那戴着一只小金表的手腕，看了看时间。

"你知道我现在必须做什么吗？"

她莞尔一笑，答道："开溜？"

他点了点头。她一下子更紧地黏到他身上，可她感觉到了他去意已决，就放开了他。

"你就这么不拿你的工作当回事，真不害臊。你走吧。"

他从来无法抗拒她的打情骂俏。

他若无其事地说："你好像急匆匆地想要摆脱我。"

"你明知道我舍不得放你走。"

她的回答低沉、严肃。他受宠若惊地笑了起来。

"别让你那颗美丽的小脑袋再为那个神秘的访客而烦恼了。我肯定那一定是女仆。如果真有什么麻烦，我保证一定替你解决。"

"你是个经验丰富的老手吗？"

听她说出这么风趣的一句话，他得意地笑了起来。

"不是，不过我能斗胆说一句，我肩膀上安着的这颗脑袋还挺好使的。"

3

她走到游廊上，看着他离去。他朝她挥了挥手。她看着他，感觉到一丝惊奇。他四十一岁了，但体态依然轻盈，步履仍如小男孩般地蹦蹦跳跳。

游廊上一片阴暗。她的爱获得了满足，此时正平心静气地、慵懒地逗留在此。他们的房子坐落在"快活谷"[1]的山坡上，因为他们租不

---

1 又名"跑马地"，香港湾仔区中南部一地名。

起风光更宜人但也更昂贵的山顶别墅。不过,她那心不在焉的目光根本不会去留意碧蓝的大海和拥挤在港口里的船只。此刻,她的脑子里只容得下情人。

当然,像他们俩那天下午的这种行为是很愚蠢的,但如果他要她,你又教她如何谨慎行事呢?午饭后他已经来过两三趟了,这样火辣辣的正午根本没人愿意出来走动,就连仆人们也没有看见他来了又去、去了又来。在香港,诸事不易。她讨厌中国的城市,走进维多利亚路旁他们常常幽会的那间脏兮兮的小屋总令她紧张。那里是一家古玩商店,坐在里面的中国人总用严厉的目光瞪着她。她讨厌那个领路的老头脸上的谄媚笑容,每次都是他把她领到商店后面,然后爬上一截黑暗的楼梯。她被领入的那个房间邋遢不堪,靠墙摆着一张巨大的木床,这样的景象令她不寒而栗。

"这里脏得吓人,对吧?"她第一次在这里和查理幽会时曾对他这么说。

他答道:"在你进来之前,是的。"

当然啰,只要他把她搂入怀中,她就会把什么都给忘了。

唉,她不是自由身,他们俩都不是,多可恶啊!她不喜欢他老婆。此时,基蒂游荡的思绪暂时停留在了多萝西·汤森的身上。叫多萝西这个名字多么不幸啊!听上去老气横秋的。她至少有三十八岁了。但查理从来不谈她。他当然不喜欢她,她让他腻味死了,但他是个绅士。基蒂发出了温情的嘲笑:他就是这个样子的,这个老傻瓜,他可以对她不忠,但你不会从他的嘴里听到一句诋毁她的说辞。多萝西个子偏高,比基蒂高一点,既不强壮也不瘦弱,浅黄色的头发很浓密;她身上从来也没有什么美丽的东西,除了青春的美丽以外;她的五官相当端正,但并不引人注目,她的一双蓝眼睛感觉冰冷;对她的皮肤你不会多看一眼，她的脸颊上缺少血色；她的穿着——嗯，符合她的身份，驻香港的殖民政府行政助理之妻。基蒂莞尔一笑，微微抖动了一下肩膀。

当然，没人会否认多萝西·汤森有一副甜美的嗓子。她是个出色的母亲，查理总是这么说。她是基蒂的母亲称之为淑女的那种女人。但基蒂不喜欢她，她不喜欢她那随意的态度。每当你去她那儿喝茶或吃饭的时候，她表现出来的那种礼貌都会令你消受不起，因为你会感觉到她对你这个人毫无兴趣。基蒂怀疑，她其实只喜欢自己的孩子，她有两个儿子在英国上学，还有一个六岁大的儿子她准备明年带回国。她有一张面具脸。她微笑着，以她那愉悦的、彬彬有礼的方式说着她该说的话，但是她那种友好的态度只会使你感觉到隔阂。她在这块殖民地里有一些密友，他们都很仰慕她。基蒂怀疑汤森太太可能会认为自己是个比较普通的人。她脸红了，不管怎么说，这都不是汤森太太那么摆谱的理由呀。诚然，多萝西的父亲曾是殖民地的总督，在他做总督的时候，当然是非常风光的——当他走进一个房间时，人们会全体起立；当他乘车离开时，人们会脱帽向他致意——但是还有什么比一个已经退休的殖民地总督更不值一提的呢？多萝西·汤森的父亲靠退休金生活，住在伯爵宫[1]的一间小房子里。如果多萝西邀请基蒂的母亲上她家去玩，基蒂的母亲一定会觉得无聊透顶。基蒂的父亲伯纳德·贾斯汀是一位王室法律顾问，将来哪一天做大法官也不是没可能的。最后说一句，他们家住在南肯辛顿。

---

1 英国伦敦西部肯辛顿地区一地名。

4

基蒂一结完婚就来到香港,之后发现在这里自己的社会地位是由丈夫的职业决定的,她觉得很难接受这个现实。当然大家对她都非常友善,刚开始的两三个月里几乎每天晚上都会有人请他们去参加派对;他们在总督府用晚餐时,总督把她当新娘子招待。不过,她很快就意识到,作为政府部门里的细菌专家的妻子,她根本就无足轻重,这令她窝火。

"太荒唐了,"她对丈夫说,"你看,这里几乎没有一个人你会愿意把他请到家里来,哪怕只待五分钟。妈妈是肯定不会请他们这样的人到家里来用餐的。"

"你不必为此烦恼。"他回答说,"你知道,这没啥大不了。"

"这当然没啥大不了,这仅仅表明这帮人有多么愚蠢。但想想以前到家里来做客的那些人,而现在我们在这里被别人视为是一介草民,真太搞笑了。"

他微笑着说:"从社交的角度来看,一个搞科学研究的男人根本就等于零。"

现在她明白了这点,但刚结婚时她还不懂。

为了显得自己没那么势利,她笑嘻嘻地说:"P.&O.[1] 的代理人请我去吃饭,我还不知道自己是否有兴趣呢。"

也许他看出了在她轻松的语调背后隐藏着的埋怨,他握住了她的手,不好意思地紧紧握着。

"我真是对不起你,亲爱的基蒂,你别再为这事烦恼了。"

---

1 P.&O.,半岛东方轮船公司的缩写。

"嗯，我不会把这种事放在心上的。"

5

那天下午不可能是沃尔特。肯定是一个佣人，反正也没什么关系。不管怎么说，那些中国佣人都是无所不知的。不过，他们全都知道要守口如瓶。

只要她想起那个白瓷的球把手在缓缓地转动，她的心跳就会加速。他们不能再像上次那样冒险了，最好还是去古玩店里。店里的人看见她走进去都不会有任何想法，他们待在那里绝对安全。古玩店老板知道查理是何许人，他不会傻到去惹怒一个殖民政府的行政助理。除了查理爱她以外，还有什么事是重要的呢？

她转身离开阳台，走进起居室。她全身瘫软在沙发里，伸手去拿香烟。她看见有一张纸条放在一本书的上面。她打开纸条。上面用铅笔写着：

亲爱的基蒂：

这本书是你想要的。我正想去寄给你，路上刚巧碰到了费恩医生，他说在他路过家门口时会自己带给你。

V.H.

她按铃叫来了佣人，问他是谁在什么时候送来这本书的。仆人答道："是老爷拿来的，太太，在午饭后拿来的。"

那人就是沃尔特了。她立刻给殖民政府秘书处打电话，询问查理是否在那里。她告诉了他刚知道的这件事。他停顿了一会，没有反应。

她问道："我该怎么办呢？"

"我正在开一个重要会议。恐怕现在没法和你谈。我建议你先少安毋躁。"

她放下听筒。她明白他旁边有人，说话不方便，她烦透了他的那些公务。

她重新坐在桌边，双手托着脸，竭力分析着目前的处境。当然，沃尔特可能只是认为她在睡觉——锁上门睡觉也没什么不正常呀。她竭力回忆他们当时是否在说话，他们当然说得很轻。另外就是那顶帽子，查理真是糊涂，会把帽子放在楼下。不过埋怨他也没有用，他这么做很自然，再说沃尔特也不一定注意到了那顶帽子。他也许一放下那本书和字条，就急着去做和他的工作相关的什么事了。奇怪的是他干吗要转动门把手和那两个窗把手。如果他以为她在睡觉，那他是不会去打搅她的。她真是太傻了！

她的身体在微微地颤抖，每当她想起查理，心头总会涌起一股甜蜜的波澜。查理是值得她爱的。他说过，要是他们的情事暴露了，他会给她强有力的支持，那好……如果沃尔特想要大动干戈，就让他放马过来好了，她有了查理，还在乎什么呢？也许让沃尔特知道此事反倒更好。她从来也没喜欢过沃尔特，爱上查理·汤森后，她更是对丈夫的爱抚感到腻味透了。她希望自己和他不再有任何关系。她看不出他能找到任何证据。如果他谴责她，她就矢口否认，万一事情发展到她无法继续否认的地步，那么好吧，她就当他的面把事情说说清楚，然后他想咋样就咋样好了。

6

婚后还不到三个月，她就知道自己走错了这步棋。不过，与其说这是她的错，还不如说错在她的母亲。

房间里摆着一张她母亲的相片，此时，她正用疲惫的目光看着它。她不知道自己为什么要把母亲的照片放在那儿，因为她并不怎么喜欢自己的母亲；这里也有她父亲的一张照片，但它是放在楼下的三角钢琴上的。那是在他被任命为王室律师时拍的，照片里的他戴着假头套，披着律师长袍。尽管如此，他看上去还是没什么威严，他是个矮小、枯瘦之人，一双疲倦的眼睛，一张小小的嘴巴，上唇过长。那个滑稽的摄影师让他笑一笑，可结果他倒显得更严肃了。由于他下垂的嘴角及忧郁的眼神，他看上去有点无精打采，而贾斯汀太太却认为律师就该这副模样，于是就选了这张摆出来。而她自己的那张则是在她丈夫荣任王室法律顾问时，穿着长裙去王宫时拍的。她穿着天鹅绒的长裙，显得仪态万方。长长的裙摆、头发上插着的羽毛、手里捧着的鲜花，都似乎是在刻意地炫耀她那显赫的地位。拍照时，她的站姿笔挺。她年龄五十、瘦小、平胸，长着一只端正的大鼻子。她有一头非常柔顺、茂盛的黑发，基蒂总怀疑她的头发即使没有染过，也至少是经过修饰的。她的那双漂亮的黑眼睛一刻也不会安分，这是她身上最为明显的一个特征。在她和你交谈时，面对着那张冷漠、平整的黄脸上的这对滴溜溜转动着的眼珠子，你一定会觉得局促不安。她的目光把你从头到脚地打量着，然后又转向房间里的其他人，最后再转回到你身上。你会觉得她是在对你评头论足，在琢磨你属于哪一类人，可同时也在留意着周围的一切。她说出来的话会让你根本搞不懂她脑子里在想什么。

7

贾斯汀太太是一个冷酷无情、工于心计、野心勃勃、吝啬又愚蠢的女人。她是利物浦一位律师的五个千金之一，伯纳德·贾斯汀是在北部巡回法庭上结识她的。当时，他给人感觉是一个前途无量的小伙子，她父亲认准他有朝一日会出人头地的。可他没有。虽然他认真刻苦，能力也很强，但他缺乏上进心。贾斯汀太太瞧不起他。尽管心不甘情不愿，但她知道只有通过他，她才能取得成功，于是她想方设法逼迫他去争取她想要的地位。她毫不留情地指责他。她发觉，如果她要他去做什么令他反感的事情，她只需闹个天翻地覆，到最后他总会因受不了而投降。另外，她也会主动出击去结识那些她觉得或许能派上用场的人。她巴结那些能给她丈夫带来生意的律师，还和他们的妻子混得十分熟络。她讨好法官及他们的太太，还格外青睐年轻有为的政客。

二十五年来，贾斯汀太太从来也不会因为喜欢某人而邀请他来家里共进晚餐。她在家里定期举办盛大的晚餐会。但是，她的吝啬就像她的野心一般无边无际。她讨厌花钱。她自诩只要花别人的一半价钱就能整出一顿像样的晚餐。她办的晚餐会向来准备精良，而且会一直持续到深夜，但同时又很节省，因为她确信客人们在吃饭和聊天时是不会注意喝的是什么酒。她把莫塞勒发泡酒包在餐巾里，以为这样别人就会把它当成是香槟。

伯纳德·贾斯汀的律师生意还算兴隆，尽管不能说是门庭若市。那些在他之后起步的律师们早就超过了他。贾斯汀太太鼓动她丈夫争取进入议会。虽说参加议员竞选的费用由政党提供，但她的吝啬再一次阻挠了她的前进步伐，因为她不愿意花大把的钱来拉拢选民。参加竞选的候选人必须向不计其数的基金会进行政治捐款，但伯纳德·贾斯汀的捐款总是略低于平均水平，于是，他输给了别的参选人。尽管贾斯汀太太要是能成为议员夫人准会高兴死的，但她还是毅然地接受了这个令人失望的结果。她丈夫的竞选人身份使她有机会接触到许多名人，这样她的社会地位也相应提高了，她为此洋洋得意。她知道伯纳德这辈子都休想跻身下议院。她希望他当议员只是因为他能为此获得来自政党方面的感激，而为政党争取到两三个摇摇欲坠的席位当然也能达到这一目的。

但他还是一个初级律师，许多比他年轻的律师都已当上了王室法律顾问，他也应该坐到这个位子，要不然他就没什么希望做法官。而且他太太也有这个要求，因为和比她年轻十岁的女人一起去赴宴让她觉得很没面子。但是，她遭到了丈夫的反对，尽管已过去那么多年，她依旧无法适应丈夫的顽固不化。他担心一旦做了王室法律顾问，就接不到什么生意了。他对她说，一鸟在手胜过二鸟在林，她反驳说引用谚语就表示他已理屈词穷。他提醒她这样收入可能为此减半，他知道只有这么说才会对她起点作用。可她不听，还骂他胆小鬼，她搅得他七荤八素，最后只得像平常一样举手投降。他申请担任王室法律顾问，随即就获得了批准。

他的担忧是有道理的。他担任王室首席法律顾问后事业便止步不前，他的客户也日见稀少。但他从不表露出失望的心情，即便对妻子有所埋怨，也是默默地埋在心底。他也许变得更为沉默寡言了些，但他在家里向来话少，所以家里也没人注意到他这一变化。他的女儿们向来只把他看成是全家的收入来源，为了供她们吃供她们住，让她们有钱买衣服，有钱去度假，让她们有零花钱，他必须任劳任怨地做牛做马，这简直是再天经地义不过的事了。而如今，看到因为他的无能导致家里的收入越来越少，她们在对他漠视之余又新添了一份抱怨和鄙视。她们从来不会这样想一想：这个闷闷不乐的小老头每天一早出门，晚上回到家已是换衣用饭的时候，他的心里会是什么滋味呢？对她们而言，他只是个陌生人，但因为他是她们的父亲，所以她们觉得他理应爱她们、照顾她们。

8

不过，贾斯汀太太可谓浑身是胆，这一点还是令人称道的。她那个圈子里的人——他们就是她的一切——从来也不会看出她因为期望落空而萎靡不振。她的生活方式没有丝毫改变。通过精打细算，她依然能操办像以前一样华丽的宴会，而且她照旧以长期培养出来的那种乐观开朗的态度来招待她的朋友们。她总有说不完的飞短流长、八卦新闻，在她那个社交圈子里，像这样的胡扯被认为是很正经的事。在那些不擅长闲言碎语的人们中，她是个受人欢迎的角色，因为她对任何新鲜话题都不会陌生，而且每当宴会出现尴尬的冷场，她总会以得体的言谈瞬间打破僵局。

如今，伯纳德·贾斯汀要当上高等法院的法官似乎已不太可能，但他仍有希望当地方法院的法官，实在不行最起码也可以去殖民地任职。与此同时，看到丈夫被一座威尔士小镇指派为刑事庭法官，她也心满意足了。因为她已经把希望寄托在了女儿们身上。她希望，为女儿们找到显赫的夫君可以弥补她在社会地位上的一切不足。她有两个千金，基蒂和多丽丝。多丽丝相貌平平，鼻子太长，体型太肥。所以贾斯汀太太对她的期望不高，只要她能嫁给一个有体面的工作、家境富裕的小伙子即可。

不过，基蒂可是个美女。她从小就是个美人胚子，因为她有一双又大又亮的眼睛，如一池跃动的秋水，褐色的卷发里夹杂些许红色，一口精致的牙齿，冰清玉洁的肌肤。可她的五官算不上很出色，因为她的下巴过于方正，鼻子虽然不像多丽丝那么长，但太大了一点。她的美丽在很大程度上取决于青春年华，于是贾斯汀太太认识到必须在她芳华正茂之时就把她给嫁出去。接着，基蒂在社交场上闪亮登场：她那白皙的肌肤依然是她的美中之最，再加上她那长长的眼睫毛和晶莹、温柔的眼眸，无不使人觉得心驰神往，忍不住就会朝她望去。她生性活泼愉快，喜欢取悦于人。贾斯汀太太对她倾注了所有的感情，就是她擅长的那种苛刻、索求、精于算计的感情。她做着雄心勃勃的美梦，她为女儿瞄准的不是一般的好姻缘，而是令人艳羡的金玉良缘。

基蒂的家庭教育让她从小就懂得，自己长大后肯定是个美丽动人的女子，而且她对母亲的期望也了然于心。这也符合她自己的憧憬。她刚一踏上社交场，贾斯汀太太就施展出浑身解数鼓捣起来，但凡女儿可能遇上如意郎君的舞会，她都能设法搞到邀请。基蒂在社交场上大获全胜。她既美丽又风趣，不久就有十来个小伙子爱上了她，但没有一个合适的。基蒂对他们一律彬彬有礼、和蔼亲切，但同时也小心翼翼地与他们保持着距离。位于南肯辛顿的这间客厅在星期天的午后总是挤满了自作多情的小年轻，但贾斯汀太太看出自己无须费心提醒小伙子们不要对基蒂做出什么非礼之举，于是发出了一声表示赞许的冷笑。基蒂和他们每个人打情骂俏，看他们互相争风吃醋而自己则从中取乐，但等到他们向她求婚，他们无一例外都向她求过婚，她就会坚决而策略地回绝他们。

她的第一个社交季[1]在没有完美的追求者现身的情况下结束了，第二年的情况依旧如此，但她还年轻，还等得起。贾斯汀太太曾这么对她的朋友们说，她认为一个女孩子到二十一岁才出嫁简直是一种悲哀。但问题是第三年和第四年也这么过去了。有两、三个过去的仰慕者再次向她求婚，但他们还像以前一样身无分文，还有一、两个比她岁数还小的小伙子向她求婚，还有一个退休的印度文官，是一位 K.C.I.E.[2]，他也提出了求婚：此人已经五十三岁。基蒂依然经常去跳舞，经常巡游在温布尔登[3]、洛兹[4]、埃斯科特[5]和亨雷[6]这种地方。她日子过得爽极了，但问题仍然是没有一个收入和地位都令人满意的男子向她求婚。贾斯汀太太开始觉得坐立不安。她注意到基蒂变得只能吸引年龄在四十岁以上的男人了。她提醒女儿再过一两年她的青春就将凋零，而且社交场上的规则向来都是长江后浪推前浪。贾斯汀太太在家里说话从来不会拐弯抹角，她尖刻地警告女儿说，这样下去她会变成没人要的老姑娘。

　　基蒂耸了耸肩膀。她觉得自己还是一样漂亮，也许比以前更漂亮，因为她在这四年里已经掌握了着装的技巧，而且她还有的是时间。如果她想为了结婚而结婚的话，不知道有多少小伙子会蜂拥而上呢。毫无疑问，白马王子迟早会出现的。但是，贾斯汀太太对形势的分析更为老到：她心里虽然对这个错失机会的漂亮女儿窝着一肚子的火，但

1　每年初夏是英国伦敦的社交季节。
2　Knight Commander of the Indian Empire（印度帝国二级爵士）的缩略词。
3　位于伦敦附近，有著名的网球场。
4　伦敦的著名板球场。
5　伦敦的著名赛马场。
6　指每年一次在伦敦泰晤士河举办的亨雷赛艇会。

还是无奈地适当降低了一些为女儿设置的择偶标准。她把目光转回到以前不屑一顾的职业男士，要是能找到一个年轻律师或商人，她相信前途也会是光明的。

　　基蒂到了二十五岁的年龄，依然未婚。贾斯汀太太气愤填膺，常常毫不客气地冲着基蒂大发雷霆。她质问女儿，准备让她的父亲养她到几时。为了给她创造机会，她父亲只差没有背债了，但她却没能把握住机会。贾斯汀太太从来也没有想到，也许正是她那种苛刻的态度使得一些男人却步不前，因为她总是过分刻意地邀请那些巨富之子或某个爵位的继承人来家里赴宴。她把失败都归罪于基蒂的愚蠢。之后，多丽丝也登上了社交场。她的鼻子依然那么长，长相依然平平，而且舞技也很差。可在她登上社交场的头一年，她就和杰弗里·丹尼森订了婚。她的未婚夫是一位生意兴隆的外科大夫的独子，这位大夫在战时还被授予了准男爵的爵位。杰弗里将来可以继承父亲的爵位，虽说医疗方面的准男爵爵位并不会给人带来多少风光，但感谢上帝，爵位毕竟是爵位，而且还有一笔非常丰厚的遗产在那里等着他。

　　基蒂再也无法淡定，就草草地下嫁了沃尔特·费恩。

9

　　她刚认识沃尔特不久，而且从没怎么注意过他。她记不清他们是在何时何地初遇的，直到订婚后沃尔特告诉她，他们是在他朋友带他去参加的一次舞会上认识的。当然，她当时没怎么关注他，如果他们确实在一起跳了舞，那也只是因为她的善良，无论谁提出要与她共舞，她都会欣然应允。在几天后的另一场舞会上，他走过去跟她说话，而她根本想不起来自己见过这个人。后来,她意识到但凡她去参加的舞会,他都会在场。

终于有一次,她笑嘻嘻地这么对他说:"您瞧,我们已经在一起跳了至少十多次舞了,您现在可以把您的名字告诉我了吧。"

他显然大吃了一惊。

"您是说您还不知道我的名字吗?之前别人已经给我们介绍过了呀。"

"咳,这些人讲话老是含糊不清。如果您不知道我的名字,我是一点都不会惊讶的。"

他面带微笑地看着她。他的表情一本正经,颇为严肃,但他的笑容很甜。

"我当然知道您的名字。"他停顿了一下,然后问道,"您不觉得好奇吗?"

"是女人都会觉得好奇。"

"您没想到向别人打听一下我的名字吗?"

她觉得这人怪有趣的,她不知道他为什么会觉得她也许会对他的名字感兴趣。但她喜欢取悦别人,于是她面带灿烂的笑容,用那双美丽的眼睛看着他。她的眼睛宛若林间大树下的一潭露水,具有摄人魂魄的魅力。

"嗯,您叫什么呢?"

"沃尔特·费恩。"

她不知道他为什么要来参加舞会,他不是很会跳舞,而且舞会上认识的人似乎也寥寥无几。有个念头在她脑海里一闪而过:他或许爱上她了。但她耸耸肩膀甩掉了这个想法:她认识许多女孩子自以为遇见她们的每个男人都会爱上她们,而且她们总觉得那些男人都很蠢。

不过，这次她给了沃尔特·费恩更多一点关注。他的举止当然不像那些以前追求过她的小伙子们。他们大多会直截了当地向她表白，还想亲吻她，许多小伙子都这样。但沃尔特·费恩从不讨好她，也很少说起自己的事。他是个相当沉默寡言的人，但她不在乎这个，因为她有的是话说。每当看见他因她说的玩笑话而露出笑容，她就会觉得开心。不过，他说起话来倒也不蠢，他显然十分羞涩。他似乎生活在东方某地，现在只是回国度假。

一个礼拜天的下午，他来到了她位于南肯辛顿的家。她家来了十多个客人，他坐了一会，看上去有点拘束，然后就离开了。之后，她母亲问她他是谁。

"我不清楚。不是你请他来的吗？"

"是的，我是在巴德利家遇上他的。他说他在好几次舞会上碰到过你。我说每个礼拜天我都待在家里。"

"他名叫费恩，好像是在东方从事什么工作。"

"对的，他是个医生。他爱上你了吗？"

"这个嘛，我还真不知道呢。"

"我还以为到现在你总该知道别人爱没爱上你呢。"

基蒂淡淡地答道："就算他爱上了我，我也不会嫁给他。"

贾斯汀太太一声不吭。她的沉默表示极度不快。基蒂脸红了：她知道母亲如今已不在乎她嫁给谁了，只盼着她能快点离开家自立。

10

在接下来的一周里，她在三场舞会上遇见了他。现在，他的羞涩似乎减弱了几分，他比以前要擅于交谈一些了。诚然，他是一个医生，但他并不执业。他是一位细菌学家（基蒂对该词的意思只有一个模糊的概念），在香港有一份工作。他秋天就要回去。他谈了许多中国的事情。无论别人跟她说什么，她都会习惯性地显露出兴趣，不过香港的生活听上去真的很开心，那儿有俱乐部、网球场、赛马场、马球场，还有高尔夫球场。

"那边的人也常常跳舞吗？"

"嗯，是的，我想是的。"

她怀疑他告诉她这些事情是否有什么动机。他似乎挺喜欢她的陪伴，但他从来不会捏她的手，或者用一个眼神或一句话来向她表明，她不仅仅是一个他在舞会上萍水相逢的姑娘。在接下来的那个礼拜天，他又到她家里去做客。她父亲刚巧也在家，因为那天下雨，他没法出去打高尔夫，于是他和沃尔特·费恩有了一次长谈。事后，她问父亲他们俩都谈了些什么。

"看来他是常驻香港的。那边的首席大法官是我在律师界的一位老朋友。他看上去像是个与众不同的、聪明绝顶的小伙子。"

她知道，父亲这么多年来先是为了她现在又要为她妹妹被迫在家里招待那些小伙子，早就感到腻烦死了。

她说："你一般都不喜欢来家里做客的小伙子，爸爸。"

他用和蔼的、疲惫的目光看着她。

"你有可能和他结婚吗？"

"当然不可能。"

"他爱你吗？"

"他没有那种表示。"

"你喜欢他吗？"

"不是很喜欢。他有时会让我厌烦。"

他毕竟不是她喜欢的那类人。他身材矮小，但也不壮实，有点纤细、瘦弱，皮肤黝黑，不留胡子，五官端正，棱角分明。他的眼睛不大，眼珠发黑，目光喜欢固定在一样东西上，不是很灵活。他看东西时常常透露出探寻的神色，但不是令人愉快的那种。他的鼻子笔挺、精致，眼睫毛修长，嘴型方正，他本来应该是个美男子，但奇怪的是，他不是。当基蒂偶尔想起他的时候，总会觉得奇怪，因为他脸上的各个零件单独看起来都很漂亮。他的表情里略微带一丝嘲讽，现在基蒂已经比较了解他了，她意识到跟他在一起她总不太自在。因为他是个生性严肃之人。

到了这个社交季临近尾声的时候，他们已经有过不少的接触，但他仍像以前一样保持着高高在上、高深莫测的形象。他跟她在一起时不那么害羞了，但还是有点尴尬。他说出来的话依然是冷冰冰的，令人费解。据此，基蒂得出了这样一个结论：他一丝一毫都不爱她。他喜欢她，觉得她是个容易交流的对象，但等他十一月份回中国后，就再也不会想起她来。她想到，他极有可能早就和香港的什么医院里的某个护士小姐订了婚。这位护士也许是某个牧师的女儿，一个平凡普通、大手大脚、干活卖力的女人，基蒂觉得这种女人最适合做他的妻子了。

接着，多丽丝和杰弗里·丹尼森就宣布订婚了。多丽丝只有十八岁，就找到了一个非常合适的丈夫，而她已经二十五了，仍是单身。难不成她这辈子都要做老姑娘了吗？在这个社交季里，唯一向她求婚的是一个仍在牛津就读的二十岁的小伙子，她不能嫁给一个比自己小五岁的男孩子。她把所有的机会都白白浪费了。去年，她拒绝了一个带着三个孩子的鳏夫，此人还是巴斯市的一位爵爷。现在她几乎有些后悔了。妈妈的态度现在已变得非常恶劣，而多丽丝呢，以前因为基蒂是全家的希望之星，都指望她能嫁个达官贵人，所以多丽丝总是让在后面，现在她是绝不会放弃机会出这口恶气的。基蒂觉得自己的心都凉了。

11

有天下午，她从哈罗德家走回家，在布朗普顿路碰巧遇见了沃尔特·费恩。他停下脚步和她说话。然后，他不经意地问她，是否愿意陪他去公园里兜一兜。她并不急着回家，再说回家如今对她来说也不是一件十分愉快的事。他们在公园里散步，像平时一样闲聊着，他问她准备去哪里度夏。

"嗯，我们总是去乡下过的。你想啊，爸爸干了一个春季的苦差，累死累活的，所以我们就找个最安静的地方避暑。"

基蒂的这番话没有半点实情，因为她很清楚父亲并没有太多的活来让他累死累活，再者说即便他有，家里也没人会去跟他商量要去哪儿消夏。安静的地方不过是意味着价钱便宜而已。

沃尔特突然说："你不觉得那些椅子在邀请我们坐吗？"

她循着他的目光看去，只见一棵树下的草地上放着两把绿椅子。

她答道："那我们就去坐一坐吧。"

可是，等他们坐下来后，他又显得出奇地心不在焉。他是个怪人。不过，她还是在那里兴高采烈地咭咭呱呱，一边在心里琢磨他为什么要请她来公园里散步。也许他是要向她吐露自己对香港的某位平脚护士的爱恋吧。突然间，他向她转过身去，于是她刚说到一半的一句话卡壳了，于是她看出他根本没有在听她说话。他的脸色白得吓人。

"我想跟你说句话。"

她飞快地看了他一眼，看见他的眼神里满含着痛苦和焦虑。他的声音紧张、低沉，还微微有些颤抖。不过，在她琢磨出他为什么会如此激动之前，他就说了出来。

"我想问你，你愿意嫁给我吗？"

她大吃一惊，茫然地看着他，回答说："我被你吓死掉了。"

"你不知道我已经彻底爱上你了吗？"

"你从来也没表示过。"

"我这人笨嘴拙舌，不会说话的。我总是很难讲清楚自己想要表达的意思。"

她的心跳加快了一点。她之前被求过无数次婚，但那些人都是开开心心、含情脉脉地提出来的，而她也以同样的态度回答他们。从没人这么唐突这么奇怪这么忧伤地向她求婚。

"你真是个好人。"她含糊其辞。

"我第一次遇见你就爱上你了。我早就想提出来，但我一直没有勇气。"

她嘻嘻地笑道："我搞不懂你这样的求婚算不算得体。"

她很高兴终于有机会可以笑一笑，因为在那个阳光明媚的晴天里，他们之间的空气却变得十分沉重、阴郁。他皱起眉头，脸色很难看。

"呃，你知道我的意思。我不想失去希望。可现在你要走了，而我秋天必须回中国去。"

她无奈地说："我从来没从那个角度考虑过你。"

他不再吱声，郁闷地看着草地，他是个很奇怪的人。不过，他毕竟开口求婚了，她有了一种神奇的感觉，她觉得他的爱是她以前从来没碰到过的一种东西。她有些害怕，但同时也有些得意。他以前的冷漠还隐约残留在她的脑海里。

"你必须给我时间考虑一下。"

他依然一言不发，一动不动，他是打算让她一直待在这儿直到她做出决定为止吗？太荒唐了。她必须与母亲商量一下。她说话的时候本该站起来的，可她想他会做出回答，所以她等在那里，而此刻，不知怎么的，她觉得自己无法动弹了。她没有看他，但强烈地意识到他的存在，她从来没想过要嫁给一个才比自己高那么一点点的男人。如果你坐在他的近旁，你就能看出他的五官长得很像样，也能看出他的表情有多冷。多奇怪啊，你会不由自主地意识到隐藏在他心底的激情有多么强烈。

她颤抖地说："我不了解你，一点都不了解。"

他看了她一眼，她觉得自己的目光迎了上去。他的目光如此温柔，她以前从来没见过，但目光里还有一种哀求的味道，就像一只挨了抽的狗，这一点令她有些不快。

他说："我觉得我蛮了解你的。"

"你肯定是个极为害羞的人，对吧？"

这当然是她所经历过的最奇特的一次求婚。即使到了现在，她还是觉得他们之间的这段对话是当时这种场合下最为怪诞的一种。她一点都不爱他。她搞不懂自己为什么没有干脆回绝他。

"我真笨啊，"他说，"我想告诉你我爱你胜过世上的一切，但我觉得这句话太难说出口了。"

她无法解释自己为什么会被这句话感动了，这也够怪的。当然，他不是一个真正冷漠的人，不幸的是他的态度让人误以为如此：此时，她比以前任何时候都更喜欢他。多丽丝十一月就要成婚了，到那时他已经在回中国的路上，如果她嫁给他，她就要和他一起走。做多丽丝婚礼上的伴娘可不是什么有劲儿的差事。如果能摆脱，她会很乐意的。

还有，到那时多丽丝就是一个已婚女人，而她还是单身！大家都知道多丽丝有多么年轻，相比之下她就会更像个老姑娘了。这样不是更没人要了吗？对她来说，嫁给沃尔特并不算什么好姻缘，但毕竟是一场姻缘，而且婚后在中国生活这一点也让她觉得可以轻松些。因为她害怕母亲的毒舌。你瞧呀，跟她同时进入社交场的那些姑娘们早就结了婚，而且大多已有了孩子。她讨厌去看望她们，听她们大讲特讲孩子的事情。沃尔特·费恩能给她带来新生活。她微笑着向他转过身去，心里很清楚这微笑能达到什么样的效果。

"如果我草率地答应嫁给你，我们会在什么时候成亲呢？"

面对这突如其来的喜讯，他那张煞白的脸上一下子涌出了血色。

"就现在，立刻，越快越好。我们去意大利度蜜月。八月和九月两个月。"

这样的话她就不用去乡下度夏，和父母一起住每周五基尼房钱的牧师家了。刹那间，她眼前仿佛看见了自己登在《邮政晨报》上的结婚通告：新郎必须回东方工作，不日举行婚礼。她非常了解自己的母亲，她一定会把这事搞得沸沸扬扬，眼下至少还有多丽丝在旁边陪衬着，等到多丽丝举行更为隆重的婚礼的时候，她已经远走高飞了。

她伸出手去。

"我觉得我很喜欢你。你必须给我时间去适应你。"

他打断道："就是说你答应了？"

"可以这么说。"

12

当时,她对他了解甚少,而现在,尽管他们已结婚近两年了,她对他的了解依然不多。起初,她被他的温存和奉承所感动,尽管也对他的深情表示惊讶。他对她照顾得无微不至,以让她感觉舒适为己任,即便是她表达的最微不足道的愿望,他也会急忙去加以满足。他不停地送她小礼物。每当她偶感不适,没人会像他那般柔声细语、体贴入微地照顾她。当她给他提供机会为她做什么费力的事,都会感觉是在帮他的忙。而且,他的态度永远都是彬彬有礼的,她走进房间时他会赶忙站起来;她下车时他会伸手去扶;如果他碰巧在大街上碰见她,他会向她脱帽致意;如果她要走出一间房间,他会急匆匆赶在前面为她开门;他从来不会不敲门就直接闯进她的卧室或化妆室。他待她的样子不像基蒂看见过的那些丈夫对待妻子的样子,倒像她是一个来乡村俱乐部里做客的贵宾。基蒂觉得这样很开心,但也觉得有点滑稽。如果他能更随便一点,那跟他在一起基蒂也会觉得更自在些。他们的婚姻关系也没能把她拉得离沃尔特更近一些。当时,沃尔特对她的感情如此激烈,甚至可说是到了癫狂的地步,另外,他还有些多愁善感。

意识到他的感情如此狂烈,基蒂觉得有些不安。她不知道,他那自我克制的性格是来自于羞涩还是长期的习惯使然。当他满足了欲望,让她躺在他的臂弯里,这个向来羞于说俏皮话、害怕成为别人嘲笑对象的人,居然也会孩子气地喋喋不休起来,她对此多少有些蔑视。有一次,她乐呵呵地对他说,他说出来的话简直矫揉造作得可怕。这句话对他的打击很大,她感觉他搂着她的手松了把劲,他沉默了好一会儿,然后就一声不吭地离开了她,去了他自己的房间。她不想伤害他的感情,所以过了几天她这么对他说。

"你这个老傻瓜。不管你跟我说什么胡话,我都不会在意的。"

他不好意思地笑起来。不久,她就发现他有个不幸的缺点,就是一刻也不会放松自己。他的自我意识太强了。如果他们去参加派对,而派对上大家都在唱歌,沃尔特是无论如何也不会加入进去一起唱的。他只是微笑着坐在那儿,表示他乐于听大家唱歌,但他的微笑总有些牵强,更像是一种嘲笑,你会不由地觉得他把这群自娱自乐的人们视为一群傻瓜。他对大家围在一起做游戏也没有兴致,而基蒂却玩得不亦乐乎,她觉得天底下再没有比这更开心的事了。在他们去中国的旅途中,沃尔特坚决不肯穿同行者们穿的那种花里胡哨的衣服去参加化装舞会,他显然是觉得穿成这样简直是无聊透顶,而基蒂为此很不开心。

基蒂是个生龙活虎的人,她喜欢整日闲聊八卦,也喜欢哈哈大笑。他的沉默令她难受。对于她的信口开河,他常常毫无反应,这一点也令她厌烦。虽说这种话确实无须回答,但随便答应几句也总是令人愉快的。如果天下雨,她会说:"下倾盆大雨了。"她希望他能这样回答:"可不是吗?"可他一声不吭。有时候,她真恨不得去把他摇醒。

她重复道:"我刚才说下倾盆大雨了。"

他面带深情的微笑,回答说:"我听见了。"

看来他并不是有意冒犯。他不吭声仅仅是因为无话可说。基蒂嫣然一笑,可脑子里却在想,如果每个人都要等到确实有话可说时才说话,那人类的语言能力估计很快就会退化的。

13

当然啰,沃尔特这人确实没什么魅力,因此他是个不受欢迎的人,基蒂来到香港后不久就发现了这一点。她对他的工作仍然不甚了解。不过,她清楚地知道政府派遣的细菌学家不算什么美差,她能知道这点也就足够了。他似乎也没兴趣和基蒂谈论自己的工作。初来乍到时,基蒂对什么都感到好奇,也曾问起过他的具体工作,但他用一句玩笑话敷衍了过去。

还有一次,他这么说:"这只是份枯燥的技术活,而且收入微薄。"

他非常保守。她只知道他的家庭背景、他的出生、他的受教育程度,以及他在遇见她之前的生活,而这些也是通过她直截了当地提问得知的。奇怪的是,最使他烦恼的一件事就是别人向他提问。而她天生好奇心很强,当她用一连串的问题向他发起进攻时,他的回答会变得越来越艰难。她很聪明,能够看出他不喜欢回答问题并非是因为他对她有所隐瞒,而只是因为他天性寡言少语,谈自己的事令他厌烦,令他害羞、不爽。他不知道如何放开自我。他喜欢看书,但基蒂总觉得他看的那些书都很无聊。他不是在看科学类的大部头专著,就是在看介绍中国的书,再不就是历史书籍。他从不放松。她觉得他不知道如何放松。他也喜欢竞技游戏:打网球和桥牌。

她不知道他怎么会爱上她的。她无法想象有人比她自己更不适合这个拘谨、冷漠、时刻保持冷静的男人。然而,他爱她爱得发疯,这一点也是毋庸置疑的。为了让她高兴,他愿意付出一切。他简直就像她手里的玩物。每当她想到他向她展现的这一面,只有她能看见的这一面,她就会有点瞧不起他。她怀疑他那种嘲讽的态度——对她喜欢的许多人许多东西他都不屑一顾——是否只是为了隐藏内心虚弱的一具假面。她觉得他很聪明,大家似乎都这么觉得,但她从不觉得他是个有趣的人,只有在他和两三个好友在一起或是心情特别好的时候,才会出现偶尔的例外。确切地说,她并非觉得他无聊,只是觉得他冷漠。

14

基蒂来到香港几周后才遇见了查理·汤森,尽管她在各种茶会上已经碰到过他妻子。直到她和丈夫去汤森家做客的时候,她才被介绍给了他。基蒂一开始小心提防着。查理·汤森是总督助理秘书,但她绝不允许自己对他采取屈尊俯就的态度,因为她已经领教过汤森太太在彬彬有礼的外表下的那种态度。招待他们的房间很宽敞,这里像她在香港看见过的任一间客厅,装潢得舒适、温馨。这是个盛大的派对。他们是最晚到的客人,他们走进去的时候,穿制服的中国佣人正在给客人们送上鸡尾酒和橄榄果。汤森太太随意地和他们打了声招呼,然后看着一张清单告诉沃尔特他们坐在哪一桌。

基蒂看见一个高大英俊的男子急匆匆向他们跑来。

"这是我丈夫。"

他说:"我很荣幸坐在你们旁边。"

她立即感觉到松了一口气,刚才的敌意从她的胸膛里消隐了。尽管他的眼睛里带着笑意,但她还是能看出里面隐藏着的一丝惊讶。对此她完全能理解,这使她差点笑出来。

"就算我知道多萝西准备的晚饭好得没话说,"他说,"我还是咽不下去。"

"为什么呢?"

"应该有人告诉我一声的。真的,应该有人事先打声招呼的。"

"打什么招呼?"

"没人事先打招呼。我怎么知道会遇见一位绝代佳人呢?"

"我都不知道该说什么好了。"

"您什么也不用说。让我来说吧。我会反反复复说刚才那句话的。"

基蒂站在那儿一动不动,心里琢磨着他妻子究竟是怎样来向他形容自己的。他肯定问过她的事。汤森眉开眼笑地低头看着她,心里突然想起以前的一幕。

那次,他妻子告诉他,自己遇见了费恩医生的新娘子,他随即问道:"她长啥样?"

"嗯,相当漂亮的小美女,像个女演员。"

"她演过戏吗?"

"呃,不,我想没有吧。她父亲是个医生或者是律师什么的。我觉得我们该请他们来家里做客。"

"这个不用急,对吧?"

等到他们并排坐下,汤森告诉基蒂他刚一来到这个殖民地就认识沃尔特·费恩了。

"我们一起打桥牌。他是俱乐部里公认的桥牌打得最好的一个。"

在他们回家的路上,她把汤森说的话告诉了沃尔特。

"你知道,这没啥大不了的。"

"那他桥牌打得好吗?"

"不算坏。如果拿到好牌,他可以打得很好,但是如果碰上一手糟糕的牌,他就会乱打一气。"

"他像你打得一样好吗?"

"我对我的牌艺不存幻想。我应该算是二流桥牌手中的佼佼者。

汤森觉得自己是一流的桥牌手,但他不是。"

"你不喜欢他吗?"

"我既不喜欢他也不讨厌他。我相信他的工作做得不错,而且,大家都说他是个运动好手。我只是对他没什么兴趣。"

沃尔特的谨言慎行令她厌恶,这已不是第一次。她自问:他有什么必要非得这样出言谨慎不可?你要么喜欢一个人,要么讨厌一个人。她就非常喜欢查理·汤森。她原先没想到会这样。他也许是这个殖民地里最受欢迎的一个人。据说总督秘书不久就将退休,大家都希望汤森能够接他的班。他喜欢打网球、马球、高尔夫,他还养赛马。他随时准备着为别人提供服务。他从不打官腔,从不摆臭架子。基蒂以前不知为何很讨厌听别人对他大加赞美,她会忍不住想他一定是个很自负的人——她真是傻到家了,要知道自负可跟他风马牛不相及。

那天晚上她过得很开心。她与汤森聊起了伦敦的各家剧院、爱斯科赛马场,以及考斯海滨浴场,总之她知道的每一件事都聊到了。通过聊天,他们还知道了他们以前或许在兰诺克斯花园区的某幢漂亮的房子里碰见过呢。晚饭后,男士们都去了客厅,可他又折返回来,重新坐在她旁边。尽管他也没说什么风趣的话,可她一直在那里嘻嘻地笑着,肯定是因为他那种说话的方式:他的声音醇厚、低沉,十分动听;他那双温和、闪亮的蓝眼睛里不断释放出快乐的光芒,这就使你觉得和他在一起无比舒坦。他当然属于魅力男士,难怪他到处受欢迎。

他个子很高,最起码有六英尺二,体型近乎完美,显然他平时注重保养,身上没有一块赘肉。他穿得也好,房间里就属他穿得最像样了,而且,这样的衣服配他是再合适不过了。她喜欢风流倜傥的男人。她的目光转向沃尔特:他真该在着装方面更上点心,穿得更好一点。她还特别留意到汤森的袖口褡裢和马甲上的纽扣,她以前在卡地亚高级饰品店看见过同款的货色。当然啰，汤森家是有钱人。他的脸晒得很黑，但阳光并没有夺走他脸颊上的健美肤色。她喜欢他脸上的那撮整齐卷曲的小胡子，它们并没有掩盖住他那饱满、红润的嘴唇。他有一头乌黑的短发，打理得锃亮。不过，要说他身上最漂亮的地方，当然还属在浓眉下的那双眼睛，它们蓝得那么清澈，闪烁着温柔、愉悦的光芒，使你不由得相信他是一个天性善良的人。拥有这样一双蓝眼睛的人，是不可能去伤害别人的。

她非常清楚，汤森给她留下了深刻的印象。即便是他没有对她说什么恭维话，他那含着爱慕的温柔目光也泄露出了他的心思。他的怡然自得令人赏心悦目，他没有丝毫的矫揉造作。在这种情形下，基蒂也觉得非常自在。在他们互相打趣中，这是他们交谈的主要内容，他会时不时巧妙地插入几句恭维她的漂亮话，她对此十分欣赏。在她和他握手道别时，他重重地捏了一下她的手，这绝不会是她的错觉。

"但愿我们很快就能再见面。"他随意地说道，但他的目光使他的这句话带上了特别的意义，这一点她看得很清楚。

她回答说："香港是个很小的地方，不是吗？"

15

当时谁会想到在短短的三个月里他们就会发展成那样的关系？后来，他告诉她，在他们初遇的那天晚上自己就疯狂地爱上了她。她是他认识的女人里面最漂亮的一个。他还记得当时她穿的那条裙子，那是她的婚礼服，他说她穿着它看上去就像一朵幽谷百合。在汤森告诉她之前，她就知道他爱上了她，她有些害怕，就和他保持一定距离。

可他向她展开猛烈的攻势,她却难于招架。她害怕他会吻她,因为一想到他的胳膊搂住她,她的心跳就会加速。她之前从未恋爱过,这太美了。如今她知道了爱为何物,就忽然可怜起沃尔特来,因为沃尔特是那么爱她。她挑逗沃尔特,和他开玩笑,她看出沃尔特乐在其中。以前她或许有些怕他,可现在她有了更多自信。她嘲弄他,看见他听了她的嘲笑后脸上慢慢浮起了微笑,她觉得很有趣。他显得既惊讶又开心。于是她想,不用多久他就会变成一个很懂情趣的人。如今,她了解了爱情,于是她轻轻松松地拨弄起沃尔特对她的爱,就像一名乐师用灵巧的手指拨弄着琴弦。看到他被她整得一头雾水,她就哈哈大笑。

在查理成为她的情夫后,她和沃尔特之间的关系就显得十分微妙十分荒诞。他那么严肃,那么拘谨,看到他这副模样她会忍不住想笑。她太幸福了,因而不会去刻薄他。毕竟,要是没有他,她永远也不可能认识查理。在他们俩发生关系之前,她也犹豫了一段时间。那不是因为她不想臣服于查理的激情,她自己的激情不也一样强烈吗,而是因为她受过的教育和传统观念都令她胆怯。事后,她惊奇地发现——这里要插一句,他们是在一次偶然的机会下发生关系的,之前他们谁也没想到会有那种机会——自己跟以前没有丝毫变化。以前她还以为经历了那种事情后自己的身上会发生神奇的变化,成为完全不同的一个人,尽管她并不清楚到底会发生什么变化。因此,她在完事后照镜子时,看见镜子里的自己还是和昨天一模一样,就不免有些困惑了。

他问她:"你生我的气吗?"

她低语:"我仰慕你。"

"你不觉得浪费了那么长时间很傻吗?"

"傻到家了。"

16

她的幸福有时甚至超过了她所能承受的极限,也令她的美焕发出崭新的光彩。就在她结婚前,她那青春的风采已开始凋零,她看上去疲惫又憔悴。刻薄之人会说她已在走下坡路。但是,一个二十五岁的姑娘和一个同年龄的少妇是完全不同的两个概念。以前,她像一朵花瓣边缘开始泛黄的玫瑰花蕾,如今她突然间成了一朵盛开的玫瑰。她那灿若星辰般的明眸使她看上去更为灵活生动,她的肌肤(这是她最引以为傲、最小心翼翼呵护的地方)美得令人眩目,就连桃子和鲜花都无法与之媲美。她看上去又重返十八岁,她正处在妙龄女郎的全盛期。别人不可能不注意到她的风姿,她的女友们还关心地轻声问她是否已有身孕。那些对她没什么好感的人,以前曾说她是一个美女可惜鼻子太长,现在也不得不承认自己的判断失误了。她配得上查理在初次见面时赞美她的那句话:一位绝代佳人。

他们巧妙地安排着幽会。他有一个结实的后背,他对她说(她轻佻地打断说:"我不许你吹嘘自己的体型。"),所以对他来说怎样都没关系,但为了她的缘故,他们绝对不可以冒险。他们无法常常单独见面,幽会的次数还达不到他所期望的一半,但他首先得为她着想。他们有时在古玩店,有时趁她家没人午饭后在她家幽会,不过,她在各种地方都会遇上他。看见他一本正经地和自己说话,她觉得很有趣,因为他对任何人都总是这样说话的。谁会想到,他此时在这儿用风趣的俏皮话和她开着玩笑,可就在不久前,他还用激动的双手把她搂在怀里呢?

她崇拜他。打马球时,他穿着锃亮的长筒靴和雪白的马裤,看上去神采飞扬。而在他穿网球衫时,看上去又像是一个小伙子。他当然为自己的体型骄傲，这是她见过的最好的体型。他不遗余力地维护着健美的体型。他从不吃面包、土豆和黄油，他常常锻炼身体。她欣赏他对双手的细心呵护，他每周都要去修一次指甲。他是个出色的运动健将，去年还得了当地的网球冠军。他当然还是她的最佳舞伴，与他共舞简直如坠梦境。没人能看出他已经四十岁了。她告诉他，她不相信他说的年龄。

"我认为你是在胡言乱语，你其实只有二十五岁。"

他哈哈大笑。他简直开心死了。

"哦哟，我亲爱的，我有个十五岁的儿子。我是个中年男子。再过两三年，我就会变成一个大腹便便的老头子。"

"你就算到了一百岁，也会依旧很可爱的。"

她喜欢他那两道又黑又密的眉毛。她怀疑是否就是这两道浓眉使得他那双蓝眼睛看上去如此迷人的。

他多才多艺。他弹得一手好钢琴，弹的当然是拉格泰姆爵士乐，他能用圆润的嗓音风趣地演唱滑稽歌曲。她相信他无所不能。他的工作也做得十分出色，当他告诉她，他完成了一件非常棘手的差事，为此总督还特意向他表示了祝贺，她为他感到高兴。

"你别笑我自吹自擂，"他含情脉脉地看着她，笑着说道，"政府里没有一个人比我更会办事的。"

哎，她多希望自己是查理的老婆，而不是沃尔特的！

17

当然，现在并不能确定沃尔特已经知道了此事，如果他不知道，也许最好是继续隐瞒下去；但如果他知道了，好吧，那最终这样对大家都好。起初她虽然不情愿，但至少是勉强接受了必须偷偷摸摸地去和查理幽会，但随着时间的流逝她的激情变得越来越强烈，现在她已经对使他们不能长相厮守的那道屏障越来越不耐烦。他经常对她说，他很讨厌自己的位子，因为它要求他必须处处小心，他是有妇之夫，她是有夫之妇。他说，要是他们俩都是自由身，那该多美啊！她明白他的意思，没人愿意有丑闻，如果你想要改变人生，那事先你当然会仔细斟酌一番，但如果自由能够从天而降的话，那一切难题不都迎刃而解了嘛！

  似乎没人会为此感到痛苦的。她很了解他和妻子之间的关系，她是个冷冰冰的女人，他们之间早就没有了爱情，维系他们婚姻的是习惯、便利，当然还有孩子。她这边要比查理困难些——沃尔特爱她。不过，他毕竟有他的工作，而且男人总是有俱乐部可去。一开始他也许会难受，但慢慢就会习惯，甚至还有可能再婚。查理曾对她说，他搞不懂她为什么会把自己的一生浪费在沃尔特·费恩身上。

  她微笑着想到，为什么自己刚才还在为被沃尔特发觉而担忧？当然，看见门把的微微转动确实让她吃惊不小。但毕竟他们知道沃尔特最多会怎么做，而且他们为此做好了准备。如果他们俩在这个世界上最向往的事情能够实现，那查理会像她一样感到无比宽心的。

  沃尔特是个绅士，她真心承认这一点，而且他爱她。他不会乱来，会同意和她离婚。他们犯了个错误，但幸运的是他们及时发觉了。她决定了将对他说些什么，以及对待他的态度。她会保持温和、微笑，但同时也很坚定。他们没必要争吵。事情结束后，她还会乐意见到他。她由衷希望，他们在一起共同度过的两年会成为他的宝贵回忆。

  "我认为多萝西·汤森一点都不会在乎和查理离婚的。"她想，"现在，他们最小的那个儿子即将回英国去，对她来说，待在英国也再好不过了。在香港这边她根本没事可干，每个假期她都可以和孩子们一起过，而且，她的父母也都在英国。"

事情很简单，一切都能合理安排，不会有丑闻和怨恨。之后，她和查理就可以结婚了。基蒂长长地叹了一口气。他们会非常幸福的。为了得到这个结果，付出一些辛劳是值得的。她想着他们将在一起过的生活，一幅幅画面你推我挤地来到她眼前，令她意乱神迷。她看见了，他们在一起玩笑，在一起短途旅行，他们将要住的房子，他将晋升到的位子，她将给予他的帮助。他会为她骄傲的，而她呢，她仰慕他。

但是，在这些白日梦里，还夹杂着一道忧虑的暗流。这真有趣，就好像乐队里的管乐和弦乐在弹奏着浪漫的牧歌，而低音鼓却在那里低沉而又凶险地敲打出一种阴暗的节奏。早点晚点，沃尔特都要回家来，想到要与他见面，她的心跳不由地加快了。真是奇怪，他下午没对她说一句话就直接走掉了。她当然也不是怕他，毕竟他能做什么呢，她反复对自己说。但她还是无法按捺自己的忐忑心情。她再次练习了一遍要对他说的那番话。吵架有什么好处？她非常抱歉，天知道她有多不愿意看见他伤心，但她也是没办法呀，她就是不爱他。伪装下去没什么好处，把事情挑明了总要好一点。她希望他不要太伤心，他们犯了个错误，最明智的做法是承认错误。她会永远铭记他是个好人。

但是，就在她对着自己操练这段说辞时，一阵突然的恐惧让她的手心里冒出汗来。由于她的担忧，她开始对沃尔特生起了闷气。如果他想大吵大闹，那就不能怪她了。如果事情闹到超过他预期的地步，他可不要奇怪啊！她会对他说，她从来也没有在乎过他，还会说自从结婚后她每天都是在追悔莫及中度过的。他枯燥乏味。哼，跟他在一起多没劲啊，没劲，没劲！他自以为高人一等，多么可笑。他没有幽默感,她讨厌他那种清高的神气,还有他的冷漠和拘谨。如果你除了自己以外对别的事别的人都没什么兴趣,那你肯定会变得拘谨。他真是个讨厌鬼。她恨自己让他亲吻。他整天有什么好得意的?他舞跳得那么蹩脚,在派对上总是做一个令人扫兴的角色,他既不会弹琴也不会唱歌,他不会打马球,网球技术也不比任何人强。至于桥牌嘛,谁会在乎桥牌呢?

基蒂的情绪上升到了一个巅峰。看他敢怎么骂自己吧。发生这一切全都是他的错。基蒂很高兴他终于了解了实情,她恨他,希望这辈子再也不要见到他。是的,她很高兴一切终于结束了。他为什么不能对她放开手呢?因为他的死缠烂打,她才嫁给他的,现在她受够了。

"受够了。"她愤怒地、颤抖地大声重复说,"受够了!受够了!"

她听见汽车在他们家的花园门口停下来。他上楼来了。

18

他走进房间,她的心狂跳着,双手也禁不住发抖。幸运的是她正靠在沙发上,她手里拿了本打开的书,装作是在看书。他在门口站了一会,他们的目光相遇了。她的心随之沉了下去,感觉到一股突如其来的寒潮流过她的身躯,她颤抖着。她的感觉就像人们常形容的:有人惊扰了你那坟墓般的平静。他的脸色煞白,就像她以前看见过的那次一样,那时他们一起坐在公园里,他向她提出了求婚。他那墨黑的眼珠,一动不动,深不可测,显得格外的大。他已知道了一切。

她说:"你回来得挺早。"

她的嘴唇不住地颤抖,几乎是在语无伦次。她吓坏了。她担心自己会晕过去。

"我觉得和平时差不多呀。"

她觉得他的声音听上去很奇怪。为了显得随意,他在句末使用了升调,但那是装出来的。她怀疑他是否已经看出她在浑身发抖。她拼命克制,这才没有尖叫起来。他垂下眼睑。

"我去换一下衣服。"

他走出了房间。她崩溃了。她就这么静坐了两三分钟,但最后还是艰难地站了起来,就好像刚生完一场大病身体依然虚弱。她站稳脚跟,不知道这双脚还会不会走路,她扶着桌椅慢慢挪到了游廊上,然后一只手扶住墙走回了她的卧室。她穿上一件茶会礼服,等她返回起居室(他们只在开派对时使用客厅),发现他正站在桌前看着一份《漫画杂志》里的图片。她不得不硬着头皮走了进去。

"我们下去好吗?晚饭已经准备好了。"

"你一直在等我吗?"

她无法控制住颤抖的嘴唇,这太糟糕了。

他要等到什么时候才说那事呢?

他们坐下来,两个人都沉默了一会。然后他说了起来,因为他说的话题如此普通,所以在这种情形下反倒显得诡异。

"皇后号今天没进港。"他说,"我怀疑是否是遭遇了风暴所以延误了。"

"预定今天进港的吗?"

"是的。"

此时她看着他,看见他的目光凝固在面前的盘子上。接着他又说起了另外一个话题,同样普通的话题,关于即将举行的网球锦标赛,他啰里啰唆说个没完。平时他的声音很好听,充满了抑扬顿挫,可此时却说得平板单调。这很奇怪，很不自然。基蒂感觉他是在故意兜圈子。而在他滔滔不绝地讲下去时，他的眼睛始终盯着盘子，或者桌子，或者挂在墙上的一幅画。他不朝她看。她意识到，他没有勇气看她。

晚饭结束后，他说："我们上去好吗？"

"听你的。"

她站起来，他跑去为她开门。当她从他身边走过时，他的眼睛看着地板。他们一走进起居室，他就又拿起了那份杂志。

"这是新一期的《漫画杂志》吗？我好像没看过。"

"我不知道。我没留心。"

其实，它已经在那里放了两个礼拜，而且她知道他已经翻过好几遍。他拿起杂志，坐了下来。她又靠在了沙发上，重新拿起那本书。以前，他们俩晚上单独在一起时，总喜欢打牌消遣。他靠在扶手椅里，好像很舒服的样子，注意力似乎完全被杂志里的插图所吸引。他没有翻页。她假装看书，但根本看不清眼前的字，那些字眼都糊成一团。她头痛欲裂。

他要等到什么时候才说呢？

他们静静地坐了有一个小时光景。之后她不再假装看书，把书搁在大腿上，呆呆地看着天花板。她不敢做任何动作，不敢发出一点声音。他静静地坐着，保持着闲适的姿态，一双大眼睛死死地盯住那些图画。他的平静显得格外凶险，基蒂感觉就像有一头野兽即将朝她扑来。

他突然站起，基蒂吓了一跳。她捏紧了双拳，感觉自己的脸都吓白了。要开始了！

"我还有些工作要做。"他平静单调地说，目光依然回避着她，"如果你不介意，我要去书房了。等我做完，估计你已经上床了。"

"我今晚确实很累了。"

"那好，晚安。"

"晚安。"

他走出了房间。

19

第二天一早她就赶忙往汤森的办公室打电话。

"是我，什么事？"

"我要见你。"

"亲爱的，我这会很忙。我有工作要做。"

"有很重要的事。我能去你的办公室吗？"

"哦，不行，我要是你就不那么做。"

"那好，你来我这儿。"

"我这会走不开啊。今天下午怎么样？你不觉得我还是不去你家比较好吗？"

"我必须马上见你。"

出现了短暂的停顿，她担心他挂了电话。

她焦虑地问："你在听吗？"

"在听。我在考虑。发生什么事了吗？"

"在电话里没法说。"

又是一阵停顿，然后他说道："那好，这样吧，下午一点我能腾出十分钟时间给你，行吗？你先去顾秋那里，我会尽快赶过去的。"

她惊慌地问："就是那家古玩店吗？"

他回答说："是啊，在香港饭店的大堂我们又没法好好地谈。"

她注意到他的声音里有些不耐烦。

"那好吧。我就去顾秋的店里。"

20

她在维多利亚路下了黄包车，然后走进一条陡峭的窄巷，一直走到古玩店门口。她在店门外站了一会，装作被橱窗里放的小玩意给吸引了，但是站在门口招徕顾客的一个伙计随即认出了她，给了她一个灿烂的微笑。他对店里的某个人说了几句中国话，随后一位矮小的、脸胖胖的、穿着一袭黑袍的店老板就走了出来，和她打了个招呼。她急匆匆地走了进去。

"汤森先生还未到。您要不先上楼去，好吗？"

她走到店后面，爬上了一截黑乎乎、摇摇晃晃的楼梯。中国人跟在她后面，为她开了门，里面是一间卧室。房间里很闷热，有一股鸦片烟的刺鼻气味。她在一只檀木箱上坐下来。

过了一会儿，她听见楼梯上传来嘎吱嘎吱的沉重脚步声。汤森走进去，顺手关上了门。他的脸上有一种阴郁的神情，但看见她后随即消失了，露出了他那惯常的迷人微笑。他一把把她搂在怀里，亲吻她的嘴唇。

"现在告诉我碰到什么麻烦了？"

她微笑着说："只要见到你，我就感觉好多了。"

他坐在床沿上，点上一支香烟。

"你今天早上好像很狼狈的样子。"

"一点不奇怪，"她回答说，"我昨天一晚上都没怎么合过眼。"

他看了她一眼。他仍在微笑，但他笑得有点勉强、不太自然。她觉得他的眼睛里有一丝忧虑的阴影。

她说："他知道了。"

一阵短暂的停顿后，他开口说道："他说什么啦？"

"他什么也没说。"

"你说啥！"他凝视着她，"那你凭什么说他已经知道了呢？"

"凭他所有的表现。他的表情。吃完饭时他说话的那种腔调。"

"他发火了吗？"

"没有，恰恰相反，他可谓是礼貌到家了。他和我说晚安的时候没有吻我，这还是我们结婚后的第一次。"

她低下了眼睛。她不知道查理是否能听懂她的话。沃尔特在道晚安时总会搂住她，亲吻她的嘴唇，而且会吻好长时间。在吻她时，他的整个身体都会变得柔情绵绵。

"你觉得他干吗什么也不说呢？"

"我不知道。"

他们又沉默了一会。基蒂很安静地坐在檀木箱上，忧心忡忡地看着汤森。他的脸色又阴郁起来，还皱起了眉头，他的嘴角微微下垂。突然间，他抬起头来，眼里闪过一道不怀好意的、兴奋的光芒。

"我怀疑他根本没啥好说的。"

她没有反应。她没听懂他的意思。

"说到底，对这种事情装糊涂的男人，他也不是第一个。要闹出来对他有什么好处呢？他要是真想闹的话，昨天就直接闯进你的卧室了。"他的眼睛闪闪发光，嘴上绽放出灿烂的微笑，"我们真是一对十足的傻瓜。"

"我希望你能看见他昨晚上的表情。"

"我想他一定很难受。这对他来说自然是一种打击。对任何男人来说,这都是一件他妈的丢脸的事。他看上去总那么死板。沃尔特给我的感觉就是——他是个信奉家丑决不可外扬的男人。"

"我也这么认为。"她若有所思地说,"我早就发觉,他是个特别敏感的人。"

"对我们来说,那样反倒更好。你知道,把自己和别人的位置对调,然后考虑一下你处在那种情况下会采取怎样的行动,这是很聪明的一种做法。当一个男人面临这样的问题时,能够保住他面子的唯一做法就是假装什么都不知道。我可以和你赌随便什么东西,那就是他会采取的做法。"

汤森越说越起劲,越说越得意。他的蓝眼睛闪闪发光,他又成了那个快乐、自信的人。他的自信也感染、鼓舞到了她。

"老天知道,我并不想说他的任何坏话。不过,说白了,一个细菌学家算不上什么了不起的大人物。等到西蒙斯回国后,我就有机会担任总督秘书一职,所以和我保持一致对沃尔特是有好处的。他和别人没啥两样,都必须考虑实际问题:你觉得殖民政府会重用一个闹出丑闻来的人吗?相信我,只要他管住自己的嘴,他就能保住一切,相反如果他要大吵大闹,他就会失去一切。"

基蒂不安地动了动身体。她知道沃尔特有多么害羞,也相信他确实不敢吵架,也害怕家丑外扬,但她不相信物质利益会对他有什么影响。也许,她对沃尔特还了解得不够深,但总比查理了解得多一些吧。

"你想到过没有,他疯狂地爱着我呢?"

他没有回答,但用一双调皮的眼睛瞅着她,还朝她微笑。她熟悉这种表情,也欣赏这种富于魅力的表情。

"得了,你想说什么?我知道你又要说怪话了。"

"嗯，你知道，女人总喜欢感觉哪个男人疯狂地爱上了自己，但其实并没有。"

基蒂今天第一次露出了笑容。他的自信感染了她。

"你这条舌头真毒啊。"

"我敢说，你最近没怎么亲近过你丈夫吧。或许他已经不像以前那么爱你了。"

她反唇相讥："不管怎么说，我从不会欺骗自己说你疯狂地爱上了我。"

"可你说的完全不对。"

啊，听到他这么说多开心呐！她就知道他会这么说，她也相信他对她的感情，这使她觉得心里暖洋洋的。他边说边从床上站起来，走到檀木箱边上，坐在了她的旁边。他伸手搂住了她的腰。

"别再折磨你那个傻乎乎的小脑瓜了。"他说，"我向你保证，你什么也不用担心。他会假装什么都不知道的，这一点我完全有把握。你知道，这种事情是很难找到证据的。你说他很爱你，他也许不想完全失去你。如果你是我妻子，我发誓我宁愿接受任何耻辱，也不愿失去你。"

她向他靠过去，她的身体变得软绵绵的，完全靠在了他身上。她对查理的爱几乎可说是一种折磨。他最后的那句话说服了她，也许沃尔特爱她爱到了痴情的地步，也许他愿意接受任何耻辱，只要她能留下来让他还有机会来爱她。她能够理解这种感受，因为她对查理的爱情也是这样的。一阵汹涌的骄傲感浮上了她的心头，但与此同时，想到一个男人竟然会如此低三下四地爱一个女人，她又不禁感觉到一种微微的鄙视。

她情意绵绵地搂住了查理的脖子。

"你真是太了不起了。我刚到这儿的时候还浑身抖得像片树叶子,而你只用了几句话就把什么都搞定了。"

他双手捧住她的脸,亲吻她的嘴唇。

"亲爱的。"

她低吟道:"你给了我最大的安慰。"

"你放心,别再紧张了。你知道,有我在你身边,我不会让你失望的。"

她抛开了恐惧,但一时间又极不明智地遗憾起来,因为她对未来的设想也被粉碎了。现在,所有的危险都已化为乌有,可她反倒希望沃尔特会坚决要求跟她离婚。

她说:"我知道,我可以依靠你。"

"我也这么希望。"

"你现在该去吃午饭了吧?"

"哦,去他的午饭。"

他把她拉近了一点,她被紧紧地搂在了他的怀里。他用力地吻着她的嘴。

"哦,查理,你快放开我吧。"

"休想。"

她嫣然一笑,表示她得到了幸福的爱情,得到了胜利。他的眼睛里燃烧着情欲。他非但不放开她,反而把她抱了起来,紧紧地抱在了胸前。然后,他锁上了房门。

21

整个下午,她都在思考查理对沃尔特所做的分析。当晚,他们要外出赴宴。沃尔特从俱乐部回来的时候,她正在换衣服。他敲了敲她的房门。

"进来吧。"

他没有开门进去。

"我这就去换衣服。你还要多长时间?"

"十分钟。"

他不再说什么,径直去了自己的房间。他的语气还是像昨晚一样压抑。但她现在已经充满了自信。她比他先换好了衣服,等他下楼来的时候,她已经坐进了汽车里。

他说:"恐怕让你久等了吧。"

她答道:"我气量大着呢。"她说话时居然能露出笑脸了。

在他们驾车下山时,她对沿途的风景发表了几句评论,但他只是冷冷地答应了几声。她耸耸肩膀,有点不耐烦起来:如果他想闹别扭,就让他闹好了,她不在乎。他们默默地开车,直到到达目的地。那是场隆重的晚宴派对。客人很多,菜肴也很多。基蒂一边开心地和坐在她旁边的人们交谈,一边留意着沃尔特。只见他茫然地坐在那里,脸色苍白。

"你丈夫看上去很憔悴。我还以为他适应了这里的酷热呢。他最近工作很辛苦吧?"

"他的工作一向很辛苦。"

"我估计你很快就会离开这儿吧?"

"嗯,是啊,我打算像去年一样去趟日本。"她说,"医生建议我最好去避暑，要不我会垮掉的。"

他们以前外出赴宴时，沃尔特总会时不时微笑着朝她瞥两眼，但这次没有。他一直都没朝她看。基蒂之前就注意到，他下车时也将目光移到别处，扶她下车时也这样，尽管依旧彬彬有礼。此时，他在和坐在他两边的女人们交谈，他脸上毫无笑容，两眼一眨不眨地呆呆地看着她们。他的眼睛看上去出奇的大，配着苍白的面孔显得墨黑。他脸上毫无表情，显得刻板严肃。

基蒂嘲讽地想道："有他做伴真太有趣了。"

想到那几位不幸的女士正在勉为其难地和这张苦瓜脸攀谈，基蒂忍俊不禁了。

他当然知道了，这一点毋庸置疑，他对她怒火中烧。可他为什么闭口不谈呢？难道真的是因为他觉得愤怒伤心，却爱她太深害怕失去她吗？这种想法总让她有那么点瞧不起他，但她并无恶意，他毕竟是她丈夫，为她提供了衣食住行，只要他不来干涉、让她能随心所欲，她就会好好和他相处。但还有另外一种可能性，他的缄默也许只是因为病态的羞涩。查理说得没错，没人比沃尔特更厌恶丑闻。他总是尽量回避在大庭广众下发言。有次他告诉她，有个案件要他出庭提供专家证词，在开庭前的一个礼拜他就开始睡不着觉了。害羞是他身上的一种毛病。

还有一种可能性：男人都很要面子。只要没人知道事实真相，沃尔特也许就愿意睁一只眼闭一只眼。然后她又考虑起查理的话到底有没有道理，他说沃尔特知道怎么做对自己有利。查理是殖民地最受欢迎的人，而且不久就将升任总督秘书。对沃尔特来说，他是很能派上用场的一个人，但相反如果沃尔特小题大做，那到头来吃苦头的还是他自己。一想到情夫的力量和勇气，她就满心欢喜。在他强壮的怀抱里，她感觉无比安心。男人真奇怪：她从没想到过，沃尔特也会有这么庸俗的想法。但是谁知道呢，他的严肃也许只是一张面具，掩盖在底下的是卑鄙、诡诈的天性。她越想越觉得查理的分析有道理。她再次把目光转到丈夫身上，但她的目光里没有半点宽容。

她刚巧看见坐在沃尔特两边的女人正在各自和邻座说话，而他则被孤零零地晾在一边。他的眼睛直勾勾地看着前面，似乎已经全然忘记了自己正置身于一场派对。他的目光里满含着无尽的哀伤，基蒂的心为之抽紧了。

22

第二天，吃完午饭后，她正躺在床上打盹，门上的一记敲门声把她惊醒了。

她不耐烦地喊道："是谁啊？"

从没人在这个时间来打搅她的。

"是我。"

她听出是丈夫的声音，随即坐了起来。

"进来吧。"

他边走进来边问："我吵醒你了吗？"

她用这两天来一直使用的那种自然的口吻说："确实如此。"

"你到隔壁房间去一下好吗？我有点事情要跟你谈。"

她的内心猛地咯噔一下。

"等我穿上睡袍。"

他走了出去。她赤脚套进了拖鞋，然后披上一条睡袍。她照了照镜子:满脸苍白。她往脸上抹了点胭脂。她在门口站了一会,定了定神,然后鼓起勇气走了进去。

"你这个时间怎么能从实验室里跑出来的?"她问,"在这个点上看见你真是难得。"

"你不坐下来吗?"

他不看她,他的声音严肃。她很乐意听他话坐下来,因为她的双膝有些打战。她无法再保持那种开玩笑的口吻,于是干脆闭了嘴。他也坐了下来,点上一支烟。他的目光紧张地扫视着室内的角角落落。他似乎难于开口。

突然,他的目光直直地朝她射去。因为他一直不朝她看,所以这突如其来的直视把她吓得差点没叫出来。

"你听说过湄潭府没有?"他问,"最近报纸上有很多关于那里的报道。"

她疑惑地注视着他,她犹豫了一下。

"就是那个发生霍乱的地方吧?昨天晚上阿巴思诺特先生还提到了它。"

"那里正流行瘟疫。我相信那是近几年里最为严重的一次。本来那里有一个懂医术的传教士,但他染上了霍乱在三天前去世了。那里有一座法国人办的女修道院,当然,还有一名海关人员。其余的人全都撤离了。"

他的眼睛仍死死地盯住她,她无法垂下目光。她观察他的表情,想猜出他的心思,但她太紧张了,只能察觉到他的表情里有一种很奇怪的警惕感。他的目光怎么能做到这么一动不动的?他甚至连眼睛都不眨一下。

"法国修女正在做她们力所能及的事。她们把一所孤儿院改造成了医院。但人们还是像苍蝇一样成批地死去。我申请去那里控制局面。"

"你?"

她猛吃了一惊。她首先想到的是,如果他去了那里她就有自由了,能够正大光明地和查理约会了。但这想法把她自己都吓了一跳。她感觉自己脸红了。他为什么要这样看着她?她尴尬地移开了目光。

她支支吾吾地说:"你有必要去吗?"

"那里缺少一名外国医生。"

"可你又不是医生。你是细菌学家。"

"我是医学博士。在选定专业前,我曾在一家医院里做过许多日常的医务工作。而且,我是个细菌学家这一点对控制局面来说是大有帮助的。从研究工作的角度来说,这也是一次千载难逢的好机会。"

他就这么漫不经心地侃侃而谈。她的目光又回到他身上,她惊讶地发现他的眼睛里闪烁着一丝嘲讽的光芒。她不懂那是什么意思。

"可去那边不是非常危险吗?"

"非常危险。"

他淡然一笑。这是一个嘲讽性的微笑。她一只手捂住前额。他想自杀。除此之外,再无别的解释,太可怕了!她没想到他会走这一步。她不能让他这么做,这太残忍了。她确实不爱他,但这也不是她的错呀。想到他要为了她的缘故自杀,她觉得受不了。泪水慢慢地从她的脸颊上滚落下来。

"你为什么哭呀?"

他的声音很冷酷。

"你没有义务必须要去,对吗?"

"对,我是自愿要去的。"

"我求你别去了,沃尔特。要是发生什么事就糟了。万一你死在那儿呢?"

尽管他的脸上依然毫无表情,但他的眼睛里又闪过了一道浅笑。他没有作答。

过了一会,她又问道:"那地方在哪儿?"

"你是说湄潭府吗?它在西江的一条支流边上。我们先乘船去西江的上游,然后再坐轿子。"

"我们是什么意思?"

"你和我。"

她飞快地看了他一眼,她以为自己听错了。但此时,他眼睛里的嘲笑已经蔓延到了嘴角。他那墨黑的眼珠子紧紧地盯着她。

"你希望我也一起去吗?"

"我以为你愿意的。"

她的呼吸一下子急促起来,一阵战栗流过她全身。

"可那里肯定不适合女人去的。传教士在几周前就送走了妻儿。A.P.C.[1] 的老板和他妻子也回来了。我是在一次茶会上遇见她的。我清楚地记得,她说他们是因为霍乱而离开某地的。"

"那儿还有五个法国修女呢。"

她陷入了一阵恐慌。

"我不明白你的意思。要我去那儿简直是发疯。你知道我有多么弱不禁风。海沃德医生说,我必须离开香港去避暑。我肯定受不了那儿的暑热。还有霍乱,想想都会吓死我的。那简直就是自讨苦吃。我干吗要去?我会死在那儿的。"

他没有回答。她绝望地看着他,拼命地克制着泪水。他的脸色铁青,

---

1 Asian Petroleum Company(亚洲石油公司)的缩写。

使她突然觉得可怕极了。她从他的脸色里看出了憎恨。难道他想害死自己吗？她自己回答了这个有悖常理的设想。

"太荒唐了。如果你认为你应该去，那是你自己的事。但你凭良心不该要求我一起去的。我厌恶疾病。再说那是流行性霍乱啊。我不会硬充好汉的，我可以老实告诉你，我没有去那儿的勇气。我就待在这儿，随后我要去日本。"

"我还以为，当我准备踏上一段危险的征途时，你会愿意陪我同行呢。"

此时，他已经是在公然地讽刺她了。她搞糊涂了，她不知道他是真的想让她一起去呢，还是仅仅为了吓唬她。

"我认为没人有理由指责我拒绝去一个危险的地方。而且，我和那地方扯不上边，也派不上什么用场。"

"你可以派上大用场的，你能鼓励我、照顾我。"

她的脸色越发苍白了。

"我不懂你在说什么。"

"我没想到理解这句话还需要什么超凡的智慧。"

"我不会去的，沃尔特。你这么硬逼我简直太野蛮了。"

"那么我也不去了。我这就去收回申请。"

23

她茫然地看着他。他的话令她始料未及，以至于一开始她几乎弄不明白他话里的含义。

她嘀咕道："你究竟想说什么呀？"

这句话在她自己听来都觉得假惺惺的，她随即看见在沃尔特严肃的脸上浮起了一种鄙视的神情。

"恐怕我没你想得那么傻吧。"

她不知道该说些什么。她没想好是愤怒地坚持自己的清白无辜呢，还是恶狠狠地骂他一顿。他似乎看出了她的心思。

"我已经拿到了所有必要的证据。"

她哭了起来。泪水自然而然地从她的眼睛里流出来，她也没有去擦，哭可以为她争取到一点时间来镇定自己。但她的脑子里空空如也。他冷眼看着她，他的平静让她觉得害怕。他不耐烦了。

"你知道，哭也没有用的。"

他的声音如此冰冷、严厉，在她的心头激起了一股愤怒。她鼓起了勇气。

"我无所谓的。我要和你离婚，估计你不会反对吧。对男人来说，这本来就没什么大不了。"

"我可否问一句，我为什么要为了你的缘故使自己陷入一场小小的麻烦呢？"

"这对你来说没有任何影响的。我希望你拿出绅士的样子，这要求不过分吧。"

"可我实在太在乎你的幸福了。"

此时，她坐直了，擦干了眼泪。

她问他："你什么意思？"

"汤森除非成了离婚诉讼中的被告，否则不会娶你的。而且，这场官司必须打得轰轰烈烈，这样他老婆才会迫于面子和他离婚。"

她大声说："你在胡扯些什么呀。"

"你这个傻瓜。"

他的语气如此轻蔑,她气得涨红了脸。她火气那么大也许是因为以前听惯了他的甜言蜜语、曲意奉承。不管她提出多荒唐的要求,他都会乖乖地答应,对此她早已习以为常。

"你想听实话我就告诉你好了。他正急着想要娶我呢。而且,多萝西·汤森也巴不得和他离婚。我们一得到自由就马上结婚。"

"他这样明确告诉你了吗?还是你从他的态度上推断出来的?"

沃尔特的目光里含着辛辣的讽刺。基蒂微微有些担心起来。她不太记得查理这么明确地对她说过。

"他对我说过不止一遍。"

"撒谎,你知道自己在撒谎。"

"他全心全意地爱着我。他爱我爱得那么激烈,就像我爱他一样。既然你发觉了,我不会抵赖的。我干吗要抵赖?我们已经要好了一年了,我为此感到自豪。他就是我在这个世界上的一切,我很高兴你终于知道了。对以前的那些偷鸡摸狗、委曲求全的日子,我们早就厌烦死了。我嫁给你是个错误,我不该这么做的,我真傻啊。我从来没喜欢过你,我们毫无共同语言,我讨厌你喜欢的那帮人,你感兴趣的事情我也觉得无聊。谢天谢地,现在终于可以结束了。"

他一动不动地看着她,脸上毫无表情。他认真地听她说,但从他那张冷漠的脸上看不出她的话对他有什么影响。

"你知道我为什么会嫁给你吗?"

"因为你想赶在你妹妹多丽丝之前结婚。"

他说对了,不过她还是觉得有点讶异,因为她原本以为他不知道的。奇怪的是,在这个愤怒和恐惧的时刻,他的这句话居然还勾起了她的一丝怜悯。他淡淡地微笑了。

"我对你不抱幻想。"他说,"我知道你愚蠢、轻佻,头脑空虚。

可我仍然爱你。我知道你的追求和理想是多么庸俗多么普通，可我仍然爱你。我知道你是个蹩脚货，可我仍然爱你。以前我是多么卖力地假装对你感兴趣的东西也感兴趣，还有就是在你面前我总是竭力表现得愚昧无知、低级庸俗、喜欢聊八卦，想想我就觉得好笑。我知道你害怕智慧型的男人，我就想方设法让你相信我和你结交的那些男人一样是个十足的大傻瓜。我知道你嫁给我只是为了摆脱困境，可我那么爱你，所以我不在乎。在我看来，大多数人在陷入得不到回应的单相思时都会觉得伤心，觉得气愤，觉得憋屈。但我不会。我从不期待你会爱我，我也知道你没有任何理由非爱我不可，我也从不觉得自己有多少魅力。只要有爱你的权利，我就知足了。有时候，看见你和我在一起挺开心的，或者是从你的眼睛里看见了一丝柔情，我就会高兴得不知道如何是好。我竭力克制，不让我的爱使你产生厌倦，因为我知道那后果我承受不起。我总是小心翼翼地观察着你是否对我的感情觉得不耐烦了。大多数丈夫觉得爱是一种权利，可我却愿意把它看作是你施舍给我的一种恩惠。"

基蒂一辈子都听惯了别人对她的夸奖，以前还从没听到过有人对她说这种话。一团莫名的怒火，取代了恐惧，在她的胸口燃起：这感觉令她透不过气来，她觉得太阳穴那里的血管在膨胀，在鼓动。虚荣心受到伤害的女人会变得比失去了幼崽的母狮更凶狠。基蒂的下巴原本过于方正，此时却像猿猴一般恶狠狠地向外突出，那双漂亮的眼睛里也漂浮出恶毒的敌意。但她控制住了自己的情绪。

"如果一个男人没本事让一个女人爱上他，那只能怪他自己，不是女人的错。"

"你说得太对了。"

他那嘲笑的口吻更令她怒不可遏。但是，她觉得保持冷静可以更好地对付他。

"我没有受过很好的教育,也不十分聪明,我只是一个再普通不过的小妇人。我这一辈子都是,周围的人喜欢什么,我就喜欢什么。我喜欢跳舞、打网球、看戏,我也喜欢爱运动的男人。你说得很对,对你和你喜欢的东西,我早就厌倦了。对我来说,它们毫无意义,而且我也没打算让它们对我产生什么意义。在威尼斯,你拉着我没完没了地看那些画,而我倒宁可在三明治球场舒舒服服地打一场高尔夫。"

"我知道。"

"很抱歉我没能成为你期望的那种女人。不幸的是,我还总觉得你面目可憎。这一点你总不能怪我吧。"

"我不怪你。"

如果他火冒三丈、大发雷霆,那基蒂反倒可以更容易地控制局面。她可以以暴制暴。可他冷静得像个圣人,这就使基蒂比以前更恨他了。

"我觉得你根本不是个男人。你明知我和查理在房间里,为什么不破门而入呢?你完全可以狠狠地揍他一顿。你怕他吗?"

可话一出口她自己倒脸红了,因为她觉得羞耻。他不做回答,但她从他的眼睛里看出了一种冰冷的蔑视。他的嘴角上掠过一丝笑意。

"怎么说呢,也许是因为我太骄傲了,不屑于动武,就像古人那样。"

基蒂想不出如何回应这句话,只得耸了耸肩膀。他的眼睛又一动不动地盯着她看了一会儿。

"我想我该说的都说了。如果你还是拒绝去湄潭府,那我就收回申请。"

"你为什么不同意我跟你离婚呢?"

他的目光终于从她身上移开。他靠在椅子的后背上,点上一支烟。他默默地抽完了一支烟。接着,他扔掉烟头,淡然一笑,眼睛又朝她看去。

"如果汤森太太向我保证她会和丈夫离婚,而且汤森能给我一份书面承诺,写明他会在两份离婚协议生效后的一周之内娶你,我就答应你。"

他说话的那种口气让她觉得有些不安。但她的自尊心令她别无选择,只能爽快地接受了他的提议。

"你真是个宽宏大量的人,沃尔特。"

出乎她意料的是,他突然爆发出一阵大笑。她气得脸都红了。

"你笑什么呀?我没看出来有什么好笑的地方。"

"真对不起。大概是因为我的幽默感比较特别吧。"

她皱起眉头看着他。她想说几句刻薄、伤人的话,但一时想不出该怎么说。沃尔特看了看手表。

"如果你想去办公室找汤森,就得抓紧时间了。如果你决定和我一起去湄潭府,那我们后天就得动身。"

"你希望我今天就去告诉他吗?"

"俗话说事不宜迟嘛。"

她的心跳得更快了一点。这倒不是因为她觉得不安,而是……她也说不清到底为了什么。她希望有更充裕的时间,能让查理好好地谋划一番。但她对查理充满信心,他对她的爱并不比她对他的来得少,哪怕只是在心里略微怀疑他有可能并不喜欢这份强加在他头上的提议,她都觉得是对他的一种背叛。她满脸严肃地转向沃尔特。

"我认为你不懂爱情。你根本无法想象我和查理之间的爱情有多深。爱情真的是唯一重要的东西,如果爱情需要付出牺牲,我们都会毫不犹豫。"

他朝她微微欠身,但什么也没说,目送她迈着从容的步伐走出了房间。

24

她给查理送去一张小纸条,上面写着:"请和我会面,有急事。"送便条的华人听差让她稍等,然后走出来对她说汤森先生过五分钟和她会面。她紧张得要命。她终于被领进了他的办公室,查理走上前来和她握手,但等到那个听差关上门,办公室里只剩下他们两个,他随即放下了彬彬有礼、一本正经的态度。

"我说亲爱的,你真不应该在工作时间来这儿。我有太多的事情要做,而且我们也不想给人留下嚼舌头的话柄吧。"

她用那双美丽的眼睛久久地看了他一眼。她想面带微笑,但她的嘴唇僵得不听使唤。

"要是没有急事,我是不会来的。"

他微笑着拉住了她的手臂。

"好吧,既然来也来了,就过来坐吧。"

这是一间狭窄的办公室,里面光秃秃的,天花板很高,墙壁上画着两尊模糊的陶俑。一张大写字台,一把给汤森坐的转椅,一把给来访者坐的皮扶手椅,就是这里的全部摆设。基蒂坐在那把扶手椅里,觉得心慌。汤森坐在写字台前。她以前从未看见过他戴眼镜,也不知道他戴眼镜的。他注意到她的目光盯着那副眼镜,就把它摘了下来。

他说:"我只在看文件的时候才戴。"

她的泪水不由自主地淌了下来,她也不知道为什么,就这么哭了起来。她不是存心哭给查理看的,只是本能地想激起他的同情。他茫然地看着她。

"发生什么事啦?哦,我亲爱的,别哭了。"

她掏出手绢,竭力克制住抽泣。他按下电铃,等听差来到门口,他走了过去。

"随便什么人来找我,都说我出去了。"

"好的,先生。"

听差关上了门。查理坐在了椅子的扶手上,伸手搂住了基蒂的肩膀。

"好了,亲爱的基蒂,告诉我到底发生了什么事。"

她说:"沃尔特想离婚。"

她感觉到搁在她肩膀上的他的手臂松了劲。他的身体僵硬了。一阵沉默之后,沃尔特从她的椅子上站起来,再次坐回到自己的椅子里。

他问:"你这话究竟是什么意思?"

她飞快地看了他一眼,因为他的声音嘶哑。她看见他脸色发红,表情僵硬。

"我和他谈过了。我是直接从家里过来的。他说他已经掌握了他需要的所有证据。"

"你没有对他坦白,对吗?你什么也没承认吧?"

她的心沉下去了。

她回答:"没有。"

他逼视着她问道:"你能肯定吗?"

她再次撒谎:"很肯定。"

他靠在椅背上,呆呆地望着挂在他面前墙壁上的一幅中国地图。她焦虑地注视着他。他听到这消息后的反应令她觉得微微有些不安。她原本期待着他会把她搂在怀里,对她说感谢上帝,他们终于可以永远在一起了。不过,男人的行为方式总是很奇怪的。她低声地哭着,这次不是为了博得他的同情,而是觉得这时候哭出来比较自然。

"我们真他妈的陷入了麻烦。"他终于又开了口,"不过,感情用事是没好处的。哭解决不了任何问题,你知道。"

她从他的声音里判断出他有些生气了,于是就擦干了眼泪。

"这不是我的错,查理。我也没办法呀。"

"你当然没办法。只怪我们倒霉的运道。这事我和你一样有责任。现在的关键是要找到解决问题的办法。我估计你和我一样,也不想离婚吧。"

她倒吸了一口凉气。她向他投去一个疑问的目光,但他根本没在考虑她的想法。

"他真的有证据吗,我表示怀疑。我想不出他要怎么来证明当时我们俩都在那个房间里。大致上说,我们一向都很小心的。我相信古玩店的那个老头子不会出卖我们。就算沃尔特看见我们一起进了店,我们一起去淘古董不也很正常吗。"

此时,他已不是在和基蒂说话,而是在自言自语。

"提出指控是很容易的,但要证明就他妈的难了,任何一个律师都会对你这么说。我们的招数就是死也不承认。如果他威胁要打官司,我们就对他说,你去死吧,我们奉陪到底。"

"我不能上法庭,查理。"

"为什么不能?恐怕你非上不可。天晓得,我也不想闹翻的,可我们也不能就这么束手就擒呀。"

"我们为什么一定要否认呢?"

"你这算什么问题哦。毕竟,这不仅仅是你的事,也关系到我。不过老实说,我觉得你不必担心。我们肯定有办法摆平你丈夫的。现在唯一值得我担心的是我们能否找到最好的办法来处理此事。"

他看上去像是想出了什么办法,因为他又面带迷人的微笑向基蒂转过身去。刚才还冰冷生硬的语气,现在已变得情意绵绵。

"我恐怕你一定担心死了,可怜的小宝贝。这太糟了。"他伸出手去,握住了她的手,"我们陷入了窘境,但我们一定能摆脱的,这不是……"他打住了话头,基蒂怀疑他是想说这已不是他第一次摆脱窘境了,"最重要的是保持冷静。你知道,我从来不会让你失望的。"

"我没有害怕。不管他采取什么样的行动,我都不在乎。"

他仍在微笑,但笑得有几分牵强。

"如果事情发展到不可收拾的地步,我就不得不去告诉总督了。他会把我臭骂一顿,但他是个好人,也是个明白人。他一定会出面摆平此事的。闹出丑闻对他没有任何好处。"

基蒂问:"他会怎么做呢?"

"他会对沃尔特施压。如果说事关他的前途也说服不了他的话,总督会从责任感的角度来说服他。"

基蒂的心都凉了。看来她没能使查理认识到事情的严重性。他轻描淡写的态度让基蒂冒火。她后悔了,她不该来办公室见他的。这里的环境令她胆怯。如果她能躺在他怀里、双手勾住他的脖子,那要说出她的想法就会容易许多。

她说:"你不了解沃尔特。"

"我相信通过讨价还价,最终没有办不成的事。"

她全心全意爱着查理,但他的回答却令她不爽。亏他还是个聪明人,怎么会说出如此愚蠢的话来。

"我想你还不知道沃尔特究竟有多光火。你没看到他当时的脸色和眼神。"

他沉默了一会儿,但还是面带微笑地看着她。她知道他心里在想什么。沃尔特是个细菌学家,职位不高,不会有胆量去惹恼殖民政府里的高官。

"自欺欺人是没有用的,查理。"她急切地说,"如果沃尔特下定决心要打这场官司,那么不管是你还是随便什么人都没法说动他的。"

他的脸色再次变得阴沉、凝重。

"那他是想连我一起告啰?"

"他开始是这么打算的。不过,我最终说服了他,他同意跟我离婚了。"

"嗯,好吧,这结果还不算太糟。"他说话的口吻又变得轻松了,她从他的眼神里看出他松了一口气,"我觉得这是解决问题的一个好办法。毕竟,是男人就应该拿得起放得下,这是唯一明智的做法。"

"但他也提出了条件。"

他向她投去一个疑惑的眼神。他看上去一副若有所思的样子。

"我当然不算什么有钱人,但我会在能力范围内尽力而为的。"

基蒂一时说不出话来。她根本没料到会从查理的嘴里听到这番话。这使她很难说出她想好的那番说辞。她本来的设想是,躺在他深情的怀抱里,将滚烫的面颊贴在他的胸口,一口气道出全部实情。

"只要你老婆向他保证会和你离婚,他就同意和我离婚。"

"还有别的条件吗?"

基蒂简直难以启齿。

"还有……我真说不出口,查理,这条件听上去怪吓人的……你必须向他保证在离婚协议生效后的一周内娶我。"

25

他沉默了一会。然后再次握住她的手,温柔地抚摸着。

"你知道,亲爱的,"他说,"不管发生什么,我们都不能把多萝西牵扯进来。"

她茫然地看着他。

"可我不明白。怎么能不牵扯进来呢?"

"呃,活在人世,我们不能光为自己打算呀。你知道,别人的感受也同样重要。尽管我这辈子最大的愿望就是和你结婚,但那是不可能的。我了解多萝西,她说什么都不会答应和我离婚的。"

基蒂顿时六神无主了,她又哭了起来。他站起身来,在她旁边坐下,用手搂住她的腰。

"别那么伤心呀,亲爱的。我们必须保持冷静。"

"我还以为你爱我呢……"

"我当然爱你。"他温柔地说,"事到如今,你不应该对此再有任何怀疑。"

"如果她不和你离婚,沃尔特就会把你列入共同被告。"

他过了好长一会儿才开口。他的语气很冷淡。

"这样当然会毁了我的职业前景,但恐怕对你也没什么好处吧。如果事情发展到不可收拾的地步,我就把一切都向多萝西坦白。她肯定会很伤心、难过,但她会原谅我的。"他有了个主意,"我觉得把一切都讲出来说不定是个最好的办法。如果多萝西去找你丈夫,我敢说她会说服他对此事保持沉默的。"

"你这句话的意思是否是说你不想和她离婚?"

"呃,我也得考虑我的孩子们,对吧?而且,我当然也不希望使她不幸。我们在一起向来处得很融洽。对我来说,她是一个很好的妻子,你知道。"

"那你为什么要对我说你一点都不在乎她呢?"

"我从没说过。我说过我不爱她。我们已经有好多年没有同床共枕了,除了偶尔有时候,比如圣诞节,或者是她回国的前夜或她回来的当天晚上。她不是一个在乎这种事情的女人。不过，我们永远都是好朋友。我不妨告诉你，我依赖她的程度要远高于别人的估计。"

"那你不觉得你不应该来招惹我吗？"

尽管她恐惧得透不过气来，但她的语气还那么平静，这令她自己都觉得奇怪。

"你是我这么多年里见过的最漂亮的小女人。我就这么疯狂地爱上了你。你不能为此责怪我呀。"

"不管怎么说，你说过你永远都不会让我失望的。"

"可是，仁慈的主啊，我也不想令你失望呀。我们处在一个糟糕透顶的窘境，我会在人力所及的范围内尽力帮你解围的。"

"可你就是不做那件最显而易见、极其自然的事情。"

他站起来，回到了自己的座位上。

"我亲爱的，你得讲理呀。我们还是坦诚地面对形势比较好。我不想伤害你的感情，可我必须告诉你实情。我非常重视自己的职业。将来说不定哪一天我也能做总督，殖民政府的总督是份再轻松不过的活。除非我们把这件事压下去，不然我就一点机会都不会有。也许我还能继续留在总督府，但这辈子身上都留下了一个污点。如果我被迫离开总督府，我就只能在中国经商，因为我在这边有人脉。但不管是哪种情形，前提都是必须和多萝西保持婚姻关系。"

"你还说过在这个世界上除了我你什么都不需要，你有必要这么说吗？"

他的嘴角恼怒地耷拉下来。

"哦，亲爱的，你不能把一个男人在陷入爱河时说的话太当真呀。"

"你不是诚心说的吗？"

"当时是诚心的。"

"如果沃尔特和我离婚,我该怎么办呢?"

"如果我们真的已无立足之地,那我们就没必要再硬撑了。他和你离婚的事不会闹得沸沸扬扬,而且现如今的人思想都很开放的。"

基蒂第一次想到了她母亲。她浑身打战了。她又朝汤森看了一眼。此时,她的痛苦中已掺杂了一丝憎恨。

她说:"我敢肯定看见我遭罪你不会有任何难受的。"

他回答:"我们这样斗嘴完全无助于解决问题。"

她发出一声绝望的哀号。太糟了,她爱他爱得那么一往情深,但同时又觉得他是那么可憎。他完全不了解,她爱他爱得有多深。

"哦,查理,你不知道我有多爱你吗?"

"可是亲爱的,我也爱你呀。不过,我们不是生活在荒野孤岛上,我们必须面对现实找出解决问题的最佳方法。你真的应该理智一些。"

"我怎么能够理智?对我来说,我们的爱情就是一切,你就是我的全部生命。而对你呢,这只不过是一段小插曲,我终于不甚愉快地认识到了这一点。"

"当然不只是一段小插曲。可你知道,你要求我和老婆离婚,再和你结婚,而我是那么离不开她,这样会毁了我的事业,这样的要求不是太过分了吗?"

"可你的付出并不比我多呀。"

"我们俩的情况相当不同。"

"唯一的不同是你不爱我。"

"一个男人可以非常爱一个女人,但同时并不希望与她共度余生。"

她飞快地看了他一眼,绝望已占据了她整个心灵。泪水源源不断地从她的面颊上滚落下来。

"哦,多冷酷啊!你怎么能这么无情?"

她歇斯底里地号啕起来。他焦虑地看着门口。

"我亲爱的,你必须尽量控制住情绪。"

"你不知道我多爱你。"她气喘吁吁地说,"没有你,我活不下去。难道你一点也不可怜我吗?"

她没法继续说下去了,尽情地大哭起来。

"我不想残忍地对待你,老天知道,我也不想伤害你的感情,可我必须告诉你实情。"

"我的生活彻底毁了。你当初为什么要找上我呀?我有做过任何对不起你的事情吗?"

"如果把全部责任都推到我一个人身上对你有任何好处的话,你尽管这样做好了。"

基蒂突然觉得胸口燃起了一团怒火。

"大概是我自己投怀送抱的。大概是我死缠着你,使你不得安宁,这才迫不得已和我要好了。"

"别这么说。不过,我可以肯定地说,如果不是你当时给了我明确的暗示,我是绝不会来招惹你的。"

哦,多么耻辱!她知道他说的是实话。此时,他的脸色阴沉、忧虑,双手在不安地摆动。时不时地,他会气咻咻地瞥她一眼。

过了一会,他说:"你丈夫不可能原谅你了吗?"

"我从没这样要求过。"

他下意识地捏紧了拳头。她看得出,他在拼命克制住想要开口骂她的冲动。

"为什么你不回到他身边求他原谅呢?如果他真像你说的那么爱你的话,我相信他一定会原谅你的。"

"你对他真是太不了解了!"

26

她擦干了眼泪。她努力振作起来。

"查理,如果你抛弃我,我会死的。"

事到如今,她也只有乞求他的怜悯了。她应该马上向他倾诉。他只要知道她正面临强加在她头上的可怕抉择,他的慷慨、正义感、男子汉气概就一定会熊熊燃起,就会关注于她的危险。哦,她多么渴望他那柔情蜜意的、富有安全感的怀抱!

"沃尔特希望我和他一起去湄潭府。"

"哦,可那是个正在发生霍乱的地方。而且是五十年来最严重的一次霍乱。那里不是女人该去的地方。你千万别去。"

"如果你撇下我,我就只有去了。"

"你什么意思?我听不懂。"

"沃尔特要去接替那个去世的传教士医生。他希望我与他同行。"

"什么时候?"

"就现在,马上。"

汤森把椅子向后推了一把,迷惑不解地看着她。

"我大概是太笨了,完全听不懂你在说什么。如果他想让你和他一起去那个地方,那怎么会又要和你离婚呢?"

"他是想让我二选一啊。要么我同意去湄潭府,要么他提出离婚诉讼。"

"嗯,我明白了。"汤森的语气几乎没多大变化,"我觉得他的做法很有绅士风度,你不觉得吗?"

"绅士风度?"

"嗯,他要去那儿说明他真的是高风亮节。我就不愿意做那种事情。当然啰,回来后他能为此获得 C.M.G.[1] 称号。"

"可我呢,查理?"她伤心地大声说。

"呃,如果他希望你一起去,那我想在这种情况下你是没什么理由拒绝的。"

"那意味着去送死。百分百的送死。"

"哦,胡说八道,这也太夸张了一点。如果他也这么认为,就不太可能要带你去那儿了。你和他所冒的风险是一样的。其实,只要你当心一点,就不会有多大风险。这儿发生霍乱的时候我也在,又没伤到一根毫毛。关键是不要吃任何没有煮过的东西,不要吃像生水果、色拉之类的东西,还有就是喝的水一定要煮沸。"他越讲越自信,说出来的话也越来越流畅。他甚至变得没那么郁闷了,他越说越来劲,几乎是谈笑风生了。"毕竟,这是他的工作,不是吗?他对病菌感兴趣,从这个角度来说,这是他难得的一次机会。"

"可我呢,查理?"她重复道。可这次她的语气里已没有了伤心,只有愕然。

"呃,理解一个人的最好方法是设身处地地替他想一想。在他的眼里,你是个很淘气的小东西,他想要帮你摆脱险境。我一向认为他是不可能和你离婚的,我觉得他不是那种人。他认为带你离开这里是一种慷慨大度的行为,而你却拒绝了,这就使他很恼火。我不想责怪你,

---

1 Companion of the Order of St.Michael and St.George,第三等圣迈克和圣乔治励位爵士。

但我觉得为了我们的缘故你真该好好考虑一下他的建议。"

"可你难道看不出我会死在那里吗？你难道不知道，他要带我去那里正因为他知道我会死在那里吗？"

"哦，我亲爱的，别这么说呀。我们现在正置身于一个非常窘迫的境地，我们真的没时间再这样感情用事的。"

"你已经打好主意，要把假装听不懂我的话进行到底。"哦，基蒂的心多痛啊，多恐惧啊，她几乎都要尖叫了，"你不能把我往死路上推啊。哪怕你不爱我、不可怜我，做人最起码的一点良心你总还有吧。"

"我觉得你这样说我就太苛刻了。在我看来，你丈夫的建议是很大方的。只要你答应，他就愿意原谅你。他想要把你带走，刚巧又有个地方可去，在那儿待上几个月，你就能脱离危险了。我不会骗你说湄潭府是个疗养胜地，我觉得中国根本没有一座城市配得上这个称号，但也没有必要认为那里就是死亡陷阱呀。其实，最大的问题是恐惧。我相信，有许多人是死于对传染病的恐惧，而并非传染病本身。"

"可我吓死了。沃尔特提起那里的时候，我差点没吓昏过去。"

"这我完全相信，一开始听到你肯定会惊恐。不过，等到你能够冷静下来看一看，就会觉得没什么可怕了。那将是一种不平凡的人生体验。"

"我还以为……我还以为……"

她痛苦得扭动着身体。他一言不发，脸上再次出现阴郁的神色，她是直到最近才看到他有这种表情的。她停止了哭泣。她眼里没有了泪水，心里恢复了平静，尽管她的声音还很轻，但语气已相当坚定。

"你希望我去那里？"

"没有别的出路，不是吗？"

"真的吗？"

"为了对你公平,我只能实话实说了。哪怕你丈夫打离婚官司并且打赢了,我也不可能和你结婚的。"

他一定觉得过了漫长的几个世纪她才开口说话的。她慢慢地站了起来。

"我觉得我丈夫从来也没想过要打官司。"

他马上问道:"看在上帝的份上,那你干吗要用这种话来把我吓得半死呢?"

她冷冷地看着他。

"他知道你会抛弃我的。"

她沉默了。她隐约地领悟到了,就像你在学习一门外语,看到了外语书上的某一页,刚开始你完全看不懂上面写些什么,然后某个词或某句话给了你启发,就这样你那封闭的思路一下子有了灵感,她隐约地领悟到了沃尔特的想法。就像在一道闪电中瞥见了一眼阴暗、凶险的风景,但夜色随即又吞没了它。对于看见的那道风景,她禁不住打了个冷战。

"他敢提出那样的威胁,正是因为他料准你会吓瘫掉的,查理。真奇怪,他对你的判断怎么会这么准确的。可以说,他就是用这种方法来让我认清了残酷的现实。"

查理低头看着摆在他面前的一张吸墨水纸。他微微皱眉,生气地撅着嘴。但他没有说话。

"他知道你这人爱慕虚荣、胆小懦弱,还自私透顶。他希望我能亲眼看到你的真面目。他知道一旦遇到危险你逃得比兔子还快。他知道我上了你的当,误以为你爱我,因为他知道你除了自己以外谁都不爱。他知道为了自己的利益,你会眼睛都不眨一下就把我牺牲掉的。"

"对我说这么狠毒的话,你真的会觉得开心吗?不过,估计我已经没有权利来责备你了。女人从来不讲道理，都喜欢把所有的过错推给男人。但俗话说得好，一个巴掌是打不响的。"

她完全不理会他的辩解。

"现在，他知道的事我也全都知道了。我知道了你是个冷酷无情的人，我知道了你是个自私自利的人，你的自私简直难以用语言来形容，而且，我还知道了你连一只小老鼠的胆量都没有，我还知道了你是个骗子手、伪君子，我知道了你就是个彻头彻尾的卑鄙小人。而悲剧的是……"她的脸上突然出现了极度痛苦的神情，"悲剧的是尽管如此，我还在全心全意地爱着你。"

"基蒂。"

她发出一声苦笑。他用那令人融化般的、极富魅力的口吻叫她的名字，这对他来说简直是张口就来的事，只可惜里面没有一点真情。

她说："你真蠢啊。"

他飞快地倒退回去，涨红了脸，恼羞成怒。他不明白她怎么会变成这样。她看了他一眼，眼神里含着一丝嘲讽。

"你开始不喜欢我了，对吧？很好，就不喜欢好了。现在对我来说，你喜不喜欢都已无所谓。"

她开始戴上手套。

他问："你打算怎么做？"

"哦，别担心，你不会受到伤害。你很安全的。"

"看在上帝的份上，别这样说话，基蒂。"他说，他那低沉的声音里透露出一丝焦虑，"你必须知道，你的事情跟我休戚相关。我急得要命，想知道接下来会发生什么事。你会对你丈夫说些什么？"

"我会告诉他，我愿意跟他一起去湄潭府。"

"你答应他，兴许他反倒不要你去了。"

在他说这句话的时候,她一直用一种奇怪的眼神看着他,他不知道那是为了什么。

他问她:"你不是真害怕了吧?"

"不是。"她说,"是你鼓起了我的勇气。去一个霍乱肆虐的地方也算是人生的一种独特体验,要是我死在那里……没事,死就死呗。"

"我对你那么说是为了尽量体贴你呀。"

她又看了他一眼。泪水再次涌上了她的眼眶,内心又变得波澜起伏。她几乎无法克制住想要扑到他怀里、亲吻他嘴唇的冲动。但现在这已没有任何意义。

"如果你想知道,"她尽量保持平稳的语气说道,"我将带着一颗恐惧和破碎的心去那儿。我不知道沃尔特幽暗、扭曲的大脑里在想些什么,我已吓得浑身哆嗦。但我想,死在那边也许真的是一种解脱。"

她觉得,她一刻也控制不住自己的情绪了。还没等汤森来得及从椅子里起身,她就已急匆匆地奔向门口,走了出去。汤森发出了一声长长的、如释重负的叹息。此时,他急需一杯加苏打水的白兰地。

27

她回到家时,沃尔特已经在家里了。她本来想直接回自己的房间,但他在楼下的门厅里吩咐一个仆人做什么事情。她是那么伤心,以至于她自愿接受任何羞辱。她停下脚步,面对着他。

她说:"我和你一起去那个地方。"

"嗯,好的。"

"你要我什么时候做好准备?"

"明晚上。"

她不知道是哪个胡闹的小精灵闯入了她的内心。他的冷淡如一把长矛刺伤了她。她说出了一句连自己都觉得惊讶的话。

"估计我只要准备几件夏天的衣服和一套丧服就够了,对吧?"

她看着他的脸,知道自己这句唐突的话惹恼了他。

"我已经告诉过你的女仆你需要带些什么。"

她点点头,上楼去了自己的房间。她的面色煞白。

28

他们终于抵达了目的地。他们坐在轿子里,一连好几天,沿着无边无际的稻田间的一条堤道前行。他们每天在拂晓时分出发,直走到烈日迫使他们停下来在路边的小旅店里歇脚,然后继续上路,再直走到他们预定好在那里过夜的小城镇。基蒂坐的那顶轿子走在队伍的最前面,沃尔特的紧随其后,再后面是苦力们挑着他们的铺盖、日用品和医疗器材的一支歪歪扭扭的队伍。基蒂对乡野的风景几乎视而不见。长日漫漫,寂寂无声,只有挑夫们偶尔的对话或是哼两声粗野的小调会暂时打破沉默。基蒂在饱受折磨的脑海里反复咀嚼着发生在查理办公室里的那令人心碎的一幕幕。回想起他们彼此之间的对话,她伤心地发现它是那么的生硬,那么的一本正经。她没有说出自己的心里话,说话的语气也不是她希望的那样。要是她能使他认识到她那无尽的爱,她心底的激情,以及她的无助,他一定不会这么冷漠地抛下她,任凭她遭受命运的打击。她当时被完全吓傻了。在他告诉基蒂自己一点都不爱她时(其实,他的态度比语言更明确地告诉了她这一点),她几乎无法相信自己的耳朵。因此当时她并没怎么痛哭流涕,只是一片茫然的感觉。事后,她哭了起来,伤心地哭了起来。

晚上,他们住在旅店里的上等客房,基蒂意识到沃尔特躺在离她咫尺之遥的行军床上便无法入眠,只得用牙齿紧咬住枕头,不让自己发出哭声。不过在白天,有轿子的帘幕遮挡着,她就可以痛痛快快地放声大哭。她的痛苦如此剧烈,所以她要用最大的嗓门尖叫。她以前从不知道一个人可以遭这么大的罪,她绝望地问自己究竟造了什么孽会有如此的下场。她想不出查理为什么不爱她:她估计是自己的错,但为了使他爱她,她已经竭尽所能了呀。他们一向相处得很愉快,他们在一起的时候总是笑个不停,他们不仅是一对情侣,还是最要好的朋友。她不明白,她心碎了。她自言自语:我恨你,我瞧不起你。但她不知道如果今后再也见不着他了她该如何活下去。如果沃尔特带她去湄潭府是为了惩罚她,那他的打算就只能骗骗自己了,因为她对自己今后的命运已全不在意,她已经失去了生活的意义。在二十七岁的芳龄就要与生活告别,是不是太残酷了点。

29

在乘汽船沿西江溯流而上的旅途中,沃尔特一直在看书,不过在吃饭时间,他会主动和基蒂搭话。他对她说话的样子就像她是个他在旅途中偶遇的陌生人。基蒂想,他是出于礼貌才和她聊这些闲言碎语的,也可能是因为他想借此提醒她他们之间有一条鸿沟。

她曾突发灵感地告诉查理说,沃尔特为了让她亲眼看到他是一个多冷漠、懦弱、自私的人,所以让她来威胁他,要么他和妻子离婚,要么她陪他一起去瘟疫流行区。这是真的,这套把戏完全符合他那爱冷嘲热讽的天性。他非常清楚结局会怎样,所以在她回家之前他已经吩咐女仆做好了出行的准备。当时,她从他的眼底看到了一丝鄙视,那似乎不仅包括她的情夫,也包括她本人。也许,他在心里这么告诉自己,要是他处在汤森的位子上,那么世上没有一种力量能够阻止他为了满足她最小的愿望而做出的任何牺牲。她知道,这也是真的。可是之后,在她睁开眼睛看清了查理的本质之后,他怎么还能要求她去做这么危险的事,他明明知道这件事已经把她吓得半死了?一开始她以为他只是在捉弄她,直到他们实际出发了,不对,还要在更后面,在他们下船坐轿子行进在乡野里,她还在想他随时都会微笑着对她说:你不用继续走下去了。她完全不懂他脑子里在想什么。他不可能真的希望她死。他爱她爱得那么狂烈。现在她明白了爱是怎么回事,也想起了他曾做过的上千种爱的表示。在他看来,用法国人的话来说,她真的是一个看不清天晴天阴的人。他不可能不再爱她了。如果你的爱人残忍地对待你,你就不再爱她了吗?再说,她也没有像查理待她那般残忍地对待他呀。然而,只要查理做一个小小的表示,她还是会抛下一切、义无反顾地奔向他的怀抱,尽管以前发生了种种不愉快,尽管她已经认清了他的本质。虽然他抛弃了她,虽然他不爱她,虽然他是个冷酷无情的人,但她仍然爱他。

　　一开始她以为,只要她耐心地等下去,沃尔特迟早会原谅她的。她太过自信自己对沃尔特的影响力,因此她无法相信他对她的爱已经彻底结束了。不论泼多少冷水,都浇不灭爱情的火焰。只要他还爱她,还觉得他必须爱她,他就不会狠下心肠来待她。可现在,她对此已不是十分有把握。每到黄昏,沃尔特坐在旅店的黑檀木直背椅上看书,马灯的灯光映照在他脸上,她都可以尽情地观察他。她躺在草垫子上

（过会儿她的床就将被设在这里），处在一片阴暗中。他那笔直、方正的五官使他看上去一脸严肃。你很难相信这样一张脸上有时也会露出甜美的笑容。他能够做到平心静气地看书，就好像她在千里之外。她看见他在翻页，看见他的眼睛在字里行间有规律地移动着。他没有在想她的事。等到桌子铺好、晚饭摆好，他会放下书朝她看一眼（他不知道灯光照在他脸上，把他的表情照得清清楚楚），她会因看见他眼睛里透露出来的厌恶而感到震惊。是的，她感到震惊。他会不会已经完全不爱她了呢？他会不会真的盘算着让她死在那边呢？太荒唐了。那简直是疯子的行为。奇怪的是，在她想到沃尔特也许已经有点神经不正常时，一阵战栗穿透了她的全身。

30

漫长的沉默之后，轿夫们突然说起话来，有一个人还回过身来对她说话，见她听不懂中国话，便改用手势。她朝着此人手指的方向望去，瞧见在那边的山顶上有一座牌坊。此时她已经知道那是用来表彰那些成功的学者或守节的寡妇，因为下船后一路上她已经看见过许多。不过，在夕阳掩映下的这座牌坊，看上去要比她之前见过的任一座都更宏伟也更秀丽。然而，她也不知道为了什么，它令她感觉不安。她感觉到它具有某种含义，但她没法用语言把它表达出来：她隐约感觉到的是一种不祥之兆呢，还是一种嘲讽？他们经过了一片竹林，竹枝异样地向着堤道倾斜，像是要留住她的脚步。尽管这是一个无风的夏日黄昏，它们那细长的绿叶仍在微微地颤抖。这给她如此的感觉：有人藏在竹林里偷偷地看着她走过去。现在，他们来到了山脚下，这里已经没有了稻田。轿夫们开始走摇摇晃晃的步子。山上到处都是小小的青冢，紧挨在一起，如退潮后隆起的一道道沙丘。这是墓园，这个她也知道，因为每当他们进入或离开一座人口众多的城镇总会遇上这么个地方。此时她知道了轿夫们刚才为什么让她看山顶上的那座牌坊：他们抵达了旅程的终点。

他们穿过那座牌坊，轿夫们停下来把竹竿换一下肩膀。有一个轿夫用一块脏兮兮的破布擦了把大汗淋漓的脸。堤道蜿蜒而下，两侧都是邋里邋遢的房子。此时，夜幕降临了。可是，轿夫们突然兴奋地说开了，还一个个尽量往墙边上闪，这让坐在轿子里的基蒂也为之一震。她随即知道了是什么惊扰了他们，因为就在他们站在那儿聊着闲天时，有四个农夫悄没声地、急匆匆地从他们身边走过，他们扛着一口新棺材，木板还没有上漆，在越来越浓的夜色中闪着白光。基蒂觉得心慌得在胸口剧烈地跳动起来。棺材扛过去了，但轿夫们仍站在原地不动，好像他们已失去了继续走下去的意愿。不过，从后面传来一声吆喝，轿夫们吃了一惊，他们不再说话。

他们又往前走了几分钟，然后突然拐入了一扇敞开着的大门。轿子落了地，他们到了。

31

这是一座平房，她走进了起居室。她坐了下来，苦力们一个接一个往屋子里搬他们的行李。沃尔特站在院子里吩咐他们每件行李各自的摆放位置。她已经非常累了。这时，她吃惊地听见了一个陌生的声音。

"我可以进来吗？"

她先是脸红，继而又转白了。她已精疲力竭，此时要与一个陌生人见面令她紧张。狭长低矮的房间里只点了一盏罩着灯罩的灯，一个男人从阴暗中走来，向她伸出手去。

"我名叫沃丁顿，是这里的副关长。"

"噢，海关的人，我知道。我听说了您在这边。"

在昏暗的灯光下，她只能看出他是一个矮小瘦削的人，还没她高，光秃秃的脑袋，一张光溜溜的小脸。

"我就住在山脚下面，不过你们从那条路上来是看不见我家的。我想你们一定累坏了，不会去舍下用餐。所以我就把晚餐叫到了这里，然后我就不请自来了。"

"我很高兴听到您这么说。"

"这里的厨师很不错。我为你们留下了沃森的厨师。"

"沃森就是那个住在这里的传教士吧？"

"是的，他是个大好人。如果您想去的话，我明天可以带您去看他的墓。"

基蒂微笑着说："您太客气了。"

此时沃尔特走了进来。沃丁顿在进来看她之前已经对沃尔特做过了自我介绍。

他对沃尔特说："我刚才正告诉您太太我要和你们一起用晚餐。自从沃森去世后，除了修女我就基本没什么人可以说说话了，而且我从来也说不好法语。再说，能够和修女说的话题毕竟有限啊。"

沃尔特说："我已经让仆人送几杯饮料进来。"

仆人拿来了掺苏打水的威士忌，基蒂注意到沃丁顿毫不客气地大喝起来。他刚进来时说话和动不动就发笑的样子让她觉得他已经是半醉的状态了。

"祝你们好运。"他说，然后转向沃尔特，"这儿的工作对你正合适。人像苍蝇一般成堆地死掉。地方官都快急疯了，指挥部队的余团长为了防止兵士抢劫老百姓也是伤透了脑筋。如果事态不能马上发生改变，那我们都会在睡梦里被杀掉的。我劝修女们离开此地，但她们当然不肯。她们都想做殉道者。见他妈的鬼。"

他的语气轻松，声音里隐约含着笑意，使人不由自主地面带微笑听他讲话。

沃尔特问："那你自己为什么不走呢？"

"呃，我已经失去了一半人手，余下的也随时都有可能倒下去死掉。总得有人留下来收拾残局呀。"

"你打过防疫针了吗？"

"打过了，沃森给我打的。他也给自己打了，结果却一点用也没有，可怜的家伙。"他转向基蒂，他那张滑稽的小脸笑得起了皱，"如果你们注意预防，我觉得风险也不算太大。牛奶和水一定要煮沸了喝，别吃生的水果和蔬菜。你们有带唱片来吗？"

基蒂说："没有，好像没有。"

"真遗憾。我以为你们会带来。我已经好久没有新唱片了，我早就听厌了我的那些老唱片。"

仆人进来问他们，现在是否可以开饭。

"你们今晚上吃饭不用换衣服了，对吧？"沃丁顿问，"我的仆人上礼拜死了，现在的仆人又是个傻子，所以我现在晚上吃饭都不换衣服的。"

基蒂说："我先去脱掉帽子。"

她的房间就在隔壁，里面光秃秃的，没什么摆设。一个女仆正跪在地上收拾基蒂的行李，在她身旁放着一盏灯。

32

饭厅很小，一张巨大的桌子占据了大部分空间。墙上挂着几幅画着圣经故事和带插图的圣经文字的版画。

"传教士们都有一张大餐桌。"沃丁顿解释说，"因为他们每年都会添丁，所以他们在结婚时就买下一张大餐桌，这样他们的小崽子就有地方吃饭了。"

天花板上吊着一盏大型的煤油灯，因此基蒂可以很好地观察一下沃丁顿这个人了。他的秃顶起初使基蒂误以为此人已不再年轻，但此时看来他一定还未满四十。在他滚圆的高前额下的这张小脸上没有一点皱纹，脸色也很红润，这张脸丑得像猴子，但不是丑得毫无魅力，而是丑得十分有趣。他的五官，好比他的鼻子和嘴巴，几乎和孩子的一般大，他有一双明亮湛蓝的小眼睛。他的眉毛修长而稀疏。他看上去像个滑稽的小老头。他不停地自斟自饮，随着晚餐的进行，他的醉意也越来越明显了。但即便喝醉了，他也不会发酒疯，而是像从沉睡的牧羊人手中偷得酒囊的牧神一般欢天喜地。

他谈到了香港，他在那边有很多朋友，他想知道他们的近况。一年前他去那里赌过一次赛马，此时他又谈起了当时参加比赛的马匹和骑手。

"顺便说句，汤森现在怎么样啦？"他突然问道，"他快当上总督秘书了吗？"

基蒂觉得脸腾地红了，但她丈夫没有朝她看。

沃尔特回答说："我想那不成问题的。"

"他是那种步步高升的人。"

沃尔特问："你认识他吗？"

"是的，我跟他很熟。有一次，我和他一起从英国过来。"

他们听见了河对岸传来的锣鼓声和噼里啪啦的爆竹声。那儿，和他们近在咫尺，是一座陷入恐慌的城市。无情的死神，正迅疾地穿行在那里蜿蜒的街道上。不过，沃丁顿开始聊起了伦敦。他谈论着那里的剧院。他知道现在正在上演的所有剧目，还告诉他们自己上次回国休假时看过哪些戏。他笑哈哈地回忆起戏里一位跑龙套的滑稽幽默，又为那位音乐剧女主角的美丽而发出连声赞叹。他兴奋地吹嘘说自己的表弟娶了一位相当出名的女演员。他和那位女明星吃过一顿中饭，她还送了他一张自己的玉照。他还表示说，等他们去海关和他一起用晚餐时，他会给他们看那张照片。

沃尔特用冰冷、嘲讽的目光打量着这位客人，显然他对此人没有丝毫的兴趣。出于礼貌，他在表面上装出对沃丁顿讲的那些话题很感兴趣的样子，但基蒂心里明白他对那些话题其实一窍不通。沃尔特的嘴角上始终挂着一丝浅笑。可不知为何，基蒂总感觉恐怖。在这座已故传教士的房子里，对面是一座瘟疫肆虐的死城，他们简直就像是与世隔绝的隐士。这么孤零零的三个人，而且彼此形同陌路。

晚餐结束了，她站起来。

"您不介意我现在就和您道晚安吧？我想去睡了。"

"我也要走了，我估计沃尔特医生也要休息了。"沃丁顿回答说，"我们明天一大早还要出门呢。"

他和基蒂握手言别。他的步子迈得很稳，但眼睛却比之前更亮了。

"我会来接你。"他对沃尔特说，"我先带你去见地方官和余团长，然后再去修道院。我可以向你保证，你会在这里大显身手的。"

33

基蒂被奇怪的梦境折磨了一整个晚上。她仿佛依然坐在轿子里，轿夫们一脚高一脚低地迈着大步子，她感觉到轿子的剧烈晃动。她进入了一座城市，巨大、朦胧的城市，许多人聚集在她周围，用好奇的目光打量着她。狭窄的街道歪歪扭扭，商铺的大门敞开着，里面陈列着奇奇怪怪的货品，在她走过时街上的车辆全都停下来，店里的顾客和店员也全都停下了交易。然后，她来到了那座牌坊前，它那宏伟的外观仿佛在突然间具有了某种魔力。它那复杂的轮廓如印度神在挥舞着手臂。当她从它底下走过时，仿佛听见了嘲笑声在久久地回荡。不过，查理·汤森向她走来了，把她搂在怀里，把她从椅子里抱起来，告诉她之前的一切全是误会，他不是故意那样对她的，告诉她他依然爱她，没她活不下去。她感觉到他的唇吻上了她，她喜极而泣，问他为什么会那么薄情，尽管她这样问，但她心里明白这已不重要了。紧接着，突然传来一阵粗野的吆喝，他们俩就此分开，一队苦力穿着蓝色的破衣烂衫扛着一口棺材急急地、悄悄地从他们之间走过。

她被吓醒了。

这座平房坐落在陡峭的半山腰上，她站在窗口，看见了下面狭窄的河道和对岸的城市。天刚破晓，河面上升起一团白雾，笼罩住泊在岸边的帆船。一条条帆船彼此紧挨着排列在一起，如豆荚里的豆粒。成百上千条帆船，在幽幽的白光里显得静谧、神秘，你会感觉到船夫们仿佛是被施了魔法，因为他们看上去并没有睡着，而是被某种奇怪的、可怕的力量控制住，静静地待在船上，一动也不动。

清晨拉开了序幕，阳光照耀着那团迷雾，使它发出了白光，如垂死星球上的白雪精灵。不过，河面上已有了亮光，于是可以看见一排排拥挤的帆船，它们的船桅如茂密的森林。前方有一道炫目的白墙，你的肉眼无法穿透它。但是，一座高大的、灰暗的城堡突然从那团白雾中浮现出来。似乎并不是因为阳光普照而使其现了身，而是因为魔杖一挥便凭空出现了这座城堡。这是一座筑在河面上的高塔，是凶狠的野人族的要塞。建造它的魔法师身手不凡，刹那间已在要塞的四周筑起一片片彩色的城墙。不一会儿，一道金色的阳光穿过迷雾射了进去，这里那里都出现了连片的绿色和黄色的屋顶。它们显得那么庞大，你也看不出它们属于何种建筑式样；规律，即便它们的排列有一定的规律，你也看不出来。你看到的是一种随心所欲的奢侈风格，但又有一种超乎想象的丰富感。它不是城堡，也不是寺庙，而是某个皇帝或某位神仙的魔幻宫殿，总之，我们这些凡人是无法进入的。它太虚幻，太神奇，太缥缈，它不可能出于能工巧匠之手，只能是梦的杰作。

泪水从基蒂的脸上流下来，她呆呆地看着眼前的风景，手捂住胸口，因为她感觉透不出气来，嘴巴微微张开着。她以前从没感觉过内心如此得空洞，她仿佛觉得自己的身体成了躺在脚边的一只空壳，剩下的只有纯粹的灵魂。这就是美。她接受了这份美，就像信徒接受上帝给予的圣餐。

34

由于沃尔特一大早就要出门，只在吃午饭的时间回来半个小时，然后一直等到晚饭刚准备好的时间才会回家，所以基蒂基本上是整天独自一个人。有几天她没有迈出平房一步。天气很热，她大部分时间都躺在敞开的窗边的长椅上，吃力地看书。中午的强烈光线夺走了那座魔宫的神奇，此时它不过是城墙上的一座俗气的破庙，但因为她曾见过它的雄伟瑰丽，所以在她眼里它永远都不可能是普通的。拂晓或黄昏时，抑或在晚间，她还时常能捕捉到一丝它的美丽。在她看来是一座宏伟城堡的这建筑，其实只是一段城墙，但她那又大又黑的眼珠子还是会久久地关注着它。而在城墙的后面，就是那座正被瘟疫的魔爪控制着的城市。

她略微知道一点那里正在发生着的可怕事情，但那并不是从沃尔特口中听来的，而是来自于沃丁顿和女仆。每当她问沃尔特（除非她问，否则他是基本上不会和她说话的），他都会用一种玩笑的、冷漠的口吻敷衍几句，他的回答总让她觉得背脊上一阵凉意。人们正以每天一百个的速度迅速地倒下，而且一旦染上这病就几乎没有能再康复的。寺庙里无人照应的神像被抬出来放在了大街上，人们在它们的前面摆上了各种贡品、牺牲，但它们并没有阻止霍乱的肆虐。人死得实在太快，根本来不及埋葬。有些人家全家都遭了殃，那就没人为他们举行葬礼了。指挥部队的那个军官是个很有些手腕的人，要不是因为他的果敢坚定，这座城市早就到处都是打劫和纵火了。他命令士兵把那些没人管的尸首掩埋起来，还亲手枪毙了一个拒绝进入一家染上霍乱的人家的军官。

基蒂有时会觉得无比恐怖，她的心已经跌入了谷底，浑身止不住地颤抖。说说是很容易的，只要你注意预防就不会有多大风险，但她还是怕得要命。她在脑子里反复琢磨着逃离此地的疯狂计划。逃离，只要能逃离，她已做好了随时逃离的准备，一个人上路，除了必需品外什么也不带，逃到一个安全的地方。她也想过去求沃丁顿可怜可怜她，把一切都告诉他，求他想办法帮助她返回香港。如果她在丈夫面前跪下，向他坦言自己吓坏了，吓得快死过去了，那他总会发发慈悲吧，尽管他那么恨她，但他总还留着那么一点做人的良心吧。

但这是不可能的。要是逃的话，她能逃到哪里去呢？不可能去她妈妈那里，她妈妈早就明白无误地让她认识到了这一点。她已经把女儿嫁出去了，其原本的目的就是为了要摆脱她。再说了，即便能回妈妈那里，她也不愿意去的。她想回到查理那里，但他不要她。她知道如果自己突然出现在他面前，他会说些什么。她可以看见他脸上的阴郁神情，以及在他那双迷人的眼睛后面隐藏着的狡诈和冷酷。他说出来的话肯定不会好听。她握紧了拳头。只要能报复他对她的侮辱，她愿意付出一切。有时候她甚至会疯狂地这么想，她要是逼着沃尔特和自己离婚就好了，毁了自己不要紧，只要能把查理也毁掉。他对她说过的那几句话，她至今回想起来还会脸红，还会倍感耻辱。

35

第一次单独和沃丁顿在一起的时候，她就把话题引向了查理。在他们抵达的那天晚上，沃丁顿就提到了他。她假装查理只不过是她丈夫认识的一个人而已。

"我一向不太喜欢他。"沃丁顿说，"我总觉得此人相当无聊。"

"你肯定是个很难取悦的人。"基蒂回答说，用她轻易就能装出来的轻松、开玩笑的样子。"我以为他是香港最受欢迎的人呢。"

"我知道。那是他的看家本领。他是取悦别人的专家。他的天才能使每个遇见他的人都以为自己是他在这个世上最想见的那个人。他随时都准备着为别人提供服务,而且这种服务在他都是不费吹灰之力的小事。即便他提供不了你所需要的帮助,他也会让你感觉这仅仅是因为你的需求是靠人力无法办到的。"

"这当然是一种迷人的气质。"

"魅力,除了魅力别无他长的人,我想到头来总会令人生厌的。跟一个不怎么开朗但更真诚的人打交道,会令人更为放心。我已经认识查理·汤森好多年了,也有那么零星的几次我看见了他的真面目——你知道,我从来都是个小人物,只是海关里的一个小职员——我知道在他心里除了自己以外根本不关心这世上的任何一个人。"

基蒂悠闲地倚靠在椅子里,笑嘻嘻地看着他。她不停地转动手上戴着的结婚戒。

"他当然会升官。他知道当官的所有诀窍。我非常确信,在我有生之年总有一天我将尊称他为阁下,并在他走进房间的时候起身致意。"

"大多数人认为他应该高升。大家普遍认为他在各方面的能力都很强。"

"能力?别胡扯了!他是个非常愚蠢的人。他给你感觉他能一蹴而就地完成一项工作,而且还做得几近完美。可实际完全不是那么回事。他干起活来简直像欧亚混血的文官一般费劲。"

"那别人为什么都以为他很聪明呢?"

"因为这世上傻瓜实在太多了。当一个处在相当高的地位上的人不摆架子,拍着你的后背告诉你他会竭尽全力帮助你,你自然而然地就会以为他是个聪明人。当然啰,这里面还有他老婆的功劳。她可以说是一位很能干的女人。她有一副相当理智的头脑,她出的主意总值得你采纳。只要查理·汤森能够对她言听计从,那他基本上就能保证在人生的旅途上一帆风顺,永远不做蠢事,而这对于一个在政府部门里当官的人恰恰是至关重要的一点。政府部门里不需要聪明人，因为聪明人都有想法，而有想法就会带来麻烦。他们需要的是一个有魅力有窍门的人，一个他们可以指望永远都不会犯错的人。嗯，是的，查理·汤森一定能攀上顶峰。"

"我奇怪你为什么不喜欢他？"

"我没有不喜欢他。"

基蒂笑着说："不过你更喜欢他妻子。"

"我是个老式的小男人，我喜欢有教养的女人。"

"我希望她不仅有教养，而且还懂得穿衣打扮。"

"她穿得不好吗？我没有注意过。"

基蒂挑着眉毛瞅着他说："我老是听别人说他们是一对恩爱夫妻。"

"他非常喜欢她，这一点我完全相信。我认为这是他身上最大的优点。"

"你的表扬听上去真冷啊。"

"他时常会做些拈花惹草的事，但从不动真格。他很精明，从不会陷得太深给自己惹麻烦。他当然也不是个多情种，只是爱慕虚荣而已。他喜欢别人欣赏他。他现在年已四十，已经发了福，因为他的日子过得太舒服了。不过，他刚刚来殖民地的时候还是很英俊的一个人，我经常听到他妻子嘲笑他闹出的那些风流事。"

"他到处留情，他妻子难道不生气吗？"

"嗯，不生气。因为她知道那成不了事。她还说过，她很愿意跟那些爱上查理的小可怜们交朋友呢，可她们总是那么平庸。她还说，爱上自己丈夫的那些女人无一例外都是二流货，这一点令她着实脸上无光。"

36

沃丁顿走掉后,基蒂反复思考着他随口说出来的那些话。他的话不是很好听,当时她不得不竭力装出无动于衷的样子。想到他所说的都是实情,也令她痛苦。她知道查理愚蠢、虚荣,喜欢听别人拍马屁,她想起为了证明自己的聪明他得意扬扬地告诉她的那些小故事。他为自己的小聪明沾沾自喜。她全心全意地把自己的心交给这么一个男人是多么不值得啊,只因为……只因为他有一双迷人的眼睛和健美的身材!她希望自己能够鄙视他,因为她知道如果现在自己对他只有恨的话,那说明在某种程度上她依然爱着他,他对待她的态度应该可以让她擦亮双眼了。沃尔特向来瞧不起查理。哎,要是她能够彻底忘掉这个人该多好啊!她对查理的痴情那么明显,他妻子是否为此还取笑过他呢?多萝西原本希望跟她交朋友,但结果却发现她只是个二流货色。基蒂不由得笑了起来:要是她妈妈知道有人认为她女儿如此平庸,那非把她气死不可!

可是到了晚上,她又梦见了他。她感觉到他的胳膊紧紧地搂住她,感觉到他印在她唇上的热吻。他是个大腹便便的四十岁男人,但这又有什么关系呢?她发出了柔情的微笑,因为她还是那么爱他。他那孩子气的虚荣心反而使她更爱他了,她可以为此怜悯他、安慰他。在她醒来的时候,眼里都流着泪。

她觉得在梦里流泪是件很可悲的事,她自己也不知道为什么会这么觉得。

37

她和沃丁顿每天都见面,因为他在结束了一天的工作后总爱散步上山去费恩夫妇住的那所平房。于是,才过了一个星期他们就已经很熟悉了,要是在正常情况下他们可能交往一年都不会达到这种熟悉程度。有一次,基蒂告诉他,要是这里没有了他,她真不知道该如何打发时光。

沃丁顿笑嘻嘻地回答说:"你知道,你和我是这里唯一两个清醒平静地走在坚实大地上的人。修女们是走在天国里的,而你丈夫……是走在幽谷里的。"

尽管她无心地笑了笑,但她其实并不懂他是什么意思。她觉得他那双笑眯眯的、蓝蓝的小眼睛在那里不住地打量着她的脸,他的目光很温柔,但也令人尴尬。她已经发觉他是个很精明的人,她觉得她和沃尔特的关系激起了他那种玩世不恭的好奇心。她觉得,逗得他七荤八素是件挺有趣的事。她喜欢他,知道他也对她有好感。他不聪明,也没什么特别的才能,但他擅长冷静、深入地分析问题,这一点是很有意思的。在他那颗光溜溜的脑袋下面的那张滑稽的、像小孩子一般的脸,一笑起来就会扭在一起,有时候会使他说出来的话更显得滑稽透顶。他在海外生活了多年,常常找不到一个肤色相同的人来交流,因此他有了一种离奇的、随心所欲的气质。他身上充满了乖戾怪癖之处。他的坦率令人觉得耳目一新。他似乎是以一种玩笑的态度来看待生活的,他对香港殖民政府的嘲讽也极其辛辣,不过他也嘲笑湄潭府的中国官员和毁了这座城市的霍乱。他讲的悲剧故事或故事里的人物总会多少带点滑稽之处。他在中国游历了二十年,知道许多奇闻轶事,听他讲这些事你会觉得这是一片怪异、危险但也有趣的土地。

尽管他否认自己是个中国通（他甚至说所谓的汉学家其实都像三月的野兔[1]一样疯狂），但他能熟练地运用汉语。他几乎不看书，他的汉语知识都是通过与别人交谈学来的。不过，他经常和基蒂说中国的小说及历史故事，尽管他总以那种轻浮的、调侃的方式讲（这样对他来说比较自然），但听来却也轻松愉快，有时甚至会觉得很亲切。她觉得，也许是下意识地觉得，他认同了中国人的看法，认为欧洲人都是野蛮人，他们的生活就是一出闹剧。只有生活在中国，一个有理智的人才有可能认清这样的现实。这一点值得你深思：基蒂以前听到别人对中国人的评价都是肮脏堕落、卑劣到难以形容的程度。就好像帷幕的一角在一瞬间被掀起，使她瞥见了一眼以前从来没有梦见过的这个色彩丰富、包罗万象的世界。

他坐在那里，谈笑风生，开怀畅饮。

基蒂直言不讳地对他说："你不觉得你酒喝得太多了吗？"

"这是我人生的一大乐趣。"他回答，"而且，它能预防霍乱。"

在他离开的时候，他已基本上醉了，但还能牢牢地拿住酒瓶。他一喝醉酒就欢天喜地，但并不惹人厌。

有天黄昏，沃尔特比平时回来得早，便邀请他留下来吃晚饭。之后发生了一件趣事。他们喝了汤，吃了鱼，然后仆人把生菜色拉和鸡肉一起端上来给基蒂。

沃丁顿看见基蒂吃起了生菜，连忙喊道："天哪，你怎么吃那个？"

"怎么啦，我们每天晚上都吃的。"

沃尔特说："我妻子喜欢吃生菜。"

那盘菜被递到沃丁顿面前，但他坚决地摇了摇头。

---

[1] 三月的野兔是指处于发情期的野兔。

"非常感谢，可我现在还不想自杀。"

沃尔特冷笑一声，继续吃他的。沃丁顿没有再说什么，实际上他之后变得奇怪得沉默起来，吃完饭后随即就告辞了。

他们确实每天晚上都吃色拉的。在他们抵达的两天后，那个厨师就像别的粗心大意的中国人一样给他们上了色拉，而基蒂连想都没想就吃了。沃尔特看见了，赶紧把身体凑过去对她说："你别吃那个。那个仆人肯定脑子坏了，居然上这菜。"

基蒂盯着他的脸问道："为什么不能吃？"

"这很危险，现在吃这东西是在发疯，你会因此送命的。"

基蒂说："我还以为你原本就是这么打算的呢。"

她又平静地吃了起来。她也不知道自己是从哪里获得了勇气。她用嘲笑的目光看着沃尔特。她觉得他的脸色微微有点发白，但当色拉递给他的时候，他也吃了。那个厨师发觉他们并不反对，于是每天都给他们上这道也许会致命的菜，而他们则照吃不误。这样去冒险简直荒唐。基蒂的心里一边怀着对瘟疫的恐惧，一边感觉自己这样是对沃尔特的恶毒报复，同时也是对自己的绝望和恐惧表示蔑视。

38

第二天下午，沃丁顿去了他们住的平房，他坐了一会后问基蒂是否愿意陪他去散散步。自从他们来到此地，基蒂还一次也没有出过门，她当然非常愿意出去走走。

"恐怕这边没多少可供散步的地方。"他说。"要不我们就去山顶走一走吧。"

"噢,好呀。那座牌坊就在那里。我在阳台上经常看到它的。"

一个仆人为他们打开厚重的大门,他们走入了尘土飞扬的一条甬道。他们没走了几步,基蒂突然抓住了沃丁顿的胳膊,发出一声恐惧的惊呼。

"看呀!"

"怎么啦?"

在院子围墙的墙根下,一个中国男子四仰八叉、双手抱头地躺在地上。他穿着打满补丁的蓝衣服,头发乱蓬蓬的,像个乞丐。

基蒂喘吁吁地说:"他看上去像个死人。"

"他是死了。走吧,你最好别朝他看。我们回来后我就叫人把他处理掉。"

可是,基蒂浑身打战,根本挪不开步。

"我以前从来没见过死人。"

"那你最好快点习惯起来,因为在你离开这片乐土之前,还会看见许许多多的死人。"

他拉起她的手,让她挽住他的胳膊。他们默默地走了一会。

她终于又开了口:"他是死于霍乱吗?"

"应该是吧。"

他们爬上山,来到那座牌坊前。牌坊上有繁复的雕刻花样。它成了这片区域的一块地标,显得既神奇又滑稽。他们坐在了它的基座上,看着底下辽阔的平原。山上密密麻麻满是埋死人的青冢,毫无秩序地排列着,甚至会让人感觉那些死人正在地底下抢夺地盘呢。一条条狭窄的堤道在绿油油的稻田里蜿蜒曲折。一个小孩坐在一头水牛的脖子上,笃悠悠地赶牛回家;三个农民戴着大草帽、挑着沉重的担子、迈着倾斜的脚步慢吞吞地往前走着。经过了酷热的一天,坐在这里享受黄昏时的丝丝凉风自然是件颇为惬意的事,眼前广阔的乡野风景也会给一个饱受折磨的灵魂带来片刻的安宁,以及一阵淡淡的忧郁。可是,基蒂的脑子里依然萦绕着那个死去的乞丐的身影。

她突然问道:"周围的人正在大量地死亡,你怎么还能这样嘻嘻哈哈、谈笑风生、饮酒作乐呢?"

沃丁顿没有回答。他转身望着她,然后伸手挽住了她的胳膊。

"你知道,这里不适合女人居住。"他严肃地说,"你干吗不离开呢?"

她长长的睫毛一扬,也斜地瞅了他一眼,同时嘴角上也露出了一丝微笑。

"我想,在这种时候做妻子的应该待在丈夫的身边。"

"人家拍电报来告诉我你要和费恩医生一起来时,我很吃惊。不过,后来我想你大概是一名护士,这种事情对你来说也许是家常便饭。当时我还想你一定是个面孔铁板的女人,就是在你住院后会把你往死里整的那种女人。等我第一次来到你们的平房,看见你坐在那里休息的样子,我简直不敢相信自己的眼睛。你当时看上去是那么的苍白、脆弱、疲惫不堪。"

"路上一连走了九天,你不能指望我容光焕发的。"

"你现在看上去依旧苍白、脆弱、疲惫。如果我这么说你不生气的话,我还觉得你很不开心。"

基蒂不由得红了脸,但她还是发出了一声听上去够开心的嬉笑。

"很遗憾你不喜欢我的脸色。我看上去不开心的唯一原因是,我从十二岁起就知道了自己的鼻子长得太长了一点。不过,心里怀着淡淡的忧伤也是一种很撩人的风韵。你不知道有多少多情的小伙子都想来安慰我呢。"

沃丁顿那双蓝蓝的、明亮的眼睛停留在她身上,她知道对她说的他一个字都不会相信。不过,只要他能假装相信,她就无所谓。

"我知道你们结婚时间不长,所以我判断是因为你和你丈夫的感情很深。我无法相信他希望你来这里,但也许是你自己坚决不同意留在香港。"

她轻描淡写地说:"这个解释很有道理。"

"是的,但不是实情。"

她等他接着说下去,她害怕他将要说出来的话,因为她对他的分析能力了解得一清二楚,她还知道此人从来不会对自己的看法含糊其辞。不过,她还是很想听听沃丁顿对她所做的分析。

"我认为你一点都不爱你丈夫。我认为你讨厌他。甚至可以说如果你恨他,我都不会觉得惊讶。不过,我能肯定的是,你怕他。"

她眼睛朝四下里看了一会。她不想让沃丁顿看出他的话对她有任何触动。

她冷冷地、嘲讽地说:"我怀疑你不是很喜欢我丈夫。"

"我尊敬他。他有头脑,也有性格。我要告诉你,这是一种很不平凡的组合。我猜你并不清楚他在这里做什么,因为我觉得他和你话不多。如果说有人能够赤手空拳战胜这场瘟疫,那人一定就是沃尔特。他能将病人医好,将这座城市弄干净,想法让饮用水变清洁。他不在乎去哪里,也不在乎做什么。他一天里要冒好几次生命危险。他取得了余团长的信任,并说服他把部队的指挥权都交给了他。他甚至把地方官都鼓动了起来,现在那个老家伙真的准备做点实事了。修道院里的那群修女也对他佩服得五体投地,把他视为大救星。"

"你不这么认为吗?"

"这毕竟不是他的工作,对吧?他是个细菌学家,他原本不需要来这儿的。而且,我也不觉得他这么做的目的是出于对那些垂死的中国人的同情。沃森和他不一样,他信奉人道主义,尽管他是个传教士,但他对基督徒、佛教徒、儒教徒全都一视同仁,在他眼里他们是一样的人。你丈夫来这儿并不是因为他在乎中国人,哪怕有成千上万的中国人死于霍乱他也一点都不会在乎的。他来这里也不是因为对科学研究的兴趣。那他究竟为什么要来这里呢?"

"你最好去问他本人。"

"看你们俩在一起的样子,我总觉得很有意思。有时候,对你一个人的时候会做些什么我感到很好奇。我在这里的时候,你在演戏,你们俩都在演戏,老天爷啊,你们演得真是拙劣透顶。如果你们只有这点本事的话,那我看你们谁也别想在巡演剧团里每周挣到三十先令。"

基蒂装出一副轻松的样子,尽管她知道这骗不了人,微笑着说:"我不懂你的意思。"

"你是个很漂亮的女人。可你丈夫从来也不正眼瞧你,真是咄咄怪事。而且他和你说话时的声音听上去不像是他自己的,倒像是别人发出来的。"

基蒂突然放下伪装,用低沉粗哑的声音问:"你觉得他不爱我吗?"

"我不知道。我不知道是否因为他极度讨厌你,以至于他一靠近你就会浑身起鸡皮疙瘩,还是因为他爱你爱得发疯,但出于某种理由他不许自己把那种爱表现出来。我甚至怀疑过,你们是不是想自杀所以才来这儿的。"

基蒂回想起发生色拉那件事的时候,当时她看见沃丁顿眼里先是出现了惊奇的眼神,随后又出现了探究的目光。

"我觉得你把几片生菜叶子太当回事了。"她站了起来,漫不经心地说,"我们该回去了吧?我猜你一定想来杯威士忌苏打了。"

"不管怎么说,你都不是什么女汉子。我看你老是担惊受怕的样子,你确定不想离开此地吗?"

"这和你有什么关系呢?"

"我可以帮助你。"

"你准备帮我走出内心的忧伤吗?你看看我的侧面,你是否觉得我的鼻子太长了一点呢?"

他若有所思地看着她,明亮的眼睛里含着不怀好意的、嘲讽的眼神,但同时也夹杂着一种模糊的表情,就像河边的一棵大树倒影在水里的形象,给人以温柔的感觉。他的目光使基蒂突然落下了眼泪。

"你必须留在这里吗?"

"是的。"

他们穿过那座华丽的牌坊,朝山下走去。他们走到围墙外面,又看见了乞丐的那具尸体。他挽住她的胳膊,但她甩开了他。她呆呆地站在那里。

"真可怕,不是吗?"

"你指什么?死亡吗?"

"是的。它使一切都显得那么无足轻重。他看上去已经不像是个人。你看看他,你怎么能相信他也曾经是个活人。更难相信的是,在许多年前,他也曾是个手里拿着风筝飞奔下山坡的小孩子。"

她再也无法抑制泪水,她哭得透不过气来。

39

几天后,沃丁顿手里拿着一只装满威士忌苏打的长玻璃杯,坐在基蒂的旁边，和她聊起了修道院的事情。

"院长嬷嬷是个很了不起的人。"他说，"修女们告诉我她出生在法国的一个大家族，不过她们不告诉我是哪个家族。她们说，院长嬷嬷不喜欢别人谈论她的出身。"

基蒂微笑着问道："如果你对此感兴趣，为什么不问她本人呢？"

"如果你了解她，就会知道不可以用这种世俗的问题去打搅她。"

"如果你对她如此敬畏，那说明她一定是位非比寻常的人物。"

"她让我带个口信给你。她让我来问问你，尽管你肯定不愿意去瘟疫中心冒险的，她还是说如果你不介意的话，她非常愿意带你参观一下她们的修道院。"

"她太好了。我没想到她居然知道有我这么个人。"

"我跟她提起过你。我现在每个礼拜都会去两三次，看看有什么好帮忙的。我敢说你丈夫也一定跟她提起过你。我保证你会发现她们都对你丈夫佩服得五体投地。"

"你是个天主教徒吗？"

他那双狡猾的眼睛闪闪发亮，他那张滑稽的小脸笑得起了皱。

基蒂问："你为什么朝我笑？"

"加利利[1]能出来什么好事吗？不，我不是天主教徒。我把自己说成是一个英国国教会的信徒，我想这是一种表示你什么也不信的委婉说法……十年前院长嬷嬷来这儿的时候，带来了七个修女，但现在只剩下三个，其余的全都死了。你瞧，就是在鼎盛时期，湄潭府也不是个令人向往的旅游胜地。她们住在这座城市的中心，那里是本城最穷的地方。她们每天都要辛苦劳作，没有一天休息的日子。"

---

[1] 巴勒斯坦北部一山区，传说为耶稣的诞生地，这里即指天主教。

"现在只剩下院长嬷嬷和三个修女了吗？"

"哦，不是，后来又来了几个。现在总共有六个修女。瘟疫刚开始流行的时候，其中一个修女得霍乱死了，后来从广东过来两个替补。"

基蒂浑身一哆嗦。

"你冷吗？"

"不是，只是被吓了一跳。"

"她们离开了法国，就是永远告别了祖国。她们不像那些每隔一阵都有几天年假的新教传道士。我总是想这对她们来说是最严酷的事情。我们英国人对土地的依赖性不强，我们可以在世界上的任何地方安身立命，可是法国人不一样，我觉得他们对祖国有一种依恋，就好像他们和故土之间有什么本能的牵连。他们一旦离开祖国，就会定不下心来。想到那些女人做出了这么大的牺牲，总令我觉得感动。估计如果我也是个天主教徒，就会觉得这是很自然的事。"

基蒂冷冷地看着他。她不太理解这个小男人怎么说得那么激动，她怀疑他是否是装出来的。他喝下了太多威士忌，也许是不太清醒吧。

"你自己去亲眼看看就知道了。"他立即看出了她的心思，就用开玩笑的口吻说，"这不比吃一只番茄所冒的风险大。"

"如果你不怕，那我也没理由感到害怕了。"

"我觉得你会感兴趣的。那里就像一个迷你型的法国。"

40

他们坐舢板过了河。栈桥上停了一顶等着基蒂的轿子，她坐在轿子里上了山，直来到水闸旁。苦力们就是通过这道水闸从河里取水的，他们肩上扛着两头吊着大水桶的扁担匆忙地来来去去,堤道上溅满了水桶里泼出来的水,仿佛刚下过大雨似的。抬着基蒂的轿夫发出简短、急促的喊声,催他们让路。

"当然,所有的买卖都停止了。"沃丁顿走在她旁边说道,"要是在平时,这条路上到处都是往船上搬上搬下搬运行李的苦力,挤得你路都不好走。"

城里的街道狭窄、曲折,基蒂完全没有了方向感。许多店铺都关着门。她对中国街道的脏乱早已习惯了,但这里堆积了几个礼拜的杂物、垃圾和废弃物,一股浓烈的恶臭使她不得不用手绢捂住了脸。每次走在大街上,她都会被凝视着她的人群所惊扰,但此时她注意到人们投过来的目光都很平淡。三三两两的路人,不像平时那么拥挤,仿佛都专注于他们自己的事情。他们看上去全都无精打采、惊恐万状。时而,在他们经过的房子里会传出敲锣打鼓的声音,以及不明乐器发出的凄厉的、缠绵的哀乐。这说明,在那些关闭的门内有人死了。

沃丁顿终于说道:"我们到了。"

轿子停在一个狭小的门口,门上竖着一只十字架,门旁是一道长长的白墙。基蒂下了轿子,沃丁顿按下了门铃。

"你不必期待看见任何漂亮的东西,你知道。她们真的穷得可怜。"

一个中国姑娘为他们开了门,沃丁顿和她说了几句话后她把他们领入了走廊旁边的一间小房间。房间里放着一张大桌子,上面罩着一块格子油布,靠墙摆着一圈硬木椅。房间的一头摆着一尊圣母玛利亚的石膏雕塑。过了一会儿,一个矮胖的修女走进来,她长着一张很普通的脸,红彤彤的面颊,笑嘻嘻的眼眉。沃丁顿把基蒂介绍给她,他管她叫圣约瑟夫嬷嬷。

她笑嘻嘻地问:"C'est la dame du docteur?(您是医生太太吗?)"

然后告诉他们院长嬷嬷过会儿会亲自来招待他们。

圣约瑟夫嬷嬷不会说英语，而基蒂的法语又是结结巴巴的，不过沃丁顿滔滔不绝说得很流畅，尽管他说的法语错误连篇。他嘻嘻哈哈地一路说下去，把面慈心善的嬷嬷说得笑起来合不拢嘴。看见嬷嬷那么开心地开怀大笑，基蒂着实惊讶不已。她原本以为修女都是一本正经的，而眼前这位甜美的、快活得像个小姑娘似的嬷嬷令她极为欣赏。

41

门开了，基蒂觉得它开得不那么自然，倒像是靠着铰链自动打开的，院长嬷嬷走进了这个小房间。她在门口站了一会，嘴唇上挂着庄重的微笑，看着嘻嘻哈哈的修女和脸上起了皱、如小丑一般的沃丁顿。然后，她走上前来，向基蒂伸出手去。

"费恩太太？"她的英语带有很重的口音，但发音正确。她一边说一边微微躬身，"能认识我们善良勇敢的医生的妻子，我真是不胜荣幸。"

基蒂觉得院长的目光久久地停留在自己身上，但目光里满是赞美，并不令人尴尬。她的态度如此坦诚，并不显得粗鲁。你感觉这个女人的职责就是表达出对别人的评价，不需要任何掩饰避讳。她庄重又客气地招呼客人就座，然后自己也坐了下来。圣约瑟夫嬷嬷，依然在微笑，但是不说话，站在院长的后面一点。

"我知道你们英国人喜欢喝茶。"院长嬷嬷说，"我预先准备了一些。不过，很抱歉我只能以中国人的饮茶方式上茶。我知道沃丁顿先生更喜欢威士忌，但恐怕我没法满足他。"

她微笑着，严肃的眼睛里露出一丝调皮的神情。

"哦，饶了我吧，ma mere（院长嬷嬷），你把我说得像个不折不扣的酒鬼了。"

"我希望你能够说你向来滴酒不沾，沃丁顿先生。"

"不管怎么说，我可以说我从不喝酒，除非喝醉。"

院长嬷嬷笑了起来，并把他这句玩笑话用法语说给圣约瑟夫修女听。她用极其友好的目光看着沃丁顿。

"我们必须对沃丁顿先生宽容一点，因为有好几次我们陷入了身无分文的状态，要不是他伸手援助，我们真不知道用什么东西来喂饱我们的那些孤儿。"

刚才为他们开门的那位教徒此时端上来一个托盘，上面放着中国式茶壶和茶杯，以及一小碟叫作玛德琳的法式蛋糕。

"你一定要尝一尝玛德琳。"院长嬷嬷说，"这是圣约瑟夫修女今天早上特意为你们做的。"

他们聊了一些普通的话题。院长嬷嬷问基蒂在中国待多久了，以及从香港来这里的一路上是否非常劳累。她问基蒂是否去过法国，是否觉得香港的气候很恶劣。就是这么琐碎的闲谈，但气氛非常友好，这就大大缓解了周围形势的险恶感。会客室里很安静，你几乎无法相信自己正置身于一个人口繁多的城市的中心，平静的感觉萦绕在此地。然而，周围依旧是来势汹汹的瘟疫和惊恐不安的人群，被一群与土匪半斤八两的士兵用他们的铁腕控制着。在修道院的围墙内，诊疗室里挤满了病人和奄奄一息的士兵，还有修女们照顾的那些孤儿，其中四分之一都已死了。

基蒂不知道为什么，对这位用严肃的神情关心地问这问那的女人留下了很深的印象。她穿着一身白衣，身上的唯一色彩就是在胸口燃烧的那颗红心。她是个中年妇女，也许是四十或五十岁，确切年龄很难判断，因为在她那张苍白、光滑的脸上几乎没什么皱纹，而你觉得她早已不再年轻主要是因为她那庄重的举止、气定神闲的态度，她那双漂亮、有力但瘦削的双手。她有一张长脸，大大的嘴巴，整齐的大牙；鼻子，尽管不算小，倒也精致、美观；不过，造成她脸上总有一种紧张、哀伤神情的，是在稀疏的黑眉下的那双眼睛。它们又大又黑，尽管看上去并不那么冰冷，但那种平静泰然的神色还是格外引人注目。人们看到院长嬷嬷后的第一反应是她年轻时一定是个漂亮姑娘，不过之后你马上就会认识到她是一个随着年龄的增长显得越来越美的女人，因为她的美来自于她的性格。她的声音低沉、压抑，不管是说法语还是英语，她的语速都很慢。不过，她身上给人印象最深的地方还是那种在基督教教育中培养出来的威严态度——你会感觉她惯于发号施令。别人服从她的意志对她来说是再自然不过的事，不过她接受别人服从的态度是谦卑的，你绝对不会看不出她身上有很深的宗教权威意识，这就是支撑她的力量。不过，基蒂估计尽管她的举止威严庄重，但她对人性的脆弱还是有相当的忍耐力。看她听沃丁顿说那些没羞没臊的废话时脸上露出的克制笑容，你难免会觉得她也具有一种生机勃勃的幽默感。

  不过，基蒂隐隐觉得她身上还有一些别的气质，但她无法形容出来。这些气质使她们之间保持着一定距离，尽管院长嬷嬷那温柔体贴的待人方式让基蒂觉得自己像个笨手笨脚的小女生。

42

圣约瑟夫嬷嬷说:"Monsieur ne mange rien(先生什么也不吃)。"

院长嬷嬷回应说:"先生的胃口都被满洲人的饭菜给填满了。"

圣约瑟夫嬷嬷的脸上没有了笑容,表情变得有些一本正经的。沃丁顿调皮地朝她们瞥了一眼,然后又拿起了一块蛋糕。基蒂不明白他们是什么意思。

"为了证明你这句话讲得有多不公道,院长嬷嬷,我只得浪费掉今晚等着我的那顿豪华大餐了。"

"如果费恩太太想参观一下我们的修道院,我很乐意为你带路。"院长嬷嬷面带谦卑的微笑转向基蒂,"很抱歉你现在来这儿只能看见一团糟。有那么多事情要做,但我们没几个嬷嬷呀。余团长坚持要我们把诊疗室用来接待那些生病的士兵,我们只得把 refectoire(饭堂)当作孤儿诊疗室了。"

她站在门口让基蒂先出去,随后圣约瑟夫嬷嬷和沃丁顿也跟在她们后面沿着那条凉爽的白色走廊走去。他们首先来到了一间宽敞的、空荡荡的房间,里面有许多中国姑娘在专心致志地绣花。访客们走进去的时候,她们都站了起来。院长给他们看她们绣的花样。

"尽管这里瘟疫流行,但我们还是让她们继续干这个,这样她们才能暂时忘记危险。"

第二间房间里有一些小姑娘在做着一些简单的缝缝补补的活,然后他们走进第三间房间,看见一个中国教徒在看管着几个小孩子。他们在吵吵闹闹地做游戏,院长嬷嬷走进去后,他们立刻围在了她的身边。全都是两三岁大的小家伙,全都长着中国人的黑眼睛和黑头发。他们抓住了院长嬷嬷的手,把一张张小脸藏在她的大袍子里。她那张严肃的脸上露出了迷人的微笑,她抚弄着他们,轻声地和他们说笑话,尽管基蒂听不懂一句中国话,但她知道院长的话里满是慈爱。看着孩子们身上穿的制服和他们蜡黄的肤色,她微微地颤抖了一下。她吃惊地发现他们的鼻子全都那么扁平,她觉得他们简直很难被称为人类。他们全都那么难看。不过,站在他们中间的院长嬷嬷,就好像是慈善的化身。在院长嬷嬷准备离开时,他们不让她走,紧紧地缠住她,于是她只得微笑着改用一种比较严厉的口吻命令他们放开她。不管怎么说,这群小孩都不会害怕这位了不起的女士。

"你当然知道,"他们走过另一条走廊时,她说道,"他们都是被父母遗弃了的孩子,只有在这个意义上说他们才算是孤儿。每个孩子被送进来的时候,我们都会给他们的父母一点现金,要不他们才不会那么费心,他们会直接把孩子丢掉。"她转身问嬷嬷:"今天有送来吗?"

"四个。"

"如今又流行起了霍乱,他们更是急着把对他们来说毫无用处如累赘般的女孩子送到这里来。"

她带基蒂参观了他们的寝室,然后他们经过了上面写着 infirmerie (诊疗室)的一扇门。基蒂听见了门里面传出来的呻吟、哀号和各种不像是人发出来的痛苦声音。

"我不带你去参观诊疗室了。"院长嬷嬷用平静的口吻说,"那不是你愿意看见的风景。"她突然想到了什么,"我不知道费恩医生是否在里面。"

她询问地看了一眼圣约瑟夫嬷嬷,嬷嬷愉快地微笑着,打开房门溜了进去。打开的房门使基蒂听见了里面更为可怕的喧嚣,她哆嗦着往后退。不一会儿,圣约瑟夫嬷嬷又走了出来。

"他走掉了,要过会再回来。"

"六号怎么样了?"

"Pauvre garcon(可怜的孩子),他死了。"

院长嬷嬷画了个十字,嘴里轻轻地念了几句简短的祷词。

他们穿过了一座院子,基蒂的目光停留在并排放在地上、上面罩着一块蓝布的两条长长的东西。院长转向沃丁顿。

"我们这里的病床十分短缺,不得不把两个病人安排在一张床上。因此,病人一旦过世,我们就得马上把尸体搬出去,这样才能给别的病人腾出空间。"不过,她此时给了基蒂一个微笑。"接下来我们带你去参观我们的礼拜堂。我们对它非常自豪。不久前,我们的一个法国朋友给我们送来了一尊真人大小的圣母玛利亚雕像。"

43

所谓的礼拜堂只不过是一间低矮、狭长的房间。墙壁刷得雪白,房间里放着一排排的杉木长椅,房间尽头设着一座圣坛,上面放着用巴黎的石膏和粗糙的油彩刻出来的塑像,显得明艳、簇新,花里胡哨。雕像后面挂着一幅油画,画着耶稣受难的场景,两位圣玛利亚[1]站在十字架底下,摆出一副伤心欲绝的姿势。画得很糟,阴暗的油彩一看就知是出自一位对色彩的美毫无感觉的拙劣画家之手。四面的墙上也全都是出自同一位拙劣画家之手的耶稣受难图。这座礼拜堂显得恶俗、怪异。

---

1 一位是耶稣的母亲,即圣母玛利亚。另一位是被耶稣赦免了罪行的妓女.

修女们纷纷走进去，跪下来念祷词，然后再站起来。院长嬷嬷又对基蒂说开了。

"不管送来什么东西，凡是容易碎的都会碎掉。只有我们的捐助人从巴黎送来的这尊雕像没有伤到一根汗毛。毫无疑问，这就是一个奇迹。"

沃丁顿那双狡猾的眼睛在闪闪发光，不过他管住了自己的舌头。

"圣坛画和这些耶稣受难图都出自我们的一位修女之手，圣安塞尔姆嬷嬷。"院长嬷嬷在胸前画了个十字，"她是一位真正的画家。不幸的是，她也成了这场瘟疫的牺牲品。你不觉得她画得很美吗？"

基蒂勉强表示了同意。圣坛上插着一束束纸花，蜡烛台装饰得极为华丽，看得令人抓狂。

"我们每天坚持在这里行圣礼。"

"是吗？"基蒂说，但她并不明白圣礼是什么意思。

"在如此艰难的一个时期，行圣礼对我们来说是一种很大的安慰。"

他们离开礼拜堂，返回他们刚进来时就座的那间客厅。

"在你们离开前，想不想看一看今天刚送来的几个婴儿？"

基蒂说："好的呀。"

院长嬷嬷把他们领进了走道另一头的一间小房间。桌子上，在一块布下面，有个什么东西在蠕动。嬷嬷掀开布头，里面出现了四个赤裸的婴儿。他们满身通红，手脚在不停地滑稽地摆动着；中国人的古怪小脸全都扭曲成了一副怪模怪样的苦相。他们看上去简直不是人类，而是不明物种的奇怪生物，然而，看到这样的风景还是会让人感到一种单纯的感动。院长嬷嬷面带好奇的微笑看着这些小东西。

"他们看上去很活泼。有时候，他们会送来一些奄奄一息的孩子。当然，他们一到我们就给他们施洗礼。"

"您丈夫看见他们一定会开心死的。"圣约瑟夫嬷嬷说,"他会一连陪他们玩上好几个小时。他们一哭他就会把他们抱起来,他把他们搂在怀里抚弄,最后他们都会破涕为笑。"

接着,基蒂和沃丁顿走到了门口。基蒂一本正经地感谢院长嬷嬷在百忙之中接待了他们。院长屈尊俯就地鞠躬致意,态度既威严又和蔼。

"我很荣幸。你不知道你丈夫对我们多好,给了我们多大的帮助。他是上帝给我们送来的天使。我很高兴你陪他一起来这儿。他回家看见你满怀爱意地等着他,还有你那张……那张美丽的脸蛋,他一定会觉得是种很大的安慰。你一定要照顾好他,别让他工作得太辛苦。你一定要为了我们大家照顾好他。"

基蒂脸红了。她不知道说什么好。院长嬷嬷伸出手来,基蒂握住她的手,意识到院长那双冷淡的、若有所思的眼睛正用一种疏离的目光注视着她,然而她的目光里面也透露出一种非常深刻的理解力。

他们出门后,圣约瑟夫嬷嬷关上了门。基蒂坐进了轿子里,他们沿着狭窄、蜿蜒的街道返回。沃丁顿随意地开了几句玩笑,基蒂毫无反应。他朝轿子里望望,但轿子里的窗帘已经拉下来,他看不见基蒂。他默默地继续往前走。不过,等他们来到河边,她下了轿子,他惊讶地发现她的眼睛里闪着泪花。

"你怎么啦?"他问道,脸上出现了一道道疑惑的皱纹。

"没什么。"她强装笑容。"我只是在发傻。"

44

基蒂再次独自待在已故传教士的那间脏兮兮的客厅里。她躺在面朝窗口的那把长椅上，一边用心不在焉的目光打量着河对岸的那座寺庙（此时又是一个临近黄昏的时刻，寺庙显得空灵、秀美），一边在心里梳理着自己的感想。她从没想到这次修道院之行会令她如此感动。她原本是因为好奇而去的。她整日无所事事，常常一个劲地注视着河对岸的城市围墙，因此她至少愿意去看一眼那些显得神神秘秘的街道。

但是，她一踏进修道院就仿佛来到了另一个世界，仿佛置身于时空之外。那些光秃秃的房间和雪白的走廊，严峻而朴素，仿佛俘虏着一些遥远而神秘的灵魂。那座小小的礼拜堂，那么丑陋、庸俗，荒芜得简直令人心酸；它缺乏大教堂的那种气派，没有漂亮的彩色玻璃窗和富丽堂皇的油画；它极其寒酸，然而崇拜它的信仰，珍爱它的感情，却赋予它一种微妙的灵魂之美。在这座瘟疫横行的城市里，修道院里的各项工作都开展得井然有序，嬷嬷们面对危险的平静态度和那种雷厉风行的办事风格，自然到了几乎要令人发笑的程度，给基蒂留下了极深的印象。在圣约瑟夫嬷嬷打开诊疗室房门的那一刻，里面传出来的令人胆战心惊的叫喊至今回响在她的耳畔。

她没有想到她们会用那种口吻来谈论沃尔特。首先是那个嬷嬷，然后是院长嬷嬷，她在赞美他的时候所用的语气是那么的温柔。奇怪的是，听到她们对他如此赞誉，她感觉到一丝骄傲与兴奋。沃丁顿也告诉过她一些沃尔特在从事的工作，但修女们赞美的并不仅仅是他的工作能力（她知道，在香港的时候大家都觉得他很聪明），还赞美他的温柔体贴。他当然是个非常温柔的人。在你生病的时候，他会无微不至地照顾你。他温文尔雅，从不乱发脾气，能得到他的关怀会令你觉得愉悦、惬意、舒心。他似乎具有某种魔力，只要有他在场，你的病痛似乎就会自然地减少几分。她知道，她再也不可能从他的眼睛里看出什么爱意，以前她面对那么多的爱意，甚至都觉得厌烦。如今她知道了，他那种爱的力量有多么巨大。他奇怪地把他的爱全部奉献给了悲惨的病人，除了他以外，没人照顾这些病人。她并没有感觉嫉妒，她只有一种空落落的感觉，就好像她一向习惯了的别人对她的支撑在突然之间被抽走了，于是她开始东倒西歪，成了一个头重脚轻的人。

以前她鄙视沃尔特，而现在她只鄙视自己。沃尔特早就知道基蒂对他的看法，但他无怨无悔地接受了。她是个傻瓜，他知道的，因为他爱她，所以他不在乎这个。如今她不恨他，也不讨厌他，但看见他还是觉得那么恐惧，那么窘迫。她不得不承认他有了不起的性格，有时甚至觉得这使他具有了一种奇怪的、谈不上是魅力的伟大。有趣的是，她依然对他爱不起来，她依然爱着那个现在连她自己都知道一点都不值得她爱的男人。在这些悠长的日子里，她不停地想啊想，越想越觉得查理·汤森是个不值一提的小人，是个再普通不过的二流货色。要是她能驱除掉那份依然逗留在她心头的爱该有多好啊！她要尽量忘记他。

沃丁顿对沃尔特的评价也很高。只有她一个人对他的优点视若无睹。为什么会这样？因为他爱她，而她不爱他。你怎么会因为一个男人对你的爱而反过来鄙视他呢，人心到底是怎么长的呢？不过，沃丁顿也承认自己不喜欢沃尔特。男人不会喜欢沃尔特这样的人。那两个嬷嬷对他的感情已接近于爱情，这一点是很容易看出来的。女人对他的看法就完全不同了；尽管他腼腆得近乎病态，但女人还是会觉得他是个温柔体贴的好男人。

45

不过，最触动她的毕竟是那些修女。圣约瑟夫嬷嬷，长着一张快乐的脸，红彤彤的脸蛋像苹果。她是十年前和院长嬷嬷一起来中国的一小群修女里的一个，她亲眼看见了一个个姊妹因疾病、贫穷、思乡而相继去世，然而她依然保持快乐的天性。她那天真无邪、乐观开朗的性格是从哪里来的呢？还有院长嬷嬷，基蒂想象自己又站在了她的面前，她再次感觉到谦卑与羞愧。尽管她那么单纯那么自然，但她也有一种能引起别人敬畏的天生的尊严，你无法想象会有人不尊重她。从圣约瑟夫嬷嬷站立的姿势，每一个小动作，以及她回话时的语气，你都能感觉到她对院长嬷嬷的绝对服从；还有沃丁顿，尽管他是个轻浮、粗鲁之人，但你也能从他跟院长嬷嬷说话的语气中觉察出他的谨慎、收敛。基蒂觉得他没有必要告诉自己院长嬷嬷出身于法国的一个名门，从她的举止就能看出她出身于古老的世家，她具有一种权威感，没人会觉得可以不听她的话。她具有伟大女性的高高在上之感，同时也具有一个女圣徒的谦卑感。在她那张有力、漂亮、饱经沧桑的脸上有一种既严厉又热情的表情，同时她也有关怀和温柔，所以那些孩子们喜欢围拢在她的周围，他们知道她深深地爱着他们，所以他们吵吵闹闹，不害怕她。当她看着那四个新生儿，她脸上的微笑是甜美的，也是深沉的，就像一道阳光照耀在石南丛生的荒野里。圣约瑟夫嬷嬷对沃尔特的随意评论奇怪地触动了基蒂，她知道沃尔特以前非常想让她为自己生个孩子，尽管他寡言少语，但她从来也不曾怀疑过他能够和小孩合得来，能够满怀爱心地陪他们开心地做游戏。大多数男人对待孩子的方式都是既尴尬又愚蠢。他是多么奇怪的一个人！

但是，对所有这些稍纵即逝的体会来说，还有一片阴影（如彩云外的一圈黑边）在那里执拗地困扰着她。在圣约瑟夫嬷嬷的乐观开朗中，更在院长嬷嬷周全的礼数中，她感觉到了一种令她压抑的隔膜。她们都很友好，甚至可说是亲切，但同时她们也有所保留，她不知道她们隐瞒着什么，这使她意识到自己只是一个路经此地的陌生人。这就是她和她们之间的隔阂。她们说不同的语言，不仅因为她们的国籍，而且因为她们的心灵。在修道院的大门关上的那一刻，她感觉她们已经把她彻底驱逐出了她们的世界，她们会立刻投入因为她的来访而延误了的工作，在她们眼里，也许从来就没有她这么个人。她感觉自己不仅被那座可怜的小教堂驱逐在外，而且还被她的灵魂渴求的神秘的精神殿堂驱逐在外。她突然觉得如此孤独，就好像她以前从未感觉过孤独似的。于是，她落下了眼泪。

此时，她疲惫地往后面甩了甩头，叹息道："哎，我是个不值一提的小人物。"

46

那天黄昏，沃尔特比平时早一点回到了平房。基蒂正躺在打开着的窗口旁的长椅上。天色昏暗。

他问道："你不要灯吗？"

"晚饭一准备好，他们就会把灯提来。"

他总是这么漫不经心地和她说些琐碎的小事，就好像他们是一对认识多年的好友，他的行为举止从来不会表现出他内心怀着对她的恶意。他从来不看她的眼睛，也从不对她微笑。他彬彬有礼到了拘泥的程度。

她问道:"沃尔特,等到瘟疫结束后,你觉得我们再去做什么呢?"

他一时没有回答。她看不清他的脸。

"我还没想过。"

倘在以前,她会随心所欲地想到什么就说什么,她从来没觉得有三思而后言的必要。但如今她怕他;她觉得嘴唇在哆嗦,心在痛苦地跳动。

"今天下午我去过修道院了。"

"我听说了。"

尽管她几乎无法张口,她还是强迫自己说了下去。

"你带我来,真的是想让我死在这里吗?"

"如果我是你,我就会把这种想法统统扔掉,基蒂。我看不出讨论这种我们最好忘记的话题有什么好处。"

"可是你没有忘记,我也没有。我到这里后想了许多。我有些话一定要告诉你,你可以听一下吗?"

"当然可以。"

"我以前待你很坏。我也确实对你不忠过。"

他一动不动地站着。他的平静奇怪地令人感觉恐怖。

"我不知道你是否理解我说的意思。出轨这种事对一个女人来说,一旦结束了就不会留下任何意义。我觉得女人永远也理解不了,男人为什么会这么在乎这种事情。"她急促地说道,自己都不敢相信那声音是她发出来的,"你知道查理是个什么样的人,也知道他会干出什么样的事。嗯,你说的一点没错。他是个不值一提的小人。我觉得要是我不是像他一样不值一提的话,他是不会来招惹我的。我不请求你的宽恕,也不请求你像从前一样爱我。可是,我们就不能做朋友吗?而且,我们周围正有成千上万的人处在命悬一线的境地,还有修道院里的那些嬷嬷……"

他插嘴道："这跟嬷嬷们有什么关系？"

"我也解释不清楚。反正，今天我去那里后有了一种奇怪的感觉。我觉得那里的一切都有重大意义。情况如此恶劣，修女们的自我牺牲精神如此伟大，我不由得感觉，因为一个愚蠢的女人对你不忠，你就这么压抑自己，是荒诞不经且不合时宜的，不知道你能否明白我的意思。我是个毫无价值、不值一提的人，你没必要为我如此伤神。"

他没有回答，也没有走开，似乎是在等她继续说下去。

"沃丁顿先生和修女们对我说了许多你的好话。我为你感到骄傲，沃尔特。"

"你以前不这么想，你以前瞧不起我。你现在不是还依然瞧不起我吗？"

"你难道看不出来我在担心你吗？"

他再次陷入沉默。

"我没法理解你。"他终于又开口道，"我不知道你想要什么。"

"我什么也不要。我只是希望你不要这么郁郁寡欢。"

她感觉他的身体绷直了，还感觉他说话的声音也变得冰冷起来。

"觉得我郁郁寡欢，那是你的误解。我每天有那么多事情要做，没多少工夫想你的事。"

"我不知道修女们是否会同意让我去修道院帮忙。她们明显人手不够，如果我能帮得上，我很乐意去提供帮助。"

"这可不是轻松愉快的工作。我怀疑你能坚持多久。"

"你就这么瞧不起我吗，沃尔特？"

"不是。"他支支吾吾，声音听上去极不自然，"我瞧不起我自己。"

47

　　那是在晚饭后,沃尔特像平时一样坐在灯下看书。每天晚上他都会一直看到基蒂上床睡觉,然后就去用平房的空房间改建成的一间实验室,他在那里一直工作到深夜。他睡得很少。他在做她一窍不通的什么实验。他从来不和她说自己的工作,即使在过去他也对此缄口不谈:他就是个生性不爱说话的人。她反复思考着他刚才对她说的那些话:这场对话没有任何意义。她对他几乎一无所知,所以她无法判断他说的是否是真心话。是否有这样的可能,虽然他还是那么恨她,他已经根本不把她当一个活人看待?以前他很喜欢听她说话,那是因为他爱她,如今他不再爱她,所以听她讲话也成了一份令人厌烦的负担。这样的想法令她羞辱万分。

　　她看着他。灯光照着他的侧影,仿佛是一尊浮雕。他那五官端正、棱角分明的脸庞显得十分清晰,但脸上的表情与其说是严肃,还不如说是阴郁。他那一动不动的坐姿,只有眼睛在字里行间移动,令人感觉极为恐怖。谁能有办法用她的柔情来融化这么严厉的一张脸,使它重现温柔的神情呢?她知道,他的这种表情令她战栗,也令她厌恶。奇怪的是,尽管他相貌堂堂、善良正直、多才多艺,她就是没办法使自己爱上他。想想再也无须承受他的爱抚,她觉得也算是一种宽慰。

　　她问过他强迫她来是否真的是想让她死在这里,他没有回答。这个神秘的问题既吸引她,又让她害怕。他的心地那么善良,很难相信他会有如此恶毒的用意。他原本肯定只是想吓唬她,也是对查理的一种报复(这符合他那爱讽刺的个性),后来出于固执或生怕看上去很傻,他就坚持让她来了这里。

　　是的,他说过他瞧不起自己。他这句话是什么意思呢?基蒂再次朝他那张平静冷漠的脸望去。他完全无视她,好像房间里根本就没她这么个人。

她问道:"你为什么瞧不起你自己?"她几乎是脱口而出地提出这个问题,就好像在毫无间断地继续着之前的对话。

他放下书,若有所思地看着她。他似乎是在把自己的思路从一个遥远的地方拉回来。

"因为我爱你。"

她脸红了,急忙别过头去。她无法承受他那冰冷的、笔直的、审视的目光。她明白了他的意思。她停顿了一会才回答他。

"我觉得你待我不公平。"她说,"因为我愚蠢、轻薄、庸俗,你就责怪我,那不公平。我从小受的教育就是那样的。我认识的每一个姑娘也都是那样的……这就像责怪一个对音乐一窍不通的人,因为他在交响音乐会上打哈欠。为了我不具备的品格而责怪我,这公平吗?我从来没骗过你说我具有那样的品格。我就是这么一个爱漂亮爱说笑的人。你不会去跳蚤市场买珍珠项链或貂皮大衣,你是去那里买铁皮喇叭和玩具气球的。"

"我没有责怪你。"

他的声音很疲惫。她开始觉得对他有点不耐烦了。他怎么会意识不到,而她一下子就明白了过来,相对于他们正身处的死亡阴影以及那天她在一瞬间感受到的对美的敬畏,他们之间的那点事是多么得微不足道?一个傻女人出了轨,为什么她那个从事着高尚事业的丈夫要对这种鸡毛蒜皮的事耿耿于怀呢?这种事情有什么关系呢?沃尔特这么聪明的一个人怎么会连这点道理都不知道,真是怪事。就因为他给一个人偶穿上了华美的衣袍,将它放在祭坛上顶礼膜拜,然后又发现它浑身上下满是木屑,于是他无法原谅自己也无法原谅它。他的灵魂陷入了苦恼。他原本赖以维生的全都是幻想，如今幻象破碎了，他就觉得现实本身也跟着破碎了。因为他无法原谅自己，所以他也无法原谅她，这就是再简单不过的事实。

她觉得自己听见了他发出的一声轻叹，她立即朝他瞄了一眼。一个想法突然蹿上了她的心头，她觉得透不过气来。她拼命克制才忍住声没有发出惊呼。

他是否得了人们所谓的"心碎"这种毛病呢？

48

翌日，基蒂一整天都在想着修道院。接下来的那天早晨，一大清早，沃尔特刚离开家，她就带上女仆坐进轿子，过河去了。天刚亮，渡船上挤满了中国人，有些农夫穿着蓝色的布衣，还有一些穿尊贵的黑袍，他们的脸上都奇怪的死气沉沉，好像是死神渡河去一个阴暗之地。他们上岸后在码头上犹豫地站了一会儿，就好像不知道要去哪里，然后才三三两两无精打采地往山上爬去。

在这个时间里，这座城市的街道上还空荡荡的，看上去就更像一座死城了。路人们看上去都心不在焉的，以至于你甚至会觉得他们就是死神本身。天空晴朗，朝阳往大地上注入一圈柔和神圣的光芒。在这么一个清爽、愉悦的早晨，你很难想象这是一座奄奄一息的城市，正处在瘟疫的魔爪下，就像被一个疯子勒住了咽喉。人们在痛苦中苦苦挣扎，在死亡的恐惧中受尽煎熬，而这大自然（晴朗的天空如孩子的心胸一般纯洁）却漠然视之，简直难以置信。轿子在修道院门口落下，一个乞丐从地上爬起来伸手讨钱。他身上穿着褪了色乱糟糟的破衣烂衫,就好像是从垃圾堆里扒拉出来的,透过衣服上的破洞,你能看见他的皮肤又粗又硬又黑,仿佛山羊皮。他那双光腿看上去羸弱不堪,他的脑袋,再加上横七竖八的白发(沉陷的面颊,狂乱的眼神),看上去像个疯子。基蒂吓得别过脸去,轿夫们用嘶哑的嗓门让他闪开,可他依然纠缠不清,为了摆脱他,基蒂只得战战兢兢地给了他几个小钱。

门开了,女仆说明基蒂想要见院长嬷嬷。她再次被领进那间光秃秃的客厅,里面的窗户似乎从来也不曾打开过。她在里面坐了很长时间,以至于她觉得大概没人向院长通报了她的到来。最后,院长终于走了进来。

"让你久等了,真不好意思。"她说,"我没想到你会来,我现在很忙。"

"对不起,我打搅你了。恐怕我来得不是时候吧。"

院长嬷嬷对她嫣然一笑,既严肃又甜美,让她就座。不过,基蒂看出她的眼泡肿着。她肯定哭过了。基蒂很是惊讶,因为她一直觉得院长嬷嬷是一个不会受俗世烦恼影响的女人。

"恐怕是发生什么事情了吧。"她支支吾吾地说,"你想让我回避一下吗?我以后再来好了。"

"不用,不用。告诉我,你有什么事情。只是因为……只是因为我们的一个嬷嬷昨晚去世了。"她的声音开始颤抖,眼眶里噙着泪水,"我这么伤心太不应该了,因为我知道她那颗善良纯洁的灵魂一定直接飞去了天堂。她是个圣女。不过,要控制情绪总是很难的一件事。恐怕我不是一个随时随地都能做到保持理智的人。"

基蒂说:"我很难过,真的很难过。"

基蒂那富于同情心的性格使自己的声音里带上了点哭腔。

"她是十年前和我一起从法国过来的嬷嬷之一。现在只剩下三个了。我还记得,我们一起站在船的一端(这个词怎么说来着,船头?),船驶离了马赛港,我们看见了圣母玛利亚的金色雕像,我们一起做了祷告。自从我信教以来,能来中国传教一直是我最大的心愿,但是当我看到祖国离我越来越远时,我就忍不住流下了眼泪。我是她们的院长,我没有给她们竖立起一个好榜样。接着,圣弗朗西斯·泽维尔嬷嬷——就是昨晚去世的那位嬷嬷——握住我的手,让我不要伤心难过。她对我说,不论我们到哪里,那里就是法国,就有上帝。"

人性强加给她的悲伤,理性和信仰让她必须努力抑制住的泪水,使她那张严肃而美丽的脸扭曲了。基蒂别过头去,她觉得看一个内心在受着折磨的人是不礼貌的。

"我给她父亲写了一封信。她和我一样,是家里的独养女儿。她家是布列塔尼的渔民,听到这样的消息肯定不好受。哎,这可怕的瘟疫要到什么时候才能结束啊?今天早晨我们又有两个小姑娘染上了病,除非出现奇迹,我看她们是没得救了。这些中国人一点抵抗力都没有。失去了圣弗朗西斯嬷嬷是件很严重的事。我们有那么多事要做,但现在人手比以前任何时候都少。我们在中国别的地方的嬷嬷们都想过来帮忙,我们教会里的每一个人,我想,都会不惜任何代价来这里的,只是她们自己也一无所有。不过,来这里几乎就等于送死,只要我们还能够应付得过来,我们就不想让别的嬷嬷来这里做出牺牲。"

"你的话鼓舞了我,院长嬷嬷。"基蒂说,"我觉得我是在一个很不幸的时期来到了这里。那天你说还有许多事情嬷嬷们来不及做,我在想你是否会同意让我来帮你们的忙。我不在乎让我做什么,只要能帮上忙就好。哪怕你让我为你们擦地板,我也会感激不尽的。"

院长嬷嬷饶有兴趣地微笑起来,基蒂惊讶地发现原来她的表情也会这么变化多端。

"不需要你擦地板的,那是给孤儿们干的活。"她停顿了一下,用温柔的目光看着基蒂,"我亲爱的孩子,你不觉得你能陪你先生来这儿就已经做得足够了吗?有许多人的妻子是没有勇气这么做的,再者说在你丈夫辛辛苦苦工作了一天回到家后,还有什么比看见你更能让他感到放松和欣慰的呢?相信我,他需要你全心全意的爱和关怀。"

院长嬷嬷的目光里含有一种冷漠的试探和嘲讽的仁慈,基蒂无法与之对视。

"反正我从早到晚也没啥事好做。"基蒂说,"一想到你们这里有那么多的活要干,而我整天游手好闲的,我就觉得十分惭愧。我不希望自己变成个讨人厌的人。我知道我没有权利来占用你的时间来让你考虑我的事,但我说的是真心话,如果你让我来这里帮忙,其实是给我的一个很大的恩惠。"

"你看上去不是一个很强壮的人。前天你好心好意地来看望我们的时候,我觉得你的脸色非常苍白。圣约瑟夫嬷嬷甚至觉得也许你怀有身孕。"

"没有,没有。"基蒂喊了起来,脸一直红到了脖颈。

院长嬷嬷发出一声短促的、银铃般的笑声。

"这没什么不好意思的,我亲爱的孩子,再说这样的设想也并非完全没有可能。你结婚多久了?"

"我脸色苍白是因为我天生就这样,可我很强壮,我可以向你保证,什么活都吓不倒我。"

此时,院长嬷嬷已经完全成了自己的主人。她无意识地恢复了权威的气势,这对她来说已成为习惯,她以一种审视的、挑剔的目光看着基蒂。基蒂觉得手足无措起来。

"你会说中文吗?"

基蒂回答："抱歉，不会。"

"噢，太可惜了。我可以派你去照料那些大一点的女孩子。现在这活越来越难做了，我恐怕她们会变得……怎么说呢，变得非常棘手。"她用试探性的口气说道。

"我不能去做负责护理的嬷嬷们的助手吗？我一点都不害怕霍乱。我可以护理那些小姑娘或士兵。"

此时，院长嬷嬷脸上的笑容收敛起来，取而代之的是一种若有所思的表情。她摇了摇头。

"你不知道霍乱是什么。那是一种很可怕的场景。医务室的工作是交给那些士兵的，我们只是需要一个监督的嬷嬷。要是说那些小姑娘……不，不，我担保你丈夫肯定不希望你做那个。这是一种很可怕也很悲惨的场面。"

"我肯定会习惯的。"

"不，这不可能。这是我们的事，去做这些事也是我们的义务，但你没有必要去做这些的。"

"你的话让我觉得自己很没用，对你们没什么帮助。真的没有我能做的吗，我觉得很不可思议。"

"你跟你丈夫讲过这事吗？"

"讲过。"

院长嬷嬷看着她的眼神好像是在探究她内心深处的秘密，但当她看见基蒂焦虑、渴求的表情时，她露出了微笑。

她问道："你当然是个新教徒吧？"

"是的。"

"没关系。沃森医生，就是那个去世的传教士，也是一个新教徒。这一点关系也没有。他待我们实在是太好了。我们欠他很大一个人情。"

此时，基蒂的脸上掠过一抹微笑，但她什么也没说。院长嬷嬷像是在深思。她站了起来。

"你真是个好人。我想我能找到些活让你做的。现在，圣弗朗西斯嬷嬷也离我们而去了，我们这里的活确实应付不过来。你什么时候可以开始呢？"

"就现在。"

"A la bonne heure（太好了）。听你这么说我很高兴。"

"我向你保证我会尽力的。我很感激你给我这么个机会。"

院长嬷嬷打开了客厅的门，但在她走出去的时候她迟疑了一下。她再次久久地看了基蒂一眼，目光里充满探究和睿智。然后，她温柔地挽住基蒂的胳膊。

"你知道，我亲爱的孩子，在工作和游戏中，或在修道院里和人世间，你是找不到平静的，平静只存在于你自己的灵魂里。"

基蒂微微吃了一惊，但院长嬷嬷已经飞快地走了出去。

49

基蒂发觉干活让她的精神焕然一新。她每天早晨在日出后不久就去修道院，直到西下的夕阳把狭窄的河道和拥挤的舢板染上一片金光时才返回他们住的平房。院长嬷嬷把那些年幼的孩子交给她照料。基蒂的母亲从出生的利物浦来到伦敦时也带去了一套干家务的实际本领，尽管基蒂的行为举止略显轻浮，但她在干家务这方面也是很有天赋的。只不过她向来以一种开玩笑的方式来谈论她的这份天赋而已。她饭做得很好，缝补的活也做得相当漂亮，在她展示了这方面的才能后，她就被安排去指导那些小姑娘们做缝缝补补的活。她们会一点点法语，她每天都学几句中文，因此这活对她来说并没有很大的难度。其余的时间她就去照料那些年幼的孩子，让他们都安安全全的，她为他们穿衣服脱衣服，在他们睡觉的时间里照顾他们睡觉。这里有很多婴儿，是由保姆们照料的，不过基蒂有空时也会被要求去照看一下。这些活都是微不足道的，她本想做一些更加艰巨的活，但院长嬷嬷对她的请求充耳不闻，而基蒂对院长嬷嬷又是满心敬畏，所以也没有去过分纠缠她。

刚开始的几天，她必须努力克服对那些小姑娘的微微的反感，因为她们穿着难看的制服，因为她们头上的硬撅撅的黑发，因为她们那黄渣渣的圆脸，以及她们那如瞪着别人一般的黑眼睛。不过基蒂记得，在她第一次造访修道院时，看见过院长嬷嬷脸上如此美丽的表情和如此温柔的眼神，她站在那里，那些丑陋的小东西围在她的周围，她不能被自己的本能所左右。而现在，她会把这些小东西们抱在怀里，安慰着因为跌跤或掉了牙而哭鼻子的小孩子。基蒂发觉用几句温柔的话语，尽管孩子们听不懂她的话，用温柔的手臂和面颊抚慰那一张张哭泣的小黄脸。就这样，她一点点地对他们不再有陌生感。那些小孩子一点也不怕她，有了一点点孩子气的小麻烦就会去找她，能够帮助他们建立起自信让她感觉特别开心。对那些年龄稍大一点的女孩子（就是她教她们缝纫的那些）也是一样，她只要表扬她们几句，她们就会露出开心、聪慧的笑容，这令她感动。她感觉到她们都很喜欢她，她为此感到骄傲、自豪，因此她也很喜欢她们。

但是，有一个孩子她怎么也适应不了。这是个六岁的小姑娘，她是个弱智，有一颗脑积水的大脑袋，头重脚轻地安在一个矮小的身体上，总在那儿摇摇晃晃。她有一双空洞的大眼睛，嘴巴里淌着口水。她嘴巴里吱吱嘎嘎地说着含混不清的话，令她恶心，也令她害怕。但不知道出于什么原因，这个弱智对基蒂十分痴迷，于是基蒂在大房间里走到哪她就会跟到哪。她拉住基蒂的裙子，用她的脸摩擦着基蒂的膝盖。她还喜欢摩挲基蒂的手，而基蒂则会厌恶地发抖。基蒂知道小姑娘渴望她的抚摸，但她就是没勇气那么做。

有一次，基蒂对圣约瑟夫嬷嬷说，这个小东西活在世上真是受罪。圣约瑟夫嬷嬷微笑着伸出手来，摸了摸这个奇形怪状的小姑娘。小姑娘也用她那突起的额头触碰着嬷嬷的手。

"可怜的小东西。"嬷嬷说，"她刚被送来这里的时候几乎只剩下半条命了。但是老天慈悲，她来的时候我刚巧在门口。我想到这是刻不容缓的事，于是就立即给她施了洗礼。你不会相信我们为了救活她费了多大的力。有好几次我们都以为她那颗小小的灵魂已经飞去了天堂。"

基蒂一声不吭。爱说话的圣约瑟夫嬷嬷又开始东拉西扯起别的事情来。第二天，当那个弱智的小姑娘又来到她的跟前，抚摸起她的手，基蒂鼓足了勇气摸了摸她那个光溜溜的大脑门，她还勉强自己做出了笑容。可那个小姑娘突然离她而去，就像是一种白痴的变态反应。她似乎对基蒂失去了兴趣，那天和接下来的几天她都不理基蒂。基蒂不知道自己做了什么，想要用微笑和手势来重新争取她，但她总是转过身去，假装没有看见基蒂。

50

因为修女们从早到晚都忙于各类杂务，所以基蒂除了在光秃秃的、寒酸的礼拜堂里看见她们做祷告以外，几乎很少看见她们。在她来的第一天，院长嬷嬷看见她坐在最后排，前面是按照年龄排好的坐在长椅上的小姑娘们，就走过去和她说话。

"我们在做祷告的时候你不一定要来的。"她说，"你是个新教徒，你有你自己的信仰。"

"可我愿意来这儿，院长嬷嬷。我发觉来这儿能让我感觉平静。"

院长嬷嬷看了她一会儿，然后微微倾斜了一下她那颗严肃的脑袋。

"你想怎样做当然就能怎样做。我只是想让你明白，你没有义务非来不可。"

不过，基蒂很快就和圣约瑟夫嬷嬷熟悉起来，尽管不能说是亲密无间。修道院的经营掌握在她的手中，要照顾这么一大群人的衣食住行让圣约瑟夫嬷嬷整天忙得马不停蹄。她说她唯一可以得到休息的时间就是在专心致志地做祈祷的时候。不过，傍晚时分她总是很愉快，因为那时基蒂就会带着那群做工的小姑娘们进来，她就可以对基蒂诉诉苦，放松一会儿，坐下来和基蒂聊上几句闲话。只要院长嬷嬷不在场，她就会变得特别健谈也特别开朗，喜欢开开玩笑，更喜欢聊各种八卦新闻。基蒂站在她面前不会觉得害怕，她的行为举止也不会令圣约瑟夫嬷嬷反感，总之这位修女就是个好脾气的、平凡普通的女人，基蒂和她很谈得来。她对基蒂糟糕的法语全不介意，每当基蒂说错她们俩都会笑起来。嬷嬷每天都教她几句实用的中文。她是个农家女，骨子里还是个农妇。

"我小时候常常放牛。"她说，"就像圣女贞德。但我这个人实在太坏了，所以看不到显圣。我觉得这也算是一种运气，因为不然的话我爹肯定会拿鞭子抽我的。他以前常常抽我，这个好心的老头子，因为我是一个十分淘气的小姑娘。有时候，想到以前我做过的那些恶作剧,我都会觉得不好意思。"

想到这个富态的中年修女以前也曾是个淘气任性的小鬼头,基蒂不由得笑了起来。不过,她身上依然保留着一颗孩童般的心,令你觉得亲近。每当苹果树上结满果子,粮食收割好入了粮仓,她身上就会有股如秋日田野般的香味。她身上没有院长嬷嬷的那种悲伤、严肃的圣徒气质,只有单纯、开朗的乐观气质。

基蒂问道:"你从没希望过能够回国吗,ma soeur(修女嬷嬷)?"

"嗯,没有。回国太不容易了。我喜欢待在这儿,和孤儿们待在一起我觉得无比幸福。他们那么纯洁,那么心怀感激。不过,做一名修女依然是件十分美好的事(on a beau etre religieuse[1]),尽管我也有一个母亲,我也不会忘记小时候吃过她的乳汁。我母亲已经老了,想到再也见不到她了我就觉得难过。不过,她很喜欢我哥哥的妻子,我哥哥待她也很孝顺。哥哥的儿子现在也长成大人了,我想他们一定会高兴家里又添了一个做农活的好帮手。我离开法国时他还是个孩子,不过那时就能看出他长大后一定是个一拳就能击倒一头公牛的壮汉。"

在如此安静的房间里聆听一位修女侃侃而谈,你是怎么都不会意识到霍乱正在四面墙壁之外肆虐横行。圣约瑟夫嬷嬷不在乎外面的世界,这种态度也传染了基蒂。

她对这个世界以及世界上的居民有一种天真的好奇心。她问了基蒂各种关于英国和伦敦的问题,她以为英国是一个迷雾茫茫的国度,白天都伸手不见五指的,她想要知道基蒂是否经常去参加舞会,是否住在华丽的大房子里,有多少兄弟姐妹。她常常提到沃尔特。院长嬷嬷说他是个大善人,她们每天都为他祈祷。基蒂有这么一个善良、勇敢、

---

[1] 法语,意为做修女是十分美好的。

聪明的丈夫，多幸运啊！

51

不过，圣约瑟夫嬷嬷的话题早晚都会回到院长嬷嬷身上。基蒂一开始就意识到，这个女人的气质在掌控着整座修道院。她看出这里的人们不仅爱戴、佩服院长嬷嬷，而且敬畏她，甚至可说是害怕她。尽管她慈眉善目的，但基蒂在她面前总感觉自己像个小女生。和她在一起基蒂总感觉不自在，因为她的心里会不由自主地升起一股令她觉得既陌生又尴尬的情绪——虔敬。圣约瑟夫嬷嬷天性直率，恨不得一口气把院长嬷嬷的所有事情都告诉基蒂。她告诉基蒂院长嬷嬷出身名门望族，祖先是名垂青史的重要人物，她还和半数的欧洲国王有 un peu cousine（一点姻亲关系）：西班牙的阿方索国王曾在她父亲的庄园里打猎，法国各地都有她家的 chateaux（城堡）。离开这么显赫的家，一定不容易啊。基蒂微笑着听她说，但一点都不为所动。

"Du reste（另外），你只要看看她的样子，"嬷嬷说，"就会看出，comme famille, c'est le dessus du panier（她就是那副名门闺秀的样子）。"

基蒂说："她有一双我曾见过的最美丽的手。"

"噢，要是你知道她是怎么用这双手的，就不会那么说了。她一点都不怕干活，notre bonne mere（我们的好院长嬷嬷）。"

她们刚来到这座城市的时候，这里还是一片荒凉。她们建起了修道院。院长嬷嬷制定了工程计划，并亲自监督施工。她们刚到这里，就开始着手拯救那些可怜的没人要的女宝宝，她们不是被父母丢弃在婴儿塔里，就是被残忍的接生婆直接扔掉。一开始，她们睡觉没有床，窗户上没有遮挡夜风的玻璃（"一无所有。"圣约瑟夫嬷嬷说，"而且极不卫生。"）；她们经常会身无分文，不仅没钱付给建筑工人，而且没钱买日常用品；她们过着农民般的日子，圣约瑟夫嬷嬷是怎么说来着的？法国的农民，tenez（我想），我们的吃食就跟那些农夫喂给猪吃的差不多。然后，院长嬷嬷会把修女们集中到自己的周围，她们跪在地上做祷告，然后圣母玛利亚就会给她们送钱来。第二天就会收到一千法郎的邮政汇款，或者一个陌生人，也许是个英国人（如果你希望是新教徒，那就说新教徒好了），或甚至是个中国人，就会来敲她们的大门，然后毕恭毕敬地献上他们的一份礼物。有一次，她们陷入了财政危机，她们就全体向圣母玛利亚起誓，如果圣母帮助她们摆脱困境，她们就会做一场 neuvaine（九日祈祷）来赞美她的大名。结果你猜怎么着，那个滑稽的沃丁顿先生第二天来拜访我们了，他说我们看上去都像是急需一盆满满的烤牛肉，他给了我们一百美金。

他是多滑稽的一个小个子啊，光溜溜的脑袋，狡猾的小眼睛（ses petits yeux malins[1]），他还特别爱开玩笑。Mon Dieu（我的主啊），你看他是怎么来糟蹋法语的，然而你还是会不由自主地被他的话逗乐。他总是乐呵呵的。尽管现在正流行可怕的瘟疫，可他的样子就像来这儿度假似的。他的乐观开朗，他的机智聪明，都像法国人，你很难相信他是个英国人。只有他那口糟糕的口音不像。不过，圣约瑟夫嬷嬷有时会这么想，他是为了让你发笑，才故意把法语说得这么不堪入耳的。当然，他的道德观不是大多数人所持的那种。不过，那是他自己的事（她一边说一边叹气、耸肩、摇头晃脑），他还是一个单身的小老头。

基蒂微笑着问道："他的道德观有什么问题吗，ma soeur（嬷嬷）？"

---

1 法语，他那双狡猾的小眼睛。

"你真的不知道吗？我对你说这种事也是一种罪过。这种事情我怎么说得出口。他和一个中国女人同居，据说那个女人还不是汉人，而是个满族姑娘。她好像还是一个公主，她爱他爱得简直死去活来。"

基蒂大声说："这听上去不太可能嘛。"

"不，不，我向你保证，这些全都是事实。他真是太坏了。怎么可以做这种事情。你第一次来修道院的时候，他不吃我特意为他做的玛德琳蛋糕，院长嬷嬷说他的胃口全让满族的食物给搞坏了。你没听到这句话吗？她就是那个意思，你应该看见他还点头承认了。这是个十分有趣的故事。大革命时期，沃丁顿先生常驻汉口，当时满族人的政权正受到威胁，很多皇室家庭受到波及，好心的沃丁顿先生对一户满族的大户人家施以援手。这户人家和皇室有血缘关系。那人家的小姑娘疯狂地爱上了沃丁顿，嗯……，余下的你自己想象吧。后来，他离开了汉口，那姑娘就跟着他私奔，如今他走到哪儿她就跟到哪儿，于是他就勉强把她收留下来，这个可怜的家伙，我敢说他还是很喜欢那个姑娘的。有时候，这些满族女子特别有女性魅力。不过，这关我啥事呀？我有那么多的事要做，却还坐在这里侃大山，我不是一个好修女，我为自己感到脸红。"

52

基蒂有一种奇怪的感觉，她觉得自己在一点点成熟起来。繁忙的工作让她的心胸开阔起来，让她瞥到了一眼他人的生活和人生观，这激活了她的想象力。她找回了失落的精神，她觉得自己越来越健康，越来越强壮了。她原以为自己的生活已经彻底完蛋，除了掉眼泪外别无他法，可现在她发现自己又能欢声笑语了。生活在瘟疫流行的可怕地区，她觉得这也是个很自然的结果。她知道在她周围的许多人都在这场瘟疫中失去了性命，但她已经对此不那么大惊小怪了。院长嬷嬷禁止她走进医务室，这反而激起了她的好奇心。她想站在门口向内窥视，但这样做肯定会被人瞧见，而且她也不知道要是院长嬷嬷知道了会怎样来处罚她。要是把她打发走就糟糕了。她现在全力以赴照料着那些小孩，要是她走了她们会想她的。老实说，她不知道要是没有了她，她们该如何生活。

有一天，她突然发觉自己已经有一个星期既没有想到也没有梦到查理·汤森了。她的心突然在胸口狂跳了一下：她的病治好了。现在，她想起他来也可以保持平静。她不再爱他。哦，这种解脱了的轻松感觉！现在回过头来看，当初她怎么会对他如此痴情，真是咄咄怪事。当他不要她的时候，她觉得自己只有死路一条了，她觉得以后的人生道路上除了悲惨不会有别的了。可现在，她又能欢笑了。他是一个毫无价值的小人。她当初怎么会那么傻啊！现在，她能够冷静地思考问题了，她搞不懂自己究竟看上了他的什么地方。还算好，沃丁顿对此事一无所知，要不她怎么受得了他那诡诈的眼神和嘲讽的含沙射影。她自由了，终于自由了，自由！她几乎无法克制住想要哈哈大笑的冲动。

孩子们在吵吵闹闹地做游戏，平时她会脸上带着纵容的微笑在一边看着，如果她们吵得太厉害她就会出来制止，她会注意她们的行为，以防有人受伤。可现在她的情绪高涨，觉得自己像她们一样还是个小孩子，于是她加入了她们的游戏。小姑娘们开开心心地让她加入进来。她们在房间里左奔右突，发出最响亮的尖叫，高兴得像一个个野孩子。她们兴奋得都快飞上天去了，发出的吵嚷声震耳欲聋。

门在突然之间打开了，院长嬷嬷站在门口。基蒂一下子面红耳赤了，赶紧从叽叽喳喳地抓着她的一打小姑娘间脱身出来。

"你就是这么来让姑娘们规规矩矩、安安静静的吗?"院长嬷嬷嘴角带着一抹微笑地问道。

"我们在做游戏,院长嬷嬷。她们太兴奋了。是我不好,我太由着她们了。"

院长嬷嬷走上前来,孩子们像往常一样围拢在她的周围。她伸开双手搂住她们那瘦小的肩膀,调皮地拉了拉她们的黄色的小耳朵。她温柔地、久久地看了一眼基蒂。基蒂脸红了,连呼吸都急促了起来。她那双水汪汪的大眼睛闪闪发亮,一头美丽的秀发蓬松地飘散开,她莞尔一笑,显得既可爱又慌张。

"Que vous êtes belle, ma chère enfant(你真美啊,我亲爱的孩子)。"院长嬷嬷说,"光看看你就会使人心情愉快,难怪孩子们这么喜欢你呢。"

基蒂的脸更红了,不知道为什么,她的眼睛里突然噙满了泪水。她用双手捂住了脸。

"哦,院长嬷嬷,你说的我都不好意思了。"

"快别傻了。美丽也是上帝的一份馈赠,是最稀罕最宝贵的礼物之一,如果我们拥有美丽,就该为此感谢上帝。如果没有,我们也该为了别人的美带给我们的愉悦而感谢上帝。"

她又微笑了起来,一边还轻轻地拍了拍基蒂柔软的面颊,就像她还是个小孩子。

53

因为基蒂在修道院里干活,所以不常见到沃丁顿。有两三次,他来到河岸边与她碰面，然后他们就一起去山上散步。他有时也会上她家去喝一杯掺苏打水的威士忌，但他很少会留下来吃晚饭。有个星期天，他建议他们带上午饭坐轿子去参观一座佛庙。那座庙坐落在距离城市十英里开外的地方，是个小有名气的朝圣胜地。院长嬷嬷坚持要让基蒂有一天的休息，因此她星期天不去工作，而沃尔特当然还像平时一样整天忙忙碌碌。

他们一早就出发了，想要赶在正午的日头之前到达那里。他们坐在轿子上穿过了一条狭窄的堤道，路两边是一片稻田。他们不时会看见一些朴实无华的农家院落，它们友好地紧挨在一起，掩映在一簇簇竹林里。难得这么悠闲，基蒂觉得很惬意，一直被圈在城市里，现在能出来看看乡野风光，实在是一件很美的事。他们到达了那座寺庙，那是建在河边的一排低矮建筑，庙里绿树成荫，很是凉爽。几个微笑的和尚在前面领路，他们穿过了一个空落落的、寂静的院子，来到了里面陈列着做着各种鬼脸的神像的庙里。菩萨坐在圣坛上，显得遥远、忧伤、智慧，脸上露出淡然的微笑，一副不食人间烟火的样子。这里的一切都有一种拒人以千里之外的感觉，恢宏的庙宇在骨子里是庸俗的、破败的。佛像上满身尘土，当初塑造他们的信仰早已奄奄一息。和尚们看上去都像是留在这里受苦的，就好像他们都在等待着一纸通告，准许他们立即撤离。在方丈彬彬有礼的、温文尔雅的态度中，也有一丝决意离去的嘲讽。在不远的将来，所有的和尚都会离开这片阴凉的、愉快的树荫和这座寺庙，去远方云游。到那时，恶劣的风雨就会将它侵蚀，大自然的铁腕就会将它扼制。野生的藤蔓将缠上泥塑木雕的神像，院子里的树木将长成参天大树。那些神佛将不再居留于此，取而代之的将是一些邪恶、黑暗的幽灵。

54

他们坐在一幢小建筑的台阶上（四根上了油彩的立柱，一片高高的、贴着瓦片的屋顶，下面放着一口青铜的大钟），看着那条慢吞吞地流动着的小河，许多河湾朝向那座病入膏肓的城市。他们能看见参差不齐的城墙，热浪笼罩在它的上方，如一张棺材板。尽管这条河流得那么缓慢，但你还是能感觉到它的流动，这会令你油然产生一种世事无常的伤感。一切都将消亡，身后又能留下怎样的足迹呢？基蒂觉得所有的一切，也包括人类，都像是那条河里的一滴滴水流，它们向前流淌着，彼此间近在咫尺，却又仿佛远隔千里，汇成一条无名的洪流，向着大海悠悠地流淌。一切都不过是过眼云烟，没什么永恒的价值，可人们偏偏还要纠结于一些七零八碎的琐事，还要彼此算计、钩心斗角，人有多可怜啊！

"你知道哈林顿花园吗？"她美丽的眼睛里含着一抹笑意，问沃丁顿。

"不知道，怎么啦？"

"没什么。只是那里远在天边。我家就住在那儿。"

"你打算回去吗？"

"不是。"

"我估计再过几个月你就会离开这里。瘟疫似乎有所缓和了，凉爽的天气肯定会终结它的蔓延。"

"我几乎觉得，要我离开这里我会很难过的。"

她默默地思考了一会将来。她不知道沃尔特心里有什么计划。他什么也不告诉她。他冷淡、礼貌、沉默，高深莫测。他们就是那条河里的两滴小水珠，默默地向着一片未知的世界流去。对他们自己来说，这两滴小水珠有着与众不同的个性,对旁观者来说,它们和别的水珠毫无二致。

"小心那些嬷嬷,别被她们感化了。"沃丁顿露出了狡猾的浅笑,说道。

"她们忙都忙不过来,哪有空来关心我的事情。她们都是慈眉善目的大好人,然而……我真不知道该怎么解释……在她们和我之间有一堵墙。我不知道为什么会这样。就好像她们都怀着某种秘密,对她们的生活产生着重要意义的什么秘密,但她们都不愿和我分享。这和信仰无关,它比信仰更深刻更……更意味深长。她们生活在一个和我们不同的世界里,对她们的世界来说,我们永远都是陌生人。每天,只要修道院的大门在我身后一关上,我就会觉得对她们来说我这个人根本就不存在。"

他嘲笑地反驳道:"这对你的虚荣心确实是一种打击,我能理解。"

"我的虚荣心。"

基蒂耸了耸肩膀。然后,她又微微一笑,懒洋洋地向他转过身去。

"为什么你从来也没告诉过我,你在和一个满族公主同居呢?"

"这些多嘴多舌的老女人到底告诉了你些什么呀?我肯定,修女们议论一个海关官员的私事绝对是一种罪过。"

"你为什么要这么敏感呢?"

沃丁顿的目光看向地上,然后又往旁边看看,一副鬼鬼祟祟的样子。他微微地耸了耸肩膀。

"这不是一件值得炫耀的事。我知道把这件事宣扬出去对我的仕途没有任何好处。"

"你非常喜欢她吗?"

此时他抬起头来,他那张丑陋的小脸看上去像个淘气的小男生。

"她为我舍弃了一切,家庭、亲人、稳定的生活,以及自尊。她抛下一切和我私奔,这已是好多年前的事了。有几次我把她赶走,但她总是回来。后来我就想偷偷离开她,可她总是跟着我。现在,我已经放弃了这种荒唐的行径,我估计我的下半辈子都将和她共同度过了。"

"她肯定是真的爱死你了。"

"这是一种很滑稽的感情,你知道。"他回答说,额头上皱起了复杂的纹路,"如果我离开她,她绝对会自杀的,对此我没有丝毫的怀疑。不是对我怀着恶毒的怨恨而自杀,而是相当自然的一种自杀,因为没有了我,她就不想再活下去了。有个人对你如此依赖,你一旦知道了就会产生一种很奇怪的感觉。你会不由自主地觉得这里面一定包含着什么意义。"

"可是,只有爱别人才是关键,而不是被别人爱。一个人甚至不会因为某人爱自己而对他表示感激,要是自己不爱对方,就只会对他的爱表示厌烦。"

"我没有复数的经验。"他回答说,"我的爱停留在单数状态。"

"她真的是个皇室的公主吗?"

"不,那只是修女们浪漫的夸张。她出生于满族的一个大家庭,不过,她家当然被大革命毁了。但这并不影响她依旧是一个名门闺秀。"

他说话的语气里透露出一丝骄傲,使得基蒂的眼底里掠过了一抹微笑。

"那你准备下半辈子都在这里过了吗?"

"你是说在中国?是的,到别的地方你让她去做什么呢?等我退休了,我就在北京买一幢小房子,在那里度过余生。"

"你们有小孩吗?"

"没有。"

她好奇地看着他。这个光头的小矮子，还长着一张猢狲脸，居然能激起一个异国女子如此强烈的情爱，真是不可思议。她不知道为什么他谈论这个满族姑娘的方式总让她感觉那姑娘对他的感情非常强烈非常专注，尽管他的态度很随意语言很草率，这令她有些困惑。

她微笑着说："这儿离哈林顿花园确实很远。"

"你为什么那么说？"

"我很无知。生活是如此奇异。我感觉自己像是个一辈子都生活在鸭塘边的人，然后突然有一天看见了大海。它令我感觉透不过气来，但同时又给了我一种升华的感觉。我不想死，我想活。我感觉到了一种从未有过的勇气。我感觉自己像是个驾船航行在一片未知海域的老水手，我觉得自己的灵魂渴望探索未知的领域。"

沃丁顿若有所思地看着她。她那游移的目光停留在了波澜不惊的河面上。两滴小水珠静静地流淌，向着一片黑暗的、永恒的大海静静地流淌。

基蒂突然抬起头来，问道："我可以去你家拜访一下那位满族的贵妇吗？"

"她英语一句也不会说。"

"你对我那么好，为我做了那么多，也许我可以用我的态度来向她表明我想和她交朋友。"

沃丁顿嘲讽地微微一笑，不过他的回答还是很有礼貌的。

"哪天我来接你，她会给你泡一杯茉莉花茶。"

她不能告诉他这个异国恋的故事从一开始就奇怪地激起了她的兴趣，满族公主正象征了某种虽模糊却执着地向她发出召唤的事物。她就这么不可思议地迈向了一片神秘的精神乐园。

55

但是一两天后,基蒂有了一个意外的发现。

那天,她像平时一样去了修道院,准备开始她的第一项工作:给孩子们洗澡、穿衣。因为修女们坚称夜风对身体有害,所以宿舍里的窗户到了晚上就统统关上,以至于这里的空气浑浊、难闻。明明是清爽的早晨,但基蒂走进宿舍总会觉得有点胸闷,然后赶紧去打开所有的窗户。但今天,她突然觉得非常恶心,她头晕目眩地站在窗口等恶心感过去。以前从来没有过这么恶劣的感觉,恶心感完全把她给控制住了,她呕了起来,她嚎了一声。孩子们被她吓坏了,那个协助她干活的小姑娘赶紧朝她奔过去,看见她面色煞白,浑身哆嗦,小姑娘尖叫着停住了脚步。霍乱!这个想法一下子掠过她的脑海,然后,她感觉死神降临在了自己的头上。她惊恐万状,她拼命挣扎,想要抵御那仿佛痛苦地流遍她浑身血管的暗夜,她觉得自己已经病入膏肓,然后就昏了过去。

等到再次睁开眼睛,她一时间不知道自己身在何方。她以为自己躺在地上,她微微地动了动脑袋,感觉头下面有一只枕头。她想不起来刚才发生了什么。院长嬷嬷蹲在她旁边,手里拿着一块嗅盐凑近她的鼻子,圣约瑟夫嬷嬷站在一旁看着她。接着,她恢复了意识。霍乱!她看见修女们脸上惊慌失措的表情。圣约瑟夫嬷嬷看上去特别高大,但她的身形显得模模糊糊的。恐惧再次占据了她的心头。

"哦,院长嬷嬷,院长嬷嬷。"她哭喊道,"我会死吗?我不想死。"

院长嬷嬷说:"你当然不会死的。"

她相当镇定,她的眼睛里甚至有一丝笑意。

"可我得了霍乱呀。沃尔特在哪里?派人去叫他来了吗?哦,院长嬷嬷，院长嬷嬷。"

她一下子涕泗横流起来。院长嬷嬷向她伸出手去，基蒂紧紧地抓住她的手，好像那就是她不愿意失去的生命。

"好了，好了，我亲爱的孩子，你别犯傻了。你没得霍乱，没得任何毛病。"

"沃尔特在哪里？"

"你丈夫忙着呢，怎么能去打搅他。你过会儿就会感觉好起来的。"

基蒂有气无力地瞪着她。她怎么能说得如此轻巧？她真是个冷酷的女人。

"你先平静一下，"院长嬷嬷说，"你一点都不用担心的。"

基蒂觉得自己的心脏疯狂地跳动起来。她对霍乱的事早已习以为常，以至于觉得自己根本不可能患上这病。哦，她真是个大傻瓜！她知道自己的小命不保了。她吓死了。姑娘们拿进来一张藤条长椅，把它放在窗口边。

"好了，让我们把你抱起来吧。"院长嬷嬷说。"你躺在 chaise longue（长椅）上会更舒服一些的。你觉得自己能站起来吗？"

她把手伸进基蒂的胳膊底下，圣约瑟夫嬷嬷扶着她站了起来。她精疲力竭地瘫倒在长椅上。

"我最好把窗户关上。"圣约瑟夫嬷嬷说，"一早上吹风，对她没好处。"

"不，不。"基蒂说。"让它开着。"

看见蓝天白云，让她觉得心安。她还在颤抖，不过她的感觉已经比刚才好多了。两个修女默默地看了她一会，圣约瑟夫嬷嬷对院长说了句什么，基蒂没听懂。然后，院长嬷嬷在长椅的一角坐了下来，握住了她的手。

"听我说,ma chère enfant(我亲爱的孩子)……"

她问了基蒂一两个问题。基蒂如实回答,但不明白她的意思。她的嘴唇发抖,所以几乎说不清话。

"不会错的。"圣约瑟夫嬷嬷说,"这种事情我再清楚不过了。"

她微笑起来,基蒂觉得她的笑声里只有兴奋,毫无担忧。院长嬷嬷依然握着基蒂的手,一边温柔地朝她微笑。

"圣约瑟夫嬷嬷对这种事比我有经验,亲爱的孩子,她立刻就告诉了我你是怎么回事。她说得肯定没错的。"

基蒂焦急地问:"你是什么意思?"

"这个很明显。你就从来没想到过有这种可能性吗?你怀孕了,我亲爱的。"

基蒂惊讶得一下子感觉头重脚轻起来,她突然站了起来,其实应该说跳了起来。

院长嬷嬷说:"躺着别动,别动。"

基蒂觉得自己脸红得发烫,她双手捂住了胸口。

"不可能的,不是真的。"

圣约瑟夫嬷嬷问:"Qu' est ce qu' elle dit(她说什么)?"

院长嬷嬷为她做了翻译。圣约瑟夫嬷嬷那张普普通通的大脸,以及红彤彤的脸蛋,都笑开了花。

"我不可能弄错的。我以名誉担保。"

"你们结婚多久了,我的孩子?"院长嬷嬷问。"你瞧,我嫂子在像你结婚那么长时间的时候,已经有了两个小孩。"

基蒂又瘫倒在椅子里。她的心已经死了。

她低声说:"我真羞死了。"

"就因为你怀孕了?别傻了,这不是再自然不过的事吗?"

圣约瑟夫嬷嬷说："Quelle joie pour le docteur（医生会开心死的）。"

"是啊，这对你丈夫来说是多大的喜事啊。他会开心死的。你只要看看他平时对孩子们的态度，看看他跟他们玩耍时脸上的神情，就会知道要是他有了自己的孩子会有多高兴。"

基蒂沉默了一会儿。两个修女温柔地、好奇地看着她，院长嬷嬷抚摸着她的手。

"我真傻，以前从来也没有怀疑过。"基蒂说，"不管怎么说，我很高兴不是霍乱。我现在感觉好多了。我这就回去干活。"

"今天别做了，我亲爱的孩子。你受了惊，就回去休息一天吧。"

"不用，不用，我愿意留下来干活。"

"听我的话。如果我由着你任性，我们的好医生会怎么说呢？明天过来好了，如果你想，或者后天也行，但今天你必须回去休息。我这就去安排轿子。要我叫一个小姑娘陪你回去吗？"

"哦，不用，我一个人没事的。"

56

基蒂躺在床上，百叶窗也拉了起来。现在已过了午饭时间，佣人们都在睡午觉。她今天早晨得知的这个消息（现在她很肯定那是真的），让她觉得心慌意乱。她一到家就开始了苦苦地思索，但她的脑子里一片空白，没法集中起思路。突然，她听见了一阵脚步声，是皮靴发出的声音，所以不可能是佣人。她发出一声忧虑的叹息，她知道来者只能是她的丈夫。他在起居室里，她听见他在叫她，但她没有吱声。安静了一会后，她的门上传来了一记敲门声。

"谁啊？"

"我可以进来吗？"

基蒂从床上爬起来，披上了一条睡袍。

"进来吧。"

他走了进来。关上的百叶窗让他看不清她的脸，她为此感到庆幸。

"我希望没把你吵醒吧。我敲得很轻很轻。"

"我没有睡着。"

他走到一扇窗前，拉开了百叶窗。一片温暖的阳光照进了室内。

"怎么啦？"她问，"你怎么回来得那么早？"

"修女们告诉我说你不舒服。我觉得我还是回来看看要不要紧比较好。"

一团怒火流遍了她的全身。

"要是我得了霍乱，你会怎么说呢？"

"如果是霍乱，那你今天早晨是不可能独自回来的。"

她走到梳妆台前，拿起一把木梳梳起了她的短发。她想要争取时间。然后，她坐下来，点上了一支香烟。

"我今天早晨感觉不舒服，院长嬷嬷觉得我还是回家来休息一下比较好。不过，我现在完全好了。我明天还是会照常去修道院的。"

"你到底怎么啦？"

"她们没告诉你吗？"

"没有。院长嬷嬷说你一定要自己告诉我。"

此时他做了件不寻常的事，他直视着她的脸。他的职业本能来得比他的个性更强。她迟疑了一下，然后强迫自己与他对视。

她说："我怀孕了。"

她已经习惯他默默承受任何消息的态度，听到这样的消息要是换别人自然会惊呼起来的,但他依然能保持无动于衷的态度,这就更激起了她的愤慨。他一声不吭,一动不动,脸上毫无表情,墨黑的眼珠里也没有任何迹象表示他听见了她的话。她突然觉得要哭出来了。如果丈夫爱妻子,妻子也爱丈夫的话,那在这种时候应该是一个特别柔情缱绻的场面。静谧的气氛令基蒂忍无可忍,她开口打破了沉默。

"我不知道为什么以前从来没想到。我真傻啊,不过……采取了这样那样的方法……"

"你几个月……预产期在什么时候?"

他说话显得特别吃力。她觉得他的嗓门像她一样干枯。她说话的时候嘴唇都在发抖,看上去楚楚可怜。但凡他不是铁石心肠,就一定会对她表示同情的。

"我估计大概有两三个月了吧。"

"孩子的父亲是我吗?"

她倒吸了一口冷气。他的声音里有一丝颤抖。他如此冷静地克制着自我,脸上不露出任何表情,看上去既令人心碎又令人恐惧。她不知道为什么在突然之间她想起曾在香港看见过的一种器具,上面有一根针在微微地晃动,别人告诉她那代表在千里之外的某个地方正发生着一场地震,也许会有成千上万的人在这场地震中丧生。她看着他,他苍白得像个鬼魂。她以前看见过一两次他这么脸色煞白的。他两眼斜斜地盯着地下。

"怎么说?"

她捏紧了拳头。她知道如果她说是的,那对他来说就意味着一切都得到了补偿。他会相信她的,当然会相信的,因为他愿意相信,然后他就会原谅她。她知道他对她的感情非常之深,也知道他早就打算原谅她了,只不过是羞于启齿而已。她知道他不是一个有仇必报之人,只要她能给他一个台阶下，他就会原谅她的。只要这个台阶能打动他，他就会彻彻底底地原谅她。她可以放心，他今后绝不会当她的面重提旧事。他也许残忍，也许冷漠、变态，但他不是个卑鄙小人。如果她说是的，那一切都将随之改变。

她迫切需要他的同情。怀孕这条意外消息在她的心头注入了一种奇怪的希望和始料未及的欲望。她感觉很虚弱，有一丝恐惧，感觉孤立无援。那天早晨，她突然渴望起身边有母亲的陪伴，尽管她一点都不喜欢自己的母亲。她需要有个人来帮助她、安慰她。她不爱沃尔特，她知道自己永远不会爱他，但此刻她满心期望他能够把她搂在怀里，这样她就能把自己的脑袋贴在他的胸口，紧紧地依偎着他，痛痛快快地大哭一场。她期望他的亲吻，期望自己的双臂能够缠绕住他的脖颈。

她哭了起来。她以前撒了那么多谎，她撒谎都不用打草稿了。如果是出于好意，那撒个小谎又有什么关系呢？撒谎，撒谎，什么叫撒谎？说声"是的"，再简单不过了。她仿佛都已经看见了沃尔特温柔的目光和向她伸过来的臂膀。可她不能那么说，她也不知道为什么，就是不能说。在这几个悲惨的星期里她所经历过的一切——冷酷无情的查理，霍乱和垂死挣扎的人们，修女们，甚至奇怪地包括那个滑稽的、醉醺醺的小老头沃丁顿——这一切似乎改变了她，如今她已经不认识自己了，尽管她的内心如此举棋不定，但她的灵魂里仿佛有一个旁观者正在用一种恐怖、惊讶的目光观察着她。她必须说实话。她觉得撒谎似乎不值得。她的思想奇怪地开起了小差：她突然间又看见了那具躺在修道院墙根下的乞丐的尸体。她怎么会想到那人的呢？她没有哭出声来，泪水不断从她那双大眼睛里淌出来，然后顺着她的面颊静静地滑落。最后，她终于回答了这个问题。他刚才的问题是，他是否是这个胎儿的父亲。

她说:"我不知道。"

他发出一声幽灵般的嗤笑。基蒂止不住一个咯噔。

"这就有点尴尬了,是吧?"

他的回答完全符合他的个性,她料到他会这么说的,但她的心还是为之一沉。她怀疑他是否意识到要她实言相告有多么困难(与此同时她也意识到这样说不仅困难,而且还是不可避免的),如果他还能相信她的话。她的回答——"我不知道,我不知道"——如一记记榔头敲打在她的脑壳上。说出去的话是不可能收得回来的。她从提包里掏出一条手绢,擦了擦眼泪。他们俩谁都不说话。她床边的桌子上放着一根吸管,他为她倒了一杯水,他把杯子拿到她面前,握着杯子让她喝。她发觉他的手瘦骨嶙峋,他的手原本精致、优雅,手指细长,但现在只剩下了皮包骨头。他的手指微微颤抖着,他可以控制住自己的表情,但他控制不了自己的手。

"别为我哭鼻子觉得难过。"她说,"没关系的,真的,只不过是我控制不了眼睛里的泪水,它自己要往外面流啊。"

她喝了水,他把杯子拿走了。他在一把椅子上坐下来,点上一支烟。他发出了一声轻轻的叹息。以前她听到过几次他发出这样的叹息,那总令她的心头为之一紧。此时,趁他正心不在焉地望着窗外,她的目光向他投去,她惊讶地发现这几个星期以来他瘦得那么厉害,之前她从未注意到。他的太阳穴凹陷了下去,脸上透过皮都能看见了骨头。他的衣服蓬蓬松松地挂在身上,感觉是给一个大胖子穿的。他的面色在黝黑中透出一丝暗青。他看上去疲惫不堪。他工作得太辛苦了,睡眠不足,吃得也少。尽管她有自己的哀伤和忧虑,她还是可怜起他来。想到没什么能帮他的,她也觉得很惨。

他的一只手捂住了额头,好像头痛的样子,她感觉那句话也在疯狂地敲打着他的脑袋，"我不知道，我不知道"。奇怪的是，这个阴沉、冷淡、腼腆的男人居然会对小宝宝有一种自然的柔情，大多数男人对自己的宝宝都不会那样，被他打动对他着迷的修女们不止一次对她说过这话。如果他对这些怪模怪样的中国宝宝都能满怀柔情，那对自己的宝宝就更是可想而知了。基蒂觉得自己又要哭起来，于是赶忙咬住了嘴唇。

他看了看手表。

"恐怕我得回市里去了。我今天还有许多的活要干……你不会有事吧？"

"嗯，好的，你不用为我担心。"

"我想今晚上你就不用等我了。我也许要很晚才能回来，我会在余团长那里弄点吃的。"

"好的。"

他站起来。

"如果我是你，今天就什么也不会做的。你最好休息一下。在我走之前还有什么可以效劳的吗？"

"没有了，谢谢你，我完全没事了。"

他停顿了一会，好像有点犹豫不决，之后突然抓起了帽子，看也没朝她看一眼，就径直走出了房间。她听见他的脚步声穿过了院子。她觉得无比孤独。现在，她没有必要再克制自己了，她尽情地号啕起来。

57

闷热的夜晚，基蒂坐在窗口，看着幽幽星光下中国寺庙的华丽屋顶。沃尔特终于回来了。她的眼皮因为流了很多泪而觉得沉重,但她保持着冷静。尽管她觉得眼前的一切都叫她心烦,但也许是因为疲倦,她反倒变得出奇的平静。

沃尔特走进来说道:"我以为你已经上床了。"

"我不困。我觉得坐在这里凉爽一点。你吃过晚饭了吗?"

"吃过了。"

他在长长的房间里来回踱步,她看得出他有话想对她说。她知道他感觉尴尬。她漫不经心地等待着他下定决心。他突然开了口。

"我在想你今天下午跟我说的那些话。我觉得你还是离开这里更好一点。我对余团长说过了,他会派人护送你离开。你可以带上女仆一起走。那样你就相当安全了。"

"我有什么地方好去呢?"

"你可以去你母亲那里。"

"你觉得她见到我会开心吗?"

他停顿了一会,犹豫着,好像是在思考。

"那样的话,你可以去香港。"

"我去那儿做什么呢?"

"你需要得到很好的照顾和护理。我觉得让你继续留在这里是不公平的。"

她无法克制住脸上浮起的微笑,不仅因为内心的苦涩,而且因为她真的被这句话逗乐了。她看了他一眼,然后几乎大笑起来。

"我不知道你有什么必要这么担心我的健康问题。"

他走到窗口,站在那儿看着外面的夜色。晴朗的夜空从来也没有像今天那么星光灿烂的。

"这里不是一个像你这样怀孕的女人适合待的地方。"

她看着他,穿着薄衫的他在幽暗中显得很苍白,在他优雅的形象里暗含着某种邪恶,但奇怪的是此时她并不觉得害怕。

她突然问道:"当初你非要我来这里的时候,是否是希望我死在这儿?"

她觉得他似乎充耳不闻,过了很长时间他才开了口。

"开始是的。"

她浑身一哆嗦,因为这是他第一次承认自己的企图。但她并不因此憎恨他。她的感觉令自己也觉得诧异,这里面有一丝敬佩和好奇的意思。她突然间想到了查理·汤森,她也不清楚为什么会这样,她觉得查理是个既愚蠢又卑鄙的小人。

"你在冒一个很大的险。"她回应说,"如果我真的死在这里,我怀疑你的敏感和良心是否会真正宽恕你自己。"

"呃,你没有死,你在这儿反而过得很滋润。"

"我这辈子还从来没有感觉这么好过。"

她本能地期待他能够宽恕她。在他们经历了所有这一切之后,在他们一起度过了这个可怕的、荒凉的时期之后,再把出轨这种荒唐的行为看得有多么重要已是不可能的事。当死神站立在墙角,像园丁从地里挖出土豆一般夺走人们的生命,再去在乎这人那人玷污了自己的身体是多么的愚昧。要是她能让他认识到查理现在对她来说没有任何意义该有多好,如今要凭借想象来回忆起他的长相对她都成了一件难事,她的心里已经彻底地埋葬了对他的爱!因为她已经对汤森没有了感情,因此他们在一起做过的那些事也就失去了任何意义。她已经恢复了心智,她当初委身于查理的事似乎也变得不值一提了。她想要这样对沃尔特说:"听我说,你不觉得我们犯傻已经犯得够久了吗?我们就像两个孩子一般互相闹别扭。我们为什么不能来一个亲吻,然后重新做好朋友呢？我们之间没有爱情，但那并不能成为我们无法做朋友的理由呀。"

他一动不动地站在那儿，灯光使他那张苍白的面具脸显得十分怪异。她还是不能信任他，如果她说错了什么话，他会立刻严肃、冷酷地对她别过身去。如今，她已经了解了他那极度的敏感，他对别人的刻薄嘲讽只是保护自己的一种手段，一旦他的感情受到了伤害，他就会在第一时间关闭自己的心扉。过去有一段时间，她对他的这种愚蠢行为觉得恼怒。让他最为苦恼的当然是面子受到了伤害——她隐约地感觉到这是他身上最难愈合的一个伤口。男人把老婆的忠贞看得那么重，真是咄咄怪事！当她第一次和查理发生关系时，她以为自己从此将发生改变，将不再是以前的自己，但其实什么也没变，唯一的改变不过是她感觉自己比以前更健康更有活力了。她现在希望自己能够对沃尔特说肚子里的孩子就是他的，撒这样的谎对她来说是小菜一碟，但对他来说却是一种极大的安慰。说到底，这也许并不是一句谎言。有趣的是，她心里的某种东西在阻止她做如此的设想。男人是多么的愚蠢！他们在繁衍后代这一任务中扮演的角色是多么微不足道，辛辛苦苦怀胎十月然后在剧痛中把孩子生出来的是女人，然而就因为男人和怀孕这事存在着短暂的联系，他们就觉得自己有权利说三道四。是谁的孩子这个问题，为什么会影响到他对一个小孩的感情呢？接着，基蒂的思路转到自己怀着的这个孩子身上，她对这个孩子没有感情，没有身为人母的那种温情，只有一种模模糊糊的好奇。

沃尔特打破了长长的沉默，开口说道："我敢说你还是仔细地考虑一下比较好。"

"考虑什么？"

他微微转身，好像吃了一惊。

"考虑你什么时候动身。"

"可我根本不想走。"

"为什么不想？"

"我喜欢在修道院帮忙。我觉得自己成了个有用之人。只要你不走，我就愿意留在这里。"

"我觉得有责任提醒你一句，以你目前的状况，你很可能比一般人更容易染上病菌。"

她嘲讽地微笑着说："我喜欢你这种拐弯抹角的说法。"

"你不是为了我决定留下的吧？"

她迟疑了一下。他不知道，此时他在她身上激起的最强烈的一种感情，也是最始料不及的，就是怜悯。

"是的。你不爱我。我常常觉得你对我相当厌烦。"

"我从来没想到，你会是那种为了几个古板的修女和一群中国小孩子而不惜献身的人。"

她的嘴角上浮起了一抹笑意。

"我觉得你因为看错了我这个人就这么瞧不起我，是很不公平的。你自己这么蠢，不能怪我呀。"

"如果你一定要留下，那就请便吧。"

"很抱歉我没能给你一个展现宽宏大量的机会。"她觉得很难一本正经地跟他对话，"实事求是地说，你说的没错，我留下来不光是为了那些孩子。你瞧，我处在一个很尴尬的位置上，这个世界上没有一个我可以去投奔的人。我认识的人没有一个不觉得我是一个累赘的。我认识的人里面没有一个会在乎我的死活。"

他皱起了眉头，但那不是因为愤怒。

他说："我们把事情搞得一团糟，对吧？"

"你还希望跟我离婚吗？我觉得我已经不在乎那个了。"

"你肯定知道，我带你来这儿就表示我已经原谅你了。"

"我不知道。你知道，我没对出轨这件事做过什么深究。等我们离开这里，接下来我们又该怎么做呢？我们今后会在一起生活吗？"

"呃，你不觉得时间会解决一切问题吗？"

他的声音透露出一种疲惫的、死气沉沉的气息。

58

两三天后，沃丁顿去修道院里接了基蒂（她的迫切心情促使她立即回到修道院去工作了），带她去和他的情人一起喝茶，他以前答应过她这事的。此后，基蒂不止一次去沃丁顿家用过晚餐。那是一幢四方的、白色的、矫揉造作的建筑，就像遍布在中国各地的海关官员的居所一样。他们用餐的饭厅，他们就座的客厅，都摆着一些朴素的、结实的家具，它们给人这么一种感觉，这里一半是事务所，一半是旅馆。这里没有一丁点家的感觉，你会觉得这只是个临时的居所，居住在此的人不久就会被新来者取代。你根本不会想到在它的阁楼里会隐藏着什么秘密或一段风流韵事。他们爬上了一段楼梯，沃丁顿打开了一扇门。基蒂走进了一间光秃秃的大房间，四面墙壁刷得雪白，墙上挂着各种书法的卷轴。在一张方桌边，有一把硬实的扶手椅，桌椅都是红木的，上面都刻着复杂的花样，那位满族的公主正坐在那把椅子上。基蒂和沃丁顿走进房间的时候，她站了起来，但并没有向他们走近。

沃丁顿说："她来了。"然后又用中文找补了几句。

基蒂和她握了握手。她身材苗条，穿着绣花的长袍，比看惯了中国南方人的基蒂预料得要高那么一点。她穿着一件淡绿色的真丝上衣，窄袖在手腕处系紧了。在她乌黑的秀发上，缀满了满族妇女的精美繁复的头饰。她的脸上敷了粉，从眼睛到嘴巴的面颊上都涂了胭脂，眉毛修成两道细长的黑线，两片嘴唇抹得猩红。在这样的面具下，她那双又黑又大、微微有些倾斜的眼睛如一面缀着黑玉的湖水在那里闪闪发光。她看上去与其说是个女子，还不如说是个仙女。她的举止缓慢、平稳。基蒂觉得她微微有些腼腆，但也充满了好奇。每当沃丁顿在话里说到她，她都会朝基蒂点几下头。基蒂注意到她的手，特别长，特别纤细，象牙白色，精致的指甲上涂了油彩。基蒂觉得自己从未见过比这双柔嫩、优雅的手更为可爱的事物。你能从这双手里看出无数个世纪以来的修养和品味。

她说话的声音尖尖的很是细碎，如在果园里啁啾的鸟儿，沃丁顿在一旁给她做翻译，告诉基蒂说她见到她觉得很荣幸，问基蒂今年多大了，有几个孩子之类的问题。他们坐在方桌边的三把直背椅上，仆人为他们端上了茶水，看上去很清爽，还弥漫着茉莉花的芬芳。满族女子递给基蒂一只绿色的"三炮台牌香烟"的罐子。除了桌子和椅子外，房间里几乎没什么家具。有一张宽敞的木板床，床头板上雕着花，床上放着两只檀木箱。

基蒂问道："她白天都做些什么呢？"

"她会画一点画，有时候还写写诗。不过，大多数时候她只是闲坐着。她也抽烟，不过抽得不多，这还算幸运，因为我的工作职责之一就是禁止鸦片交易。"

基蒂问："你抽烟吗？"

"很少抽。说句实话，我更喜欢喝威士忌。"

房间里有一股淡淡的酸味，并不难闻，但有一种特别的异国风味。

"告诉她，我很遗憾我不会说中国话。我相信我们之间有很多共同的话题。"

沃丁顿把这句话翻成中文后，她飞快地看了基蒂一眼，目光里含着微微的笑意。她从容地坐在那里，穿着漂亮的衣服，给基蒂留下了很深的印象。在那张浓妆艳抹的脸上，她的一双眼睛看上去警觉、镇定，深不可测。她看上去像是个画里的仙女，她那优雅的神态让基蒂觉得自己粗俗不堪。基蒂从来没有对中国的任何事物感觉过兴趣，而命运偏偏安排她来到了中国，对此她有时甚至还微微带着点蔑视。她的教养不适合这个地方。如今，她突然觉得自己和这些遥远而神秘的事物建立起了某种联系。这里是东方，是一片古老的、黑暗的、神秘的土地。她似乎从这个雅致的女人身上匆匆地瞥到了一眼西方人从来也不熟悉的东方的信仰和理想。这里的生活是迥然不同的，这里和西方处在两个不同的星球上。令基蒂感觉奇怪的是，看到这么一个仙女，脸上抹着胭脂，眼神倾斜、警惕，她在日常生活中经历过的那些困苦挣扎都显得荒诞不经了。在这张彩色的面具下，似乎隐藏着丰富的、深刻的、意味深长的人生奥秘；这双修长的、精巧的手，以及它那纤细的手指，似乎握着一把解开人生之谜的钥匙。

基蒂问道："她白天都想些什么呢？"

沃丁顿微笑着回答："什么也不想。"

"她真出色。告诉她我从没见过这么漂亮的一双手。我不知道她看中了你什么地方。"

沃丁顿微笑着译出了这句话。

"她说我是个好人。"

基蒂嘲笑说："就好像女人是因为男人的美德而爱上他们的。"

那位满族姑娘只笑过一次。那是在基蒂没话找话，故意赞美她戴的一只玉手镯很漂亮的时候。她摘下手镯，基蒂想要戴上它，结果却发现它怎么也穿不过她的指关节，尽管她的手也十分小巧。接着，满族姑娘就爆发出了一阵孩子般的笑声。她对沃丁顿说了句什么，然后又叫来了女仆。她对女仆吩咐了几句，女仆随即就拿来了一双非常美丽的满族式样的女鞋。

"如果你能穿上，她就把这双鞋子送给你。"沃丁顿说，"你会发现拿它当卧室里的拖鞋是再好不过了。"

基蒂满意地说："它们很合我的脚。"

不过，她注意到沃丁顿脸上浮起了一种无赖般的冷笑。

她立即问道："这双鞋对她来说太大了吧？"

"大得离谱。"

基蒂大笑起来，沃丁顿翻完这句话后，满族姑娘和女仆也哈哈大笑起来。

过了会儿，基蒂和沃丁顿一起去山上散步。她面带友好的微笑，向他转过身去。

"你没有告诉过我你那么爱她。"

"你怎么看出来的？"

"从你的眼睛里看出来的。这很奇怪，感觉就像是爱上了一个幻影，或者说是一个梦境。男人真不可思议，本来我还觉得你和别人没什么两样，但现在我觉得自己根本就不了解你。"

在他们到达基蒂的平房时，他突然问她："你为什么想要见她？"

基蒂迟疑了一下才回答。

"我在寻找一种我自己都不知道是什么的东西。但我知道，去了解这个东西对我非常重要，如果我了解了，那一切都将为之改变。也许修女们知道，我和她们在一起的时候，总觉得她们藏着什么秘密不愿意和我分享。我不知道我的脑子里为什么会产生那种想法,但我就是觉得如果我见到了那个满族姑娘,那我就会和我一直在寻找的什么东西之间建立起一种联系。如果她会说英语,也许她会告诉我的。"

"你凭什么觉得她会知道呢?"

基蒂用眼角瞥了他一眼,但没有回答他。相反,她问了他一个问题。

"你知道我要找什么吗?"

他微笑着耸了耸肩。

"道。有人在鸦片里寻道,也有人在宗教里寻道,有人在酒精里寻道,也有人在爱情里寻道。这些都是相同的道,也都同样没有出路。"

59

基蒂重新回到了每天的日常工作,尽管大清早她总感觉有些不适,但她有了足够的勇气保持泰然自若。她惊奇地发现修女们现在对她都充满了兴趣。以前她们在走廊上遇见她,只会简单地道声早上好,可现在她们会找一些牵强的理由来到她工作的房间里,看看她,和她聊聊天,表现得像孩子一般兴奋、可爱。圣约瑟夫嬷嬷一再对她说最近一阵她一直在琢磨基蒂是否怀孕了的事,有时候都令她觉得厌烦了:开始她说"我有点怀疑";接下来她说"我估计应该是这回事了";在基蒂晕倒时,她终于断言"毫无疑问,这个再明显不过了。"她滔滔不绝地跟基蒂讲述她嫂子怀孕时的情形,要不是基蒂天生就有幽默感,不然准会被她的话吓死了。圣约瑟夫嬷嬷以一种愉快的方式将她成长的现实环境(一条小河蜿蜒地流过她父亲农场里的那片草地,河岸边的白杨树在徐徐的微风中颤抖)和宗教的理想环境结合了起来。

有一天，出于对一个异教徒绝不可能了解这些事的确信，她对基蒂说了天使报喜的故事。

"每当我读到《圣经》里的那几段时，总免不了会泪眼模糊的。"她说，"我不知道为什么，但它总是莫名其妙地让我觉得感动。"

然后她用法语，用一种令基蒂觉得陌生的语言，用一种精确得令人觉得有些冷酷的语言，对基蒂念起了《圣经》里的句子：

"然后天使降临在了她的面前，对她说，我来向你报喜了，主与你同在，你是蒙主荣恩的一个女人。"

孩子即将降生这个秘密在修道院里传播开来，就好像一阵清风吹拂着果园里洁白的花骨朵。想到基蒂怀着小孩，会令这些刻板的修女们觉得担忧和兴奋。她们现在对她有点害怕，但同时又非常好奇。她们看着她的体型不断发生变化，丰富的常识令她们能够理解这个，因为她们都是农夫和渔民家的女孩子，但在她们那如孩子般纯洁的心灵里，她们也感到一种对生命的敬畏。她们想到她的辛苦就会觉得烦恼，但同时又莫名其妙地觉得开心、兴奋。圣约瑟夫嬷嬷告诉她，她们都在为她做祷告，还说圣马丁嬷嬷曾经说她不是一个天主教徒真是太可惜了，但是院长嬷嬷驳斥了她这个说法，她说哪怕你是个新教徒，你也照样可以是个好女人——或者按她的说法，就是 une brave femme（一个善良的女人）。总之，le Bon Dieu（万能的主）会以这样那样的方式把一切都安排妥当的。

基蒂为修女们对她的兴趣感觉既愉快又感动，不过，令她最为吃惊的还是院长嬷嬷对她的态度的改变，她不再是那个高高在上的威严女人，而变成了一个全新的和蔼可亲之人。她以前也一直待基蒂很好，但她们之间总隔着一段距离，如今她待基蒂无比温柔，这里面似乎包含着一种母性的东西。她的声音里有了一种崭新的、柔和的调子，她的目光里突然间多出了一种调皮的感觉,就好像基蒂是一个聪明的、有趣的小孩子,这令她感动。院长嬷嬷的灵魂宛如一面无比广阔的、平静的、灰色的海洋,它那澄明的伟大令人敬畏,但突然间有一道阳光向它射去,一下子把它变得友好、欢乐。现在,她常常会在傍晚时分过来,陪基蒂小坐一会。

"我一定要当心,不能让你累着,mon enfant(我的孩子)。"她说,然后又找了一个明显的借口,"不然,费恩医生绝不会饶了我的。哦,这些极端克制自我的英国人哪!他明明开心得跟什么似的,可只要你跟他提起这个,他的面孔就会变得煞白。"

她握住基蒂的手,温柔地拍了拍。

"费恩医生告诉我说他希望你离开这里,但你不愿意,因为你不忍心撇下我们。你的心地太善良了,我亲爱的孩子,我希望你知道我们都很感激你给予我们的帮助。不过,我觉得你也不愿意离开他,那样更好,因为你的位置就在他的身边,他也确实需要你。嗯,要是没有了这个可亲可敬的医生,我们真不知道该怎么做了。"

基蒂说:"我很高兴听到你说他能给你们那么大的帮助。"

"你一定要全心全意地爱他,我亲爱的,因为他是个圣人。"

基蒂脸上现出了微笑,但心里却发出了一声叹息。现在,她只能为沃尔特做一件事,但她想不出来该怎么去做。她希望他能宽恕她,不是为了她的缘故,而是为了他自己,因为她觉得只有这样他才能获得内心的安宁。求他宽恕她是没有用的,要是他怀疑她想要得到宽恕不是为了自己,而是为了他,那么他那死要面子的性格就无论如何都会拒绝的(有趣的是,如今他的爱面子已经不让她觉得烦恼了,她觉得这很自然,而且为此觉得他很可怜),唯一的希望就是发生什么出乎意料的事,能够让他一下子卸下盔甲的事。她觉得他需要一股冲动的激情，来让他从憎恨的噩梦里解脱出来，可那样的话，在他那可怜的愚蠢心理的驱使下，他又会去全力以赴地抵抗它的到来。

人的一生如此短暂，且充满了艰难曲折，为什么还要这么折磨自己，这岂不是太可怜了吗？

60

尽管院长嬷嬷总共也就和基蒂交流了那么三四次，而且有一两次只花了十分钟左右，但它们给基蒂留下的印象却是很深的。院长嬷嬷的性格就像一片原野，一开始你会觉得它很辽阔，也很荒凉，但你进入后会发现在壮丽的群山的山坳里，在缓缓地、潺潺地流过一片青翠草地的小河边，有栽着许多果树的一座座小村庄在那里微笑着向你招手。可是，即使面对如此温馨的一片风景，你也不会把这片黄褐色的高原和风沙肆虐的土地当作你的理想家园。要和院长嬷嬷建立亲密关系是不可能的，她身上有种不食人间烟火的气质，这在别的修女身上也有，甚至在那个乐观开朗、叽叽呱呱的圣约瑟夫嬷嬷的身上也有，但在院长嬷嬷的身上，这几乎就成了一道可以触摸到的屏障。这会给你一种很奇怪的感觉，让你恐惧，也让你敬畏，你会作如是想：尽管她和你生活在同一个世界上，一样要面对各种凡尘琐事，然而她显然还生活在一片你永远也无法进入的境地里。

有一次，她曾这么对基蒂说："一个信徒光是对着耶稣祷告是不够的，她应该也对自己祷告。"

尽管她的话语里老是纠缠着宗教思想，基蒂还是觉得那是她的天性使然，她并没有刻意地去感化一个异教徒。她觉得很奇怪，院长嬷嬷是这么悲天悯人的一个人,怎么会满足于让她停留在这种罪孽的蒙昧状态里呢?

有天傍晚,她们俩坐在一起。现在已到了日头渐短的季节,傍晚时那种柔和的光晕是那么的可爱,但也会令人产生一丝忧郁之情。院长嬷嬷看上去十分疲劳。她那张悲伤的脸绷在那里,脸色苍白,她那双黑亮的美丽眼睛也失去了往日的光芒。她的疲惫也许把她引入了一种想要和别人说说心里话的难得的情绪之中。

"今天对我来说是一个纪念日,我的孩子。"她打破漫长的沉默,说道,"因为这是我最终下定决心皈依宗教的日子。之前我整整犹豫了两年,对这种上天的召唤我觉得恐惧,我受尽了内心的折磨,我害怕自己会再次陷入尘网。可那天早晨,在我领受圣餐的时候,我发誓在夜幕降临之前,我会向我亲爱的母亲袒露我的理想。用完圣餐后,我恳求伟大的主赐予我内心的和平:你只有在不再渴求它的时候,才能够得到它,我主仿佛是这么回答我的。"

院长嬷嬷似乎沉浸在了对往日的回忆里。

"那天,我们的一个朋友,德·维尔诺夫人,没有对任何亲属透露一个字,就直接加入了加尔默罗会修道院。她知道亲戚们得知后肯定会反对她走这一步的,但她是个寡妇,她觉得自己完全有权利按照自己的心愿从事。我的一个表姐去那里跟她道别,直到那天傍晚才回来。她受了很大的感动。我没有对母亲提这件事,我想到我要对她说的那些心里话就止不住地发抖,然后我还是希望自己能够坚持我在领受圣餐时下定的决心。我问了表姐许多关于那个寡妇的问题。我母亲似乎在全神贯注地绣花,所以一句话也没有说。在和表姐说话的时候,我在心里对自己说:'如果我想在今天说出自己的愿望,那我就不该再耽搁工夫了。'

"真奇怪,我对当时的场景还记忆犹新。我们围坐在桌边,那是一张罩了块红布的圆桌,我们在一盏绿灯罩的台灯下绣花。我的两个表姐陪着我们,我们都在绣花,那是用来给客厅椅子做椅套的。你能想到吗,我们家的椅子从路易十四那会儿买下它起就一直没用过椅套,而且已经变得褪色、寒碜了,我母亲说这样真丢脸。

"我想要开口说话,但我的嘴巴就是不听使唤。然后,在突然之间,在几分钟的沉默之后,我母亲对我说:'我真无法理解你那位朋友的行为。我不喜欢她那种跟亲人连招呼也不打一声就一走了之的做法。她的腔调像在演戏,不合我的胃口。一个有教养的女人从来不会做会让别人说三道四的事情。就算哪天你想要离开我们,尽管这会给我们带来极大的痛苦,我还是希望你不会不辞而别,就好像你犯了罪似的。'

"我应该在这时候说出实情的,但软弱的我只能这么说:'嗯,你放心好了,maman(妈妈),我可没有那种勇气。'

"我母亲没有吱声,我后悔没敢说出我的想法。我仿佛听见了我们的主对圣彼得说过的话:'彼得,你爱我吗?'哦,我多软弱呀,多厚颜无耻呀!我喜欢舒适,喜欢我的生活、家庭、娱乐。我沉浸在这种自责的情绪里,过了一会后,尽管并没有人来打断我们之间的对话,我母亲对我说:'不过,我的奥德特,我还是觉得你这辈子肯定会做出什么自找苦吃的事来。'

"我依然沉浸在我的焦虑和沉思之中,而我的表姐们还在默默地绣花,她们哪里会知道我的心正在剧烈地跳动。突然,母亲手里绣着的花样掉在了地上,她凝视着我说:'哎,我亲爱的孩子,我很肯定你总有一天会做修女的。'

"'你是说真的吗,我的好妈妈?'我回答说,'你说出了我埋在心底最深处的想法和愿望。'

"'Mais oui（可不是），'我表姐没等我把话说完就抢着说，'奥德特这两年尽想着这事了。但你千万别让她那么做呀，ma tante（我的阿姨），你千万别答应她。'

"'可是，我亲爱的孩子，我们有什么权利拒绝她这个请求，'我母亲说，'如果这是上帝的旨意？'

"然后，我的表姐们就开起了玩笑来，她们问我准备怎么处理我的那些个小物件，然后又兴高采烈地讨论起这件那件东西应该归谁了。不过，这个快乐的时刻并没有维持多久，我们就哭了起来。然后，我们听见我父亲上楼来的脚步声。"

院长嬷嬷停顿了一会，叹了一口气。"这事让我父亲很难过。我是他的独养女儿，男人对女儿的感情总比对儿子的来得深。"

基蒂微笑着说："人有一颗心是多么不幸啊。"

"把这颗心献给对耶稣基督的爱是多么的荣幸啊。"

此时，一个小姑娘走到院长嬷嬷跟前，给她看她不知道从哪里弄来的一只好看的玩具，那小姑娘一定觉得院长嬷嬷会对它感兴趣的。院长嬷嬷那只美丽的、纤细的手拍了拍小姑娘的肩膀，小姑娘依偎着她。基蒂看到了院长嬷嬷那既甜美又有些超然的微笑，觉得十分感动。

"看到每个孤儿都那么爱您，真是太好了。"她说，"如果我能让孩子们也这么爱我的话，我一定会骄傲死的。"

院长嬷嬷再次露出了她那既美丽又超然的微笑。

"要赢得别人的爱只有一个方法，就是你的所作所为必须让人觉得你值得爱。"

61

沃尔特那天晚上没有回家吃饭。基蒂等了他一会,因为他每次有事耽搁在城里都会告诉她一声的,但最后她还是在饭桌前坐了下来。她勉强吃了一点摆在她面前的丰盛饭食,那是中国厨子为她准备的,尽管现在是一个瘟疫流行、食品供应匮乏的时期。然后,她躺在打开的窗口旁的长藤椅上,沉浸在美丽的星月夜里。她歇息在宁静中。

她不想看书。她的思绪漂浮在大脑的表层,就像小小的白云倒映在宁静的湖面上。她太累了,无法把思路集中到一个点上,然后沉浸其中去深入地思考。她模模糊糊地琢磨着她和修女们的对话中有哪些让她留下了深刻的印象。奇怪的是,尽管她们的生活方式深深地打动了她,但她对她们的信仰还是无动于衷。她无法想象自己有一天可能会受到光辉的信仰的眷顾。她微微发出一声叹息:如果哪天那道伟大的白光能够照亮她的灵魂,也许一切就会变得容易些。有那么一两次,她本打算把自己的不幸及其原因告诉院长嬷嬷,但她不敢,她受不了这个严厉的女人把她视为一个坏女人。对院长嬷嬷来说,她的所作所为自然是一种令人痛心的罪孽。奇怪的是,基蒂并不认为这事是邪恶的,只认为它是愚蠢的、丑陋的。

也许是因为她的愚蠢,她把自己和汤森的关系视为是一种遗憾,甚至是一种打击,她希望尽快忘记它,而不是为此后悔。那就像在一场派对上犯了个错,你觉得很没面子,但已无法补救,不过,要是你觉得这事有多严重的话,就未免太小题大做了。她想起了查理魁梧的身躯、光鲜的衣着、轮廓模糊的下巴,以及他那为了遮掩大肚子而尽量挺胸的站姿,不由得打了个寒战。纤细的红色血管在他红润的脸颊上编织出一张网,显示出他那多血质的气质。她以前喜欢他那浓密的眉毛，但现在只觉得它们野蛮、恶心。

未来会怎样呢？有趣的是她现在对未来全无所谓，她根本看不见自己的未来。也许她会在生下宝宝后死掉。她妹妹多丽丝一向身体比她好，但她在生孩子的时候也差一点死掉。（她完成了她的任务，给那位勋爵生下了一个小继承人，基蒂微笑着想到她母亲该为此心满意足了。）如果未来是那么的暧昧不明，那也许她命里注定无法拥有未来。沃尔特大概会求她母亲照料他们的孩子——如果孩子活下来的话。她对沃尔特了如指掌，所以能肯定他会好好照顾小宝宝的，哪怕他无法确定自己究竟是不是宝宝的父亲。沃尔特是个值得信任的人，无论在什么情况下，他的行止都无可挑剔。他那么高尚，那么无私，那么荣耀，拥有渊博的知识和丰富的情感，然而他又是一个如此无趣的人，多可惜啊！她现在一点都不怕他，只觉得他可怜，同时也忍不住觉得他有些荒谬。他那深沉的感情令他脆弱不堪，她感觉总有一天她能够设法让他宽恕她的。现在，这念头一直萦绕着她，她觉得只有这样才能给他带来内心的安宁，只有这样才能减轻她给他造成的痛苦。他如此缺乏幽默感，真是可怜。她能够想象哪天他们在一起哈哈大笑，为了以前他们的互相折磨。

她累死了。她拿起灯走进了卧室，脱掉了衣服。她上了床，随即就睡着了。

62

但是，一阵猛烈的敲门声把她吵醒了。起初，因为她还缠绵在梦境里，所以她分不清那是梦里的还是现实里的声音。敲门声仍在持续，她意识到那肯定是从院子里的大门处传来的。天还很黑。她有一只带荧光针的手表,她看了看时间,深夜两点半。肯定是沃尔特回来了——他怎么那么晚啊——他叫不醒佣人的。敲门声继续,敲得越来越响了,在夜的静谧中,这声音听上去真够瘆人的。敲门声停了下来,她听见抽去沉重的门闩的声音。沃尔特从来没有这么晚回来过。小可怜,他一定累坏了!她希望他能直接上床,而不是像往常那样去他的实验室里继续工作。

传来了鼎沸的人声,有许多人进了她的院子。真是奇怪,沃尔特每次晚回来,为了不打搅到她,总是尽量轻手轻脚的。两三个人脚步飞快地走上了木头的台阶,走进了隔壁的房间。基蒂有些害怕。在她的脑子里,总觉得这里会发生一场排外的暴动。出什么事了吗?她的心开始剧烈跳动起来。但是,还没等她来得及仔细考虑一下她的担忧,有个人就穿过了隔壁的房间,敲响了她的房门。

"费恩太太。"

她听出是沃丁顿的声音。

"嗯,有什么事吗?"

"你马上起来好吗?我有事情跟你说。"

她起床,披上一件睡袍。她打开了房门。她看见沃丁顿穿着一条中国式的裤子,一件丝绸的外套,男仆手里提着防风灯,在他们身后一点的地方,站着三个穿卡其军装的中国兵。她看见沃丁顿脸上有惊恐的神色,不由得吃了一惊。他的头发乱蓬蓬的,好像刚被人从被窝里拉出来似的。

她气喘吁吁地问:"出什么事啦?"

"你一定要保持冷静。我们现在一点工夫都不能耽误。你马上穿好衣服,跟我走。"

"究竟发生什么事了？城里面发生什么事了吗？"

因为看见士兵也来了，她立即联想到也许是发生了暴乱，他们是来保护她的。

"你丈夫病了，我们希望你马上过去。"

她喊道："沃尔特怎么啦？"

"你先不要慌。确切的事情我也不知道。余团长派了这名军官来找我，让我立刻带你去衙门里走一趟。"

基蒂盯着他看了一会，然后突然感觉到心里起了一阵凉意，她转过身去。

"你等我两分钟。"

"我从床上爬起来就直接过来了。"他回答说，"我在睡觉，我披上一件外套、穿上鞋子就来了。"

她没有听他在说什么。她随手抓了几件衣服，借着星光穿上了。她的手指突然变得笨拙不堪，好不容易才扣好了衣服上的纽扣。她往脖子上围上一条平时她在晚上戴的广东式围巾。

"我找不到帽子，没必要戴了，对吧？"

"对。"

那个佣人在他们前面提着灯，他们步履匆匆地走下台阶，出了院子里的大门。

"当心别跌跤。"沃丁顿说，"你最好拉住我的胳膊。"

士兵们紧紧地跟在他们后面。

"余团长准备了轿子，等在河对岸。"

他们飞快地走下山去。基蒂的嘴唇抖得那么厉害，无法问出想问的问题。她对可能得到的答复怕得要死。他们来到了河岸边，一条舢板在那里等着他们，船头上隐隐地透着灯光。

她终于问道:"是霍乱吗?"

"恐怕是的。"

她惊呼了一声,立刻停下了脚步。

"我觉得你应该尽快赶过去。"他扶着她上了舢板。河道不长,河水几乎凝滞不动。他们在船头站成一排,一个女人背上绑着个盛着小孩的包裹,用一支竹篙撑船。

沃丁顿说:"他是今天下午发病的,严格地说是昨天下午。"

"为什么没有立刻通知我?"

尽管没有必要,但他们说话的声音都很轻。黑暗中,基蒂只能感觉到她的这个同行者有多么焦虑、紧张。

"余团长是想通知你的,但你丈夫不让。余团长一直陪在他身边。"

"就算他不让,余团长也应该立即通知我的。他真无情。"

"你丈夫知道你从没见过染上霍乱的人。那是很可怕、很恶心的场面。他不想让你看见。"

她哽咽地说道:"可他毕竟是我丈夫呀。"

沃丁顿没有搭腔。

"那现在又为什么允许我去看他了呢?"

沃丁顿用手扶住了她的臂膀。

"我亲爱的,你一定要勇敢。你一定要做好最坏的打算。"

她发出一声愤怒的呻吟,然后微微扭过头去,因为她看见那三个中国兵正在那里盯着她看。她匆匆地扫了一眼,看见他们正在对她翻白眼。

"他快死了吗?"

"我只知道余团长派来接我的这名军官带来的一点消息。听他说,好像沃尔特已经陷入了昏迷。"

"就没有一点希望了吗?"

"我真的非常抱歉,恐怕我们如果不能及时赶到的话,就见不着他最后一面了。"

她浑身哆嗦起来,泪水簌簌地从她的脸颊上滚落下来。

"你知道,他工作过度劳累了,他对病菌一点抵抗力都没有。"

她愤怒地甩掉了他的胳膊。他说话声音那么轻那么急,让她气恼。

他们到了对岸,两个中国苦力站在岸上,把她扶下了船。几顶轿子等在那里。在她上轿的时候,沃丁顿对她说:

"你要尽量保持冷静。你一定要克制住自己。"

"告诉轿夫走快一点。"

"已经吩咐过他们走得越快越好。"

那名军官已经坐进了轿子,他的那顶轿子经过时,他对基蒂的轿夫喊了一声。轿夫们麻利地抬起了轿子,在肩膀上调整好竹竿,以飞快的速度出发了。沃丁顿的轿子紧随其后。他们飞奔着上了山,每顶轿子的前面都有一个提灯人,经过那道水闸时他们看见门房手里拿着一支火把站在那里。军官对他喊了一声,他立即拉开大门的一侧让他们进去。他们走过去时他嘴里发出了几句感叹,轿夫们回应了他几声。在宁静的夜里,这些用异国的语言发出的叽里咕噜的声音听上去很神秘也很凶恶。他们走上了一段湿滑的石子路,那名军官的一个轿夫滑倒了。基蒂听见军官发出了一声愤怒的咒骂,然后是那名轿夫尖声地诉苦,再后是前面的轿子又匆匆地上了路。狭窄的街道蜿蜒曲折。时间仍是深夜,这里像座死城。他们沿着一条窄巷疾行,转过一个街角,然后飞奔上了一段台阶。轿夫们开始喘起了粗气,他们默默地往前走,步子迈得又大又急。一个轿夫掏出了一块破破烂烂的手绢,一边走一边擦着从额头上流入眼睛的汗水。他们一直在拐弯,仿佛是走进了一座迷宫。有时,他们会看见在打烊的商店的阴影里躺着个人影,但他们不知道这人影是到了天亮就会醒来的还是再也不会醒来的。狭窄的街道上阒寂无声,四周一片空荡荡的,宛若阴曹地府。突然间,一只狗大声地狂吠起来,把基蒂本就在受着折磨的神经吓了个半死。她不知道他们要去哪里,这条路显得漫无尽头。他们不能走得再快一点吗?再快一点,再快一点。时间在静静地流逝,也许要赶不上了。

63

突然,沿着一道光秃秃的长墙,他们来到了两侧设着岗亭的一个大门口。轿夫们放下了轿子。沃丁顿匆匆奔向基蒂,基蒂已经从轿子里跳了出来。那名军官重重地敲门,大声地喊叫,一道边门开了,他们走进了院子里。这是个四方的大院子。在悬在头顶的屋檐下,士兵们裹在毛毯里互相紧挨着躺在墙根下。他们停下了脚步,军官对一个人说了几句话,那人也许是个站岗的军士。他转身对沃丁顿说了些什么。

"他还活着。"沃丁顿轻声说道,"当心你的脚下面。"

前面依然有人替他们提着灯笼,他们穿过了院子,走上了几级台阶,穿过一道宏伟的门洞,然后往下面走,走进另一个宽敞的院落。院落的一侧有一长排房间,房间里闪烁着灯火,室内的灯光透过窗户上的宣纸照出了窗格子上的复杂图形。提灯笼的领着他们穿过了院子,来到了一间房间前面,军官敲了敲门。门立即开了,军官看了基蒂一眼,然后退到了后面。

沃丁顿说:"你进去吧。"

这是个低矮、狭长的房间,冒着烟的煤油灯把室内照得阴森可怖,充满了不祥之兆。三四个勤杂兵站在各处。对着门口的墙边上靠着一张木床,有个男人躺在上面,身上裹着毯子。一名军官一动不动地站在床角。

基蒂匆匆走上前,在床边蹲下。沃尔特躺在床上,双眼紧闭,在昏暗的灯光下,他的脸如死神一般苍白,他一动不动,叫人害怕。

她用低沉的、害怕的声音喘吁吁地呼唤着:"沃尔特,沃尔特。"

他的身体微微一动,或者说这只是个幻觉。他的动作如此轻微,如一阵你无法察觉的微风,然而静止的湖面上随即泛起了一圈涟漪。

"沃尔特,沃尔特,你答应我一声呀。"

他的眼睛缓缓睁开,仿佛要抬起沉重的眼皮是个无比艰巨的任务,但他没有朝她看,只是凝视着离他的脸几英寸远的那堵墙。他说话了。他的声音细微、虚弱,里面似乎包含着一种笑意。

他说:"真是乱七八糟。"

基蒂吓得屏住了呼吸。他没有再吭声,也没有做任何手势,但他的眼睛,那双又黑又冷的眼睛(此时,它看见了怎样的神秘景象呢?),瞪着那道雪白的墙壁。基蒂站了起来。她用憔悴的目光看了一眼站在那里的某个人。

"肯定还有办法的。你不会光站在那里,什么也不做吧?"

她捏紧了拳头。沃丁顿在和站在床脚边的那名军官说话。

"恐怕他们已经做了一切力所能及的事。军医一直在为他治疗,你丈夫教过他,你丈夫教他的方法他已经全部试过一遍了。"

"他就是军医吗?"

"不是,他是余团长。他一步也没有离开过你丈夫的病床。"

基蒂心不在焉地看了他一眼。他的个子偏高,但体格很壮硕,穿着卡其军装显得不太合身。他看着沃尔特,基蒂看见他的眼睛里含着泪水。这令她更加痛苦了。为什么这个黄皮肤、扁平脸的男人也会为他落泪呢?这使她很为气恼。

"什么办法也没有,这种感觉太糟糕了。"

沃丁顿说:"至少他已经不觉得疼了。"

她再次向丈夫俯下身去。他那双可怕的眼睛依然空洞地瞪着面前的墙壁。她不知道他是否还能看见东西。她不知道他是否听见了她说的话。她把嘴巴凑到了他的耳朵边上。

"沃尔特,我们还能做些什么吗?"

她觉得,肯定还有什么药可以给他服用,可以挽留住他那迅速衰竭中的生命。此时,她的眼睛更加适应了室内的昏暗,她恐怖地看着她丈夫那张已经凹陷下去的脸,她几乎都要认不出他来了。才过了短短的几个小时,他就变得像个陌生人一样,简直不可思议。他看上去几乎没有人样了,他看上去就像个死人。

她看出他在挣扎着想要说话,她把耳朵凑了过去。

"你别吵。我刚才碰到了点风浪,但现在都过去了。"

基蒂等了一会,但他没有再说什么。他的静止不动让她心痛得发狂,他能够这么安静地躺着,真叫人害怕。他仿佛已经准备好了迈入安静的坟茔。某个人走上前来,也许是军医,也许是他的助手,对她打了个手势示意她往旁边挪一点。他向这个奄奄一息的人俯下身去,用一块脏兮兮的布湿润了一下他的嘴唇。基蒂再次站了起来,绝望地向着沃丁顿转过身去。

她低语道:"真的没希望了吗?"

他摇了摇头。

"他还能活多久?"

"这可不好说,也许还有一个小时吧。"

基蒂环视了一下这间光秃秃的卧室，目光在余团长魁梧的身影上停留了片刻。

"我能单独和他待一会儿吗？"她问，"只要一小会儿。"

"当然可以，如果你希望如此。"

沃丁顿走到余团长旁边，和他嘀咕了几句。团长朝她微微鞠了一躬，然后低声发出了一道命令。

"我们等在外面的台阶上。"他们出去时，沃丁顿对她说，"有需要你只要喊一声。"

现在，她的意识已经完全被这不可思议的事件所控制，就像一股药水流遍了她浑身的血管。她知道沃尔特剩下的时间不长了，她此时只有一个想法，她要让他走得轻松一点，她要把他从毒害了他的怨仇中解救出来。如果他能够在平静中离世，她觉得那就代表他最终和自己取得了和解。此刻，她所有的想法都不是为了她自己，而是为了他。

"沃尔特，我恳求你原谅我。"她凑近他说。因为担心他受不了任何力，所以她没有抚摸他。"为我曾对你做下的错事，我感到羞愧难当。我简直后悔死了。"

他一言不发。他似乎没有在听。她只得继续说下去。她有了一种奇异的感觉：他的灵魂是一只拍打着翅膀的飞蛾，但这双翅膀因为承载了过重的憎恨而飞不起来了。

"亲爱的。"

一片阴影掠过他那张憔悴的、凹陷的脸。这不能说是一个动作，然而它具有痛苦抽搐的全部效果。她以前从来没对他说过这个字眼。也许，在他那垂死的大脑里会闪过这样的想法（他的大脑里已经一片混沌，很难理解任何意思）：这个字眼他以前只听她对着猫儿狗儿、小宝宝、小汽车说过，因此这只是她的一个常用词汇，没什么特别的意义。接着，可怕的事情发生了。她捏紧了拳头，拼尽全力想要控制住自己的情绪，因为她看见从他那枯槁的脸颊上缓缓地流下了两行泪。

"哦，我的宝贝，我亲爱的，如果你曾经爱过我——我知道你爱过我，我也知道自己有多么可恨——我请求你宽恕我。我现在没有机会来向你表明我有多后悔。可怜可怜我吧，我恳求你宽恕我吧。"

她停了下来。她看着他，拼命屏住呼吸，热切地期待着他的回答。她看出他想要张口说话。她的心脏猛烈地跳动起来。她觉得，如果在这个最后的时刻她能够解除她给他造成的痛苦，那他们的关系也就得到了弥补。他的嘴唇在微微地抖动，他没有看着她，他的目光茫然地瞪着白花花的墙壁。她向他凑过去，为了能听见他的话。不过，他说得非常清楚。

"死掉的是那条狗。"

她一下子僵住了，仿佛变成了一块石头。她无法理解这句话，她用恐怖的、困惑的目光凝视着他。这句话毫无意义。是谵妄之语。他根本没明白她说的话。

他这么安静，然而依然活着，简直不可思议。她盯着他看了又看。他的眼睛睁开了。她搞不清他是否还有呼吸。她开始觉得越来越恐惧。

"沃尔特。"她低语道，"沃尔特。"

最后，她突然站了起来。一阵突如其来的恐惧攫住了她。她转身奔向门口。

"你们快进来好吗？他好像已经……"

他们奔进去。那名中国医生走到床前。他手里拿着把手电筒，他打开它，照着沃尔特的眼睛。然后，他合上了沃尔特的眼睛。他用中文说了句什么。沃丁顿张开手臂搂住了基蒂。

"恐怕他已经去世了。"

基蒂发出一声深深的叹息。几滴眼泪从她的眼睛里流了出来。她的感觉与其说是痛苦万分，还不如说是头昏脑涨。几个中国人无奈地站在床边，好像不知道接下来该做什么好。沃丁顿保持着沉默。过了一小会，中国人开始低声地交谈起来。

"你最好让我陪你回平房去。"沃丁顿说，"他的尸体会被抬到那里去的。"

基蒂疲惫地撸了撸额头。她走到木板床前，蹲下身去。她温柔地吻住了沃尔特的嘴唇。此时，她没有哭泣。

"我很抱歉给你带来那么多的烦恼。"

她走出去时，军官们纷纷向她致敬，她也肃穆地向他们鞠了一躬。他们往回走，穿过了那座庭院，重新坐上了轿子。她看见沃丁顿点上了一支烟。一缕青烟消失在空中，它就是一个人的生命。

64

天已破晓，到处都有中国人在拆下商店的窗板。在昏暗的旮旯里，在蜡烛光下，一个女人在洗手洗脸。在街角上的一家茶馆店里，一群人正在吃早饭。初升的朝阳释放出灰色的冷光，像贼一般偷偷地掠过狭窄的街道。河面上笼罩着一层薄雾，拥挤的船桅在雾气中隐隐约约如一支幻影部队高举的长枪。过河时空气非常寒冷，基蒂紧紧裹住那条花哨的彩色围巾。他们爬上山去，雾气在他们底下了。阳光在无云的蓝天里闪耀。阳光像平时一样闪耀着，就像今天和别的日子没有任何分别。

进入平房后，沃丁顿问道："你想要躺下来吗？"

"不用,我要在窗口坐一会。"

在过去的几个礼拜里,她经常在窗口坐很长时间。如今,她已非常熟悉那座建在宏伟城墙上的神秘美丽、奇幻花哨的寺庙,看着它能令她觉得宽心。即使在正午的猛烈光照下,它依然显得那么虚无缥缈,这能让她暂时忘却现实的生活。

"我去让佣人给你准备茶水。我恐怕今天上午就要给他下葬。我会把一切都安排好的。"

"谢谢你。"

65

三小时后,他们埋葬了沃尔特。他被放进了一口中国棺材里,基蒂觉得恐怖万分,尽管躺在这么奇怪的一张墓床上他一定会忐忑难安,但除此之外也别无他法了。修女们对沃尔特的死表现得很平静,就像对城里发生的任何事一样,她们派人送来了一只大丽花的十字架,它做得粗糙、呆板,不过好像是出自一位熟练的花匠之手。中国棺材上孤零零地放着这只十字架,看上去格格不入、荒诞不经。一切都准备好之后,他们开始等待余团长的到场,因为他派人来告诉沃丁顿他会来参加葬礼。终于,他在副官的陪同下到了。他们一行上了山,六个苦力抬着那口棺材,来到了安葬那位由沃尔特代替其位的传教士的小墓地。沃丁顿在传教士的遗物中找到了一本英文的祷告书,就轻声地念起了祷词,他的语气因为不习惯而显得十分尴尬。在他诵读这些庄严而可怕的词句时,他的脑子里也许盘旋着这样的想法:要是接下来轮到他死于这场瘟疫,就没有人来给他做这样的祷告了。棺材被放进了墓穴,掘墓人开始往里面填土。

余团长一直光着脑袋站在坟墓边上,落葬完成后他戴上了帽子,庄重地向基蒂行了一个礼,对沃丁顿说了一两句话,然后就走掉了,副官跟在他后面也走了。好奇的苦力们刚才留下来观看这场基督教葬礼,此时手上拖着轭绳三三两两地散去了。基蒂和沃丁顿等在那里,直到坟墓里填满了土,然后把修女们的那只肃穆的大丽花十字架放在散发着新鲜泥土味的坟头。基蒂始终没有流泪,但在第一铲土落在棺材上时,她感到了一阵剧烈的心痛。

她看出沃丁顿在等她离开墓地。

"你有急事吗?"她问,"我现在还不想回家。"

"我没事。我完全听你的安排。"

66

他们沿着堤道缓缓而行,直到来到竖着那块纪念贞洁寡妇的牌坊的山顶。这块牌坊给基蒂留下了很深的印象,它是一种象征,但她不知道究竟象征了什么,她也不知道为什么她觉得它看上去饱含讽刺的意味。

"我们要坐一会儿吗?我们已经好久没有坐在这里了。"平原辽阔地铺展在她面前,在上午的阳光下,一切都显得宁静、肃穆,"我才来了几个星期,可感觉已经在这里过了一辈子。"

他没有回答,她的思绪飘荡了一会儿。她发出了一声叹息。

她问道:"你认为灵魂是永恒的吗?"

他似乎对这个问题一点没觉得惊讶。

"我怎么知道?"

"就刚才,在他们把沃尔特放进棺材之前,他们给他擦洗了身子,我看着他。他看上去非常年轻。这么年轻就死了。你还记得你第一次带我去散步时我们看见的那个乞丐吗?我不是因为他死了才感到害怕的,而是因为他看上去好像从来也没活过,他是一头死掉的动物。现在再说沃尔特,他看上去就像一台再也转不动了的机器。所以我才觉得那么可怕。如果人只是一台机器,那么所有的受苦受难、伤心悲惨又有什么意义呢。"

他没有回答,他的目光流连在周围的风景上。在这个晴朗愉快的早晨,辽阔的风景让他们的内心喜悦兴奋。一小块一小块整齐的稻田一直延伸到天边,许多农田里都能看见身着蓝衣的农夫牵着水牛在辛勤地劳作。这是一个多么平和、幸福的画面。基蒂打破了沉默。

"我无法告诉你修道院里看见的一切让我有多么的感动。她们太好了,那些修女们,她们让我觉得自己实在太渺小了。她们舍弃了一切,她们的家,她们的祖国,她们的爱情、孩子、自由,以及我有时觉得更难割舍的一些小东西,比如鲜花、草地、秋日里的散步、书本和音乐、舒适的生活,她们舍弃了一切,一切。她们这么做是为了一辈子都投入于牺牲、贫穷、谦卑、勤劳的工作,以及祈祷。对她们每个人来说,这个世界确确实实就是一个流放地,生活就是她们愿意背负的一个十字架,但在她们的心里总有一份希望……哦,比希望来得更为强烈,那是一种强烈的渴望,饱含激情的渴望,渴望穿过一道死亡之门步入永生。"

基蒂握紧双手痛苦地看着沃丁顿。

"你觉得呢?"

"要是没有什么永生呢?要是死亡真的代表一切的终结,那你想这又有什么意义呢。她们放弃了一切,临了却一无所获。她们上了当受了骗。她们是受害者。"

沃丁顿思索了一会儿。

"我怀疑。我怀疑她们想在这份幻影里追求什么,我怀疑它有无可比拟的重要性。她们的生活本身是美丽的。我觉得唯一能使我们不以厌恶的目光看待我们生活在其中的这个世界的,就是人类时不时从混沌中创造出来的美丽。人们绘制的图画,谱写的曲子,编写的书本,以及人们的生活。在这所有的一切中,最美的还是美丽的生活。那才是极致的艺术品。"

基蒂叹了一口气。他的话听上去很深奥,她希望他能说得再详细一点。

他继续说道:"你去听过交响音乐会吗?"

"听过。"她微笑着说,"我一点不懂音乐,但我喜欢听。"

"乐队里的每个成员都演奏自己负责的一件乐器,你觉得他们对那些在超然的气氛中次第展开的复杂旋律有多少了解呢?他们只关心自己的那个小小部分。他们知道整首交响乐很美,尽管没人在意他们演奏的那一小部分,但它依旧是优美的,所以他们满足于演奏自己的那一部分。"

"前几天你提到了道。"基蒂停顿了一会后说道,"跟我说说那个。"

沃丁顿瞧了她一眼,迟疑了一会,然后在他那张滑稽的小脸上浮起了一丝淡淡的微笑。

他回答说:"道就是道路和行者。它是一条永恒的道路,所有的人都行走在其上,但这条路不是任何人造的,而是本身存在的。它是一切,也是虚无。所有的一切都来自于它,所有的一切都和它保持一致,所有的一切又终将回归于它。它是没有棱角的一个方块,它是人耳无法听见的一种声音，它是没有形状的一个形象。它是一张巨大的网，网眼如大海一般宽广，但它又不让任何事物通过。它是一座圣殿，万物都能在它的里面得到庇护。它不存在于任何地方，但不用望向窗外你就能看见它。别贪恋自己的欲望，它这样教导我们，让一切都按照自然规律发展。只有谦卑的人才能实现完全的自我；只有柔软的人才能维持正直的生活。失败是成功之母，而成功也是失败的潜伏之地，但是有谁能看出这两者之间的转折点呢？一个刻意追逐柔情的人在本质上就是个小孩子。温柔给征服者带来胜利，给被征服者带来安全。只有能够战胜自己的人才是一个强有力的人。"

"这有意义吗？"

"有时候，几瓶威士忌下肚后，我眺望星空，就会觉得这也许是有意义的。"

他们陷入了一阵沉默。再次打破沉默的依然是基蒂。

"告诉我，死掉的是那条狗，这句话有什么典故吗？"

沃丁顿的嘴角浮起一丝笑意，他已经准备好了答案。但也许他此时的情绪有些过于激动。基蒂没有看他，但她的表情里有什么东西使他改变了想法。

"即便有我也不知道啊。"他有气无力地回答说，"怎么了？"

"没什么。我突然想起这句，听上去有点耳熟。"

又是一阵沉默。

"你和你丈夫单独待在一起的那会儿，"沃丁顿开口道，"我和那个部队医生谈了几句。我想我们应该多了解一些情况。"

"他怎么说？"

"他说你丈夫处在一种极度的歇斯底里状态。我不是很明白他这句话的意思。我只知道你丈夫是在做实验的时候传染上病菌的。"

"他不停地做实验。他不是一个真正的医生,他是一个病菌学家,所以他急着要来这儿。"

"不过,从那个医生的话里我还是难以判断,他究竟是意外染上了病毒还是故意在自己身上做实验。"

基蒂的脸刷地一下白了,他的言下之意令她发抖。沃丁顿握住了她的手。

"原谅我又提起了这个话题,"他轻声说道,"但我想它也许能使你得到一丝安慰——我知道在这种情况下说这事有多困难,而且是毫无用处的——我只是想,如果你知道了沃尔特是为了科学和职责而献身的,那也许会对你有些意义。"

基蒂有些无奈又有些怀疑地耸了耸肩。

她说道:"沃尔特是死于心碎的。"

沃丁顿没有反应。她转身,慢慢地看向他。她的脸色苍白、凝重。

"他说:死掉的是那条狗。这句话是什么意思呢?什么意思啊?"

"这是戈德史密斯写的《挽歌》[1]里的最后一句。"

67

第二天一早,基蒂去了修道院。为她开门的那个姑娘看见她似乎吃了一惊。基蒂干了一会活后,院长嬷嬷走了进来。她走到基蒂身边,

---

[1] 奥利佛·戈德史密斯(1730—1774),英国诗人、剧作家、小说家。《挽歌》是他写的一首名诗,原名为《一条疯狗的挽歌》(An Elegy on the Death of a Mad Dog),主要讲述的是一位好心人救了一条狗,结果被狗咬伤,所有人都说是狗疯了,坚信好心人会死,但最后好心人痊愈了,而狗死了。

握住了她的手。

"看见你很高兴,我亲爱的孩子。在经历了如此的伤痛之后,你这么快就回来这里,真是勇气可嘉。而且也显示出你有过人的智慧,因为我肯定做一点事情能够帮你摆脱忧思。"

基蒂垂下了目光,脸微微发红,她不希望被院长嬷嬷看出她的内心世界。

"我们这儿的所有人都非常同情你,这个不说你也知道吧。"

基蒂低语道:"你们真太好了。"

"我们一直在为你祈祷,也为你刚刚失去的那个灵魂祈祷。"

基蒂没有回答。院长嬷嬷放开了她的手,用一种冷静的、威严的语气给她安排了各种各样的活。接着,院长嬷嬷面带超然而迷人的微笑,摸了摸两三个孩子的脑袋,然后又去做她更为迫切的事情了。

68

又过了一个礼拜。基蒂正在缝衣服,院长嬷嬷走进房间,在她身旁坐下。她敏锐地看了一眼基蒂手里的活。

"你缝得非常好。现如今像你这样的年轻女人能做这样一手针线活的已经极为罕见了。"

"是我母亲教我的。"

"我肯定你母亲再见到你会很高兴的。"

基蒂抬起头来。从院长嬷嬷说这句话的语气可以推断出,这不是一句随随便便的客套话。

院长嬷嬷继续说道:"在你亲爱的丈夫去世后我允许你来这里,

是因为我觉得工作可以让你分心。那时我觉得你还不适合独自回香港的长途跋涉，但我也不希望你整天一个人坐在家里，什么也不干，一味沉浸在你的哀伤中。不过现在已经过去八天了。到了你该离开的时候了。"

"我不想走，院长，我想留在这儿。"

"这里已经没有值得你留下的东西了。你是和丈夫一起来到这里的。你丈夫已经去世，你现在处在一个迫切需要关怀照顾的情况下，但这些你在这儿是得不到的。这是你的责任，我亲爱的孩子，尽你所能把上帝交到你手上的这个生命照料好。"

基蒂沉默了一会，低下头去。

"我觉得自己在这里还是能派上点用场的。想到这个我就会觉得很开心。我希望你能允许我留下来继续工作，直到瘟疫结束的那一天。"

"你为我们做了那么多，我们都很感激你。"院长嬷嬷微笑着说，"不过，现在瘟疫的势头已经减弱，来这儿的风险已经不像以前那么大了，而且有两名修女正从广东过来。她们很快就会到这儿的，等她们一到，我想就没什么活好安排给你做了。"

基蒂的心沉了下去。院长嬷嬷的语气里没有商量的余地。她非常了解院长嬷嬷，知道再怎么请求都是白搭。院长嬷嬷觉得有必要和基蒂把这个道理讲清楚，因此她用了一种哪怕不算是激动，至少也算是不容辩驳的语气。

"沃丁顿先生是个好人，他已经来咨询过我的意见了。"

基蒂打断道："我希望他别来管别人的闲事。"

"哪怕他没来问，我也会一样把自己的想法告诉他的。"院长嬷嬷柔声说道，"现在你没必要再待在这儿，你应该和你母亲待在一起。沃丁顿先生已经和余团长商量好，余团长会派能干的手下护送你，因此你一路上会很安全的,沃丁顿先生还亲自替你安排好了轿夫和苦力。你的女仆会和你一起上路,在你途经的那些城市她会替你安排好的。老实说,为了让你一路上舒舒服服,能做的一切都已做了。"

基蒂的嘴角绷紧了。她觉得他们至少应该事先和她商量一下,毕竟这是关乎她自己的事呀。她不得不尽力克制住自己,以免回答的口气过于尖刻。

"那么我该什么时候动身呢?"

院长嬷嬷依然十分平静。

"越快越好,你先回香港,然后再坐船回英国。我亲爱的孩子,我们觉得你会愿意在后天的一大清早动身的。"

"那么快啊。"

基蒂觉得有点想哭的意思。不过,院长说得一点没错,这里已经没有她的位子。

她可怜巴巴地说道:"你们好像都急着要赶我走。"

基蒂意识到院长的表情松弛下来。她看得出基蒂已经准备好听她的话了,于是她的语气也自然而然地变得更为柔和。基蒂有很敏锐的幽默感,她的眼睛闪闪发光,因为她想到即使是圣人也喜欢别人听他的摆布。

"别以为我们对你的好心不知感谢哟,我亲爱的孩子,正是因为你那可钦可佩的仁慈心,才使得你不愿意放弃你强加给自己的责任。"

基蒂直勾勾地看着前面。她微微耸了耸肩。她知道自己并不具备院长所说的那种崇高的美德。她想留下来只是因为她无处可去。她有了一种很奇怪的感觉:在这个世界上没人在乎她的死活。

"我不能理解你为什么这么不情愿回家。"院长和气地继续说道,"在这个国家里,有许多外国人会不惜一切争取你这样的机会!"

"但你不会，对吗，院长嬷嬷？"

"呃，我们不一样，我亲爱的孩子。我们来这里的时候就知道，我们这辈子都不会再见到家乡了。"

出于她那受伤的感情，基蒂的心里升起这样一种欲望，也许带着些许恶意，她想要找到使修女们能够这么超然地抵御自然感情的信仰盔甲的缝隙。她想知道在院长嬷嬷的身上是否还留有任何人性的弱点。

"有时候我确实会觉得，永远离开了自己的亲人和从小就熟悉了的家园是件很不好受的事。"

院长嬷嬷迟疑了一会，但是基蒂看不出在她那美丽又肃穆的脸上有任何的情感波动。

"现在我母亲年事已高，我又是她的独养女儿，在她的有生之年里一定非常渴望能再见我一面，她心里一定不好受。我也希望自己能给她这份快乐。但这是不可能的，我们只能等到上了天堂后再见面了。"

"不过，当一个人想到自己的亲人时，总不免要问问自己，这样和亲人们断绝一切往来是否做对了。"

"你是在问我是否后悔当初的决定吗？"院长嬷嬷的脸上突然放出了光芒，"绝不，绝不。我是把一个琐碎的、没有价值的生命换成了一个牺牲的、祈祷的生命。"

又是一阵短暂的沉默，然后院长嬷嬷换成了一种更为轻松的态度，微笑起来。

"我想让你替我带一只小包裹，等你到了马赛就为我寄掉它。我不放心把它拿到中国的邮局里去寄。我这就去把它拿来。"

基蒂说："你明天给我好了。"

"你明天肯定很忙，没空来这儿的，我亲爱的。我们今晚就告别，这样对你更方便一些。"

院长嬷嬷站了起来,带着她那习惯成自然的、无法隐藏的威严感,走出了房间。随即,圣约瑟夫嬷嬷就走了进来,她是来和基蒂道别的,她祝福基蒂一路平安。基蒂肯定会平平安安的,因为余团长为她安排好了稳妥的护送,再说了,修女们经常独自走这段旅程,迄今为止还没有碰到过任何危险。你喜欢大海吗? Mon Dieu(我的上帝),在印度洋上遭遇风暴的时候,我有多恶心啊。Madame(夫人),你妈妈看见自己的女儿一定会开心死的,你一定要多保重哦,毕竟,你现在有了一个小小的灵魂需要你去呵护,我们全都会为你祈祷的,我会不停地为你和你那可爱的小宝宝以及可怜的、勇敢的医生的灵魂祈祷。约瑟夫嬷嬷慈眉善目地、热情洋溢地喋喋不休。然而,基蒂深深地意识到:对圣约瑟夫嬷嬷来说(她的目光只专注于永恒),自己只是一个没有实体的幽灵。基蒂有一种强烈的冲动,想要去抓住这个健壮的、好脾气的修女的肩膀,拼命地摇晃她,一边喊出:"你难道不知道我是一个人吗,一个不幸的、孤独的人,一个渴望安慰、同情和鼓励的人。哦,你就不能暂时离开你的上帝一会,来稍微关心一下我吗?我要的不是那种你们给予天底下一切受苦受难之人的基督教式的关怀,而是仅仅给予我的那种普通人式的关怀。"这样的想法让基蒂的嘴角上不由自主地浮起一丝微笑:要是圣约瑟夫嬷嬷知道了她心里的想法会多么惊讶啊!她一向怀疑英国人全都是疯子,要是知道了基蒂此时的想法,那她的怀疑就一定会变为确信。

"幸运的是我是一个好水手。"基蒂回答说,"我还从来没有晕过船。"

院长嬷嬷拿着一只整洁的小包裹回来了。

"这里面是我为我母亲的命名日做的一些手帕。"她说,"手帕上的姓名缩写是我们的小姑娘们绣的。"

圣约瑟夫嬷嬷建议基蒂一定要看看她们的手工活干得有多漂亮,于是院长嬷嬷带着宠爱的、责备的微笑解开了包裹。手帕的面料是上等的细麻布,姓名缩写是用复杂的花体字绣出的,花体字的上面是一只草莓叶的皇冠。等基蒂对她们的手艺表达完足够的赞美后,院长嬷嬷重新包好了手帕,将包裹交给了她。圣约瑟夫嬷嬷说了句"eh bien, Madame, je vous quitte(好了,夫人,我必须告辞了)",随后又是一大箩一本正经的客套话,这才走掉了。基蒂意识到现在到了该跟院长嬷嬷道别的时刻了。她对院长一直以来对她的关照表示了感谢。她们一起沿着那条光秃秃的、刷得雪白的走廊走去。

院长嬷嬷说道:"让你到马赛后帮我把这个包裹寄掉,肯定要给你添麻烦了。"

基蒂说:"这点小事完全没问题。"

她看了看包裹上写的地址。包裹上写着的收件人姓名似乎很有来头,但更吸引她的是那个地址。

"哦,我曾经去过这座chateaux(城堡)。当时我和朋友们一起在法国骑车旅行。"

"很有可能。"院长嬷嬷说,"它每周对外开放两天。"

"我觉得要是我住在这么漂亮的一个地方,那我这辈子都不会有勇气离开的。"

"当然,这是个历史古迹,但住在里面你很难和环境融洽相处。要是说我对什么地方还有留恋的话,那也不会是那儿,而是在我小时候住过的那座小城堡。它坐落在比利牛斯山上。我是在大海的涛声里出生的。我不否认,即使现在我有时候还会想念海浪拍打礁石的声音。"

基蒂觉得院长嬷嬷是在揣摩她的心思和她说那些话的原因,然后再拐弯抹角地和她开玩笑。接着,她们来到了修道院的那扇朴实的小门前。出乎基蒂意料的是,院长嬷嬷突然给了她一个拥抱,并亲吻了她。她那苍白的嘴唇先吻了基蒂的一边脸颊,然后又吻了另一边。院长嬷嬷的吻来得如此意外,以至于基蒂腾地一下就红了脸,还有种想要哭出来的感觉。

"再见了,上帝保佑你,我亲爱的孩子。"她搂着基蒂说道,"记住,完成你的职责没什么了不起的,做你该做的事就像手脏了要洗手一样,不值得称道。唯一重要的事是热爱你的职责。当爱和职责合二为一,你就会得到神的恩典,你就会享受到超越一切的幸福。"

修道院的门最后一次在她身后关上了。

69

沃丁顿和基蒂一起爬上了山,途中他们绕道去看了一下沃尔特的墓。在那座贞节牌坊前,沃丁顿和她说了再见。基蒂最后一次看着那牌坊,感觉自己用嘲讽回应了它的外观所具有的那种谜一般的嘲讽。她跨入了轿子。

过了一天又一天。路两旁的风景成了她的思绪的背景。她看着风景,感觉就像是在立体镜里看着一个复制的、循环往复的风景,只是又增添了新的意义,因为就在短短的数周前她刚刚走过这一段路,只是方向相反而已,因此她在路上见到的一切又丰富了她的记忆。挑着行李的苦力们稀稀拉拉地往前走,三三两两地,一百码之后有一个人独自走着,再后面又有两三个。护送的士兵们迈着笨拙的步子前行,每天走二十五英里。两个轿夫抬着女仆,四个轿夫抬着基蒂,不是因为她比女仆重,只是身份的区别。时不时地,他们会遇到一队抬着重物、慢吞吞地往前走的苦力；有时也会遇到一个坐在轿子里的中国官员，他会用好奇的目光打量这位白人女子；有时，他们会碰到穿着褪了色的蓝布衣服、戴着大草帽的农夫走在前往集市的路上；有时，他们会碰到一个女人，或年老或年轻，裹着小脚摇摇晃晃地走过。他们在几座小山坡间爬上爬下，山坡上铺展着整齐的稻田和安稳地掩映在竹林下的一家家农舍。他们经过了一个个凋敝的村落和人口众多的城镇，这些城镇都像弥撒书上写的那样围绕着一圈城墙。初秋的太阳令人心情愉悦，若是在拂晓时，蒙蒙亮的曙色会给整齐的稻田抹上一层神话般的色彩。清晨的天有些冷，随后的转暖会令人感觉舒适不少。基蒂的心里充满了一种受到上苍眷顾的感觉，她也心安理得地享受着这份幸福感。

优雅的色彩，生动的画面，意外的风景，陌生的感觉，犹如一块花毯，基蒂的幻想舞动其上，宛若神秘的、幽灵般的幻影。它们似乎是完全虚幻的。围着参差城墙的湄潭府，如演戏时挂在舞台上的一块幕布，它代表着一座城市。修女们，沃丁顿，还有那个爱他的满族女子，就像戴着面具的奇幻的剧中人，而其余人，在曲曲折折的街道上行走着的人们，以及在这里去世的那些人，就像无名无姓的跑龙套角色。他们当然具有某种意义，他们全都有，可那是什么意义呢？就好像他们在表演一套仪式化的舞蹈，刻意的、古老的舞蹈，你知道这些复杂的舞步具有某种意义，而且你必须去了解这个意义，这一点非常重要，然而，你还是找不到一丝线索。毫无线索。

基蒂觉得简直不可思议（一个老妇人走过了堤道，她穿着一身蓝衣，在阳光下蓝得犹如天青石，她的脸上有成千上万条小小的皱纹，如一张米黄色的古老面具。她挂着一根长长的黑拐杖，用裹着的小脚颤颤巍巍地走了过去）。基蒂觉得简直不可思议，她和沃尔特也参加了这场奇异的、梦幻的舞剧。他们还在里面扮演了重要的角色。她也许很容易就会丢掉了性命,但丢掉性命的却是他。这是一个玩笑吗？也许它什么也不是,只是一个梦,而她突然从梦中醒来,发出一声如释重负的叹息。这一切似乎都发生在很久很久以前,发生在一个很遥远很遥远的地方。奇怪的是剧中的人物都显得那么虚幻,然而这出戏的背景却是一个阳光普照的现实环境。此时,基蒂觉得这出戏就像她正在读的这篇故事,令她觉得有些吃惊的是这篇故事似乎和她毫无相干。她发觉自己已经很难回忆起沃丁顿那张特征明显的脸了,而以前她是多么熟悉那张脸啊。

今天傍晚他们就将抵达位于西江岸边的这座城镇,然后再在那里坐上汽船。因此,再有一晚上的航程,他们就可以到香港了。

70

一开始,基蒂因为沃尔特去世时她没有哭而感到羞愧,这显得实在太冷酷无情了,是啊,就连中国军官余团长的眼睛里都噙满了泪水。她丈夫的死令她措手不及。她很难接受这样的事实——沃尔特再也不会走进这座平房了,她再也听不见他早晨起床后在那只苏州澡盆里洗澡的声音了。前两天他还活着,现在就这么一下子死了。修女们惊讶于她那基督教式的听天由命,也佩服她承受住丧夫的勇气。不过,沃丁顿是个精明之人,尽管他脸上一副沉痛、同情的表情,她总觉得该怎么说好呢？——他心里别有看法。当然,沃尔特的死对她是一种打击。她不希望他死的。但毕竟她不爱他,她从来也没有爱过他,但表现出适度的悲伤总是合乎时宜的,要是让别人看出她的内心,那有多丑陋多粗俗啊。但是，在经历了那么多事后，她再也不想伪装自己了。在这儿的生活，至少是这最后几个礼拜的生活似乎教育了她，即便有时确有必要对别人撒些小谎，但对自己撒谎总是不可取的。她为沃尔特如此悲惨的去世感到难过，但她的难过是一种纯粹的人之常情，就像如果有一位熟人去世她也会感觉到的那样。她承认沃尔特具有可钦佩的品质，但她就是无法喜欢上他，他总是令她厌烦。她不会承认他的死令她松了一口气，她可以诚心诚意地说，如果她的一句话能让他起死回生的话，她一定会说出那句话的。不过，她也无法抗拒这样一种感觉：他的死在某种程度上让她的日子过得容易些了。他们俩在一起从来也没有幸福过，但话又说回来，要分手也不是一件容易的事。她为自己有这样的想法而震惊，她估计要是别人知道了她的这种想法一定会认为她是个无情无义的冷酷之人。还好，别人是不会知道的。她怀疑别的女人心里是否也都暗藏着这种见不得人的秘密，是否也是一辈子都在提防着别人窥探的目光。

对于未来，她没有怎么考虑，也没有任何计划。她唯一确定的事是，她不想在香港多作停留。一想到即将抵达香港，她就感到恐惧。她希望自己能像这样永远地漂流下去，能坐在轿子里穿行在友好的乡村里，能永远以一个局外人的角度观察着人生的幻景，每晚都能住在不同的旅店里过夜。不过，她当然必须面对近在眼前的现实。在她到达香港后她会去住旅馆，她会安排处理掉那幢房子，卖掉家具。她没有必要再去见汤森，他也会识相地回避她。不过同时，她也希望能和他再见一面，只为了能对他说一句她认为他是个卑鄙小人。

不过，事到如今再对查理·汤森说这个还有什么意义呢？

就像一只竖琴演奏出的一段丰富的旋律，在交响乐的复杂和弦下发出了一阵欢快的琵琶音，有一种感觉在不停地撞击着她的心房。正是这种感觉赋予了这片稻田以异国之美，正是这种感觉使她在遇见一个脸蛋白净、眼睛晶亮的小伙子驾着马车兴高采烈地去赶集时，在她那苍白的嘴角上浮起了一丝笑意，正是这种感觉使她觉得途经的那些乱哄哄的城镇都具有了一种魔力。她逃离的那座瘟疫之城就是一座监牢，她以前从来不知道天可以蓝得那么细腻，斜倚在道路两旁的那片可爱的、优雅的竹林可以让她觉得那么惬意。自由！在她的心里欢唱着的就是这个感觉，尽管前途是那么的渺茫，但它仍散发出一种彩虹般的光芒，宛如朝阳映射在薄雾弥漫的河面上；自由！她不仅摆脱了令她厌烦的婚姻束缚，而且摆脱了令她沮丧的那个伴侣；自由！她不仅摆脱了威胁着她的死亡阴影，而且摆脱了令她感到羞耻的爱情。摆脱了一切精神束缚的自由，脱离了肉体的灵魂的自由，有了这种自由，她就有勇气和决心去面对未来的任何艰难险阻了。

71

轮船靠上了香港码头，基蒂站在甲板上，看着各色船只在河面上热闹地来往，然后回到船舱里检查女仆是否落下了什么东西。她照了一下镜子。她穿着一身黑衣，那是修女们以前为她染的，但不是为了服丧。她一下子想到，她第一件该做的事是考虑一下着装。一身丧服可以用来有效地掩护她那不为人知的想法。舱门上传来一记敲门声。女仆开了门。

"费恩太太。"

基蒂转身看见了一张脸，她一时想不起来那是谁。然后，她的心跳突然加剧，脸也红了。来者是多萝西·汤森。基蒂完全没料到会在这儿遇见她,她一时不知道该怎么说怎么做。但是,汤森太太走进了客舱,然后冲动地一把搂住了基蒂。

"哦,我亲爱的,我亲爱的,我真为你难过啊。"

基蒂承受了她的亲吻。这个女人如此热情,让基蒂微微有些吃惊,因为她以前一直以为汤森太太是个冷淡、矜持的人。

基蒂嘀咕道:"你真太好了。"

"到甲板上去吧。女仆会照料你的行李,我的仆人们也来了。"

她拉住基蒂的手,基蒂跟着她往前走,一边注意到在她那张和善的、饱经风霜的脸上确实有关切的表情。

"你的船早到了,我差一点赶不上来接你。"汤森太太说,"要是没接到你,我会难过死的。"

基蒂惊呼:"你不会是专门来接我的吧?"

"当然是的。"

"可你怎么知道我要来的呢?"

"沃丁顿先生给我发过电报。"

基蒂别过了头去,她觉得喉咙口哽噎了。别人给她的意外的一丝关怀就会令她如此激动,实在是有趣。她不想哭,她希望多萝西·汤森能够离开这儿。但是,多萝西拉起基蒂垂在侧身的手,抚摸了起来。这个羞涩的女人居然会这么露骨地表达感情,基蒂被她弄得十分尴尬。

"我要你帮我一个大忙。查理和我希望你待在香港的这段时间,能来和我们住在一起。"

基蒂抽回了手。

"你们对我实在太好了。可我不能够。"

"什么话。你不能独自一个人住在自己家里的,这样对你不会好。我已经为你准备好了一切,你会有你自己的房间,你可以在那里用餐。

如果你不想和我们一起的话。我们俩都欢迎你来住。"

"我没打算回家里去住。我准备订一家香港的旅馆住下。我怎么可以给你们添那么多麻烦呢。"

多萝西的提议着实让基蒂吃了一惊。她觉得困惑,也觉得生气。如果查理还有那么一点良知,他就说什么也不会让自己的老婆来对她提这种建议。她不想欠这对夫妻任何人情。

"哦,可我怎么能让你住到旅馆里去呢。而且,你会立即讨厌香港的旅馆。老有人在那里走来走去,乐队不停地在那里演奏该死的爵士乐。你一定要答应我,来和我们住在一起。我向你保证,我和查理都不会来打搅你的。"

"我不知道你为什么要对我这么好。"基蒂觉得再也找不出什么借口,而直截了当的拒绝她又说不出口,"恐怕现在的我不是一个适合与陌生人同住的好伙伴。"

"可是,我们对你来说还是陌生人吗?哦,我希望我们不是,我非常希望你能把我们当作朋友。"多萝西握住了双手,她的嗓音,她那冷淡的、坚定的、响亮的嗓音在发抖,眼睛里也含着泪。"我多么希望你能来住啊。你知道吗,我是想对你做出补偿啊。"

基蒂不懂她的意思。她不知道查理的妻子有什么亏欠她的地方。

"恐怕一开始我不是十分喜欢你。我以为你是个轻佻的女人。你知道,我是个老派的人,估计我那时对你很刻薄吧。"

基蒂飞快地瞥了她一眼。她的意思是一开始她觉得基蒂是个很粗俗的女人。尽管基蒂表面上尽量不露声色,但她的心里在暗笑。现在的她是多么不在乎别人对她的看法呀!

"当我听说你陪你丈夫去了那个死亡之城,连眉头都不皱一下,我觉得自己简直是个可怕的巫婆。我觉得非常对不起你,你那么出色,那么勇敢,你使我们所有人都相形见绌,都显得平庸低俗。"此时,在她那张和蔼亲切的脸上落下了眼泪,"你不知道,我有多崇拜你、敬佩你。我知道,对你那可怕的损失我无法做出任何补偿,但我希望你知道,我是多么深厚地、真诚地同情你。如果你允许我为你做一些小事情,我会觉得是一种莫大的荣幸。不要因为我以前对你的误解,就把我拒之门外呀。你是一个英雄,而我只是一个愚蠢的普通女人。"

基蒂低头看着甲板,她面色苍白。她希望多萝西不要这么尽情地展示她的热情。她受到了感动,这是真的,但她也止不住感到一丝不耐烦,这个单纯的女人居然会相信了别人的胡说八道。

她叹息道:"如果你真的想让我来和你们同住,那我当然乐意啰。"

72

汤森夫妇住在山顶上的一幢房子里,从那里可以看见广阔的大海。查理照例是不回来吃午饭的,但是在基蒂到达的那天,多萝西(此时她们已经熟悉到彼此以"基蒂"和"多萝西"相称了)告诉她如果她想马上见到他,那他会愿意回来对她表示欢迎的。基蒂心想反正早晚得见他,那还不如马上就见,她带着一丝凄然的兴趣思忖着,见到她后他会多么尴尬。她心里非常清楚,邀请她来住肯定是他老婆的主意,尽管他万般不情愿,但他还是会一口答应下来的。基蒂知道无论在什么场合他总想表现出绅士风度,而此时为她提供食宿显然是最具绅士风度的行为。但他肯定不会忘记他们的最后一次会面是多么的耻辱,对汤森这种虚荣心极强的男人来说,当时的情景肯定像一个无法治愈的溃疡一样令人难堪。她希望自己当时深深地伤害到了他,就像他伤害她那么深。他现在一定恨死她了。她愉快地想到,她已经不恨他了,只是鄙视他而已。一想到不论他心里多么厌恶她、而在表面上又必须对她表现得客客气气,她就感到一种讽刺性的满足。在她那天下午离开他的办公室时,他一定满心希望这辈子再也不会见到她了。

而此时,她和多萝西坐在一起,等他回来。置身于这间装饰风格淡雅、奢华的起居室,她觉得心情愉快。她坐在扶手椅里,房间里处处放着可爱的鲜花,墙上挂着赏心悦目的油画。房间里遮着窗帘、凉爽宜人,一派舒适、温馨的感觉。她想起了传教士的那幢平房里的光秃秃、空荡荡的客厅,藤椅和铺着桌布的厨房里的餐桌,放着不少廉价版本的小说书的污迹斑斑的书架,有些寒酸的红窗帘看上去总是灰尘仆仆的,不由得微微颤抖起来。哦,那里的生活多么不便啊!她估计多萝西是不可能知道这些的。

她们听见了汽车开来的声音,接着查理就迈着大步走进了房间。

"我来迟了吗?但愿我没让你久等。我有点事非去见总督不可,实在脱不了身啊。"

他走到基蒂面前,握住了她的双手。

"你能来我真的非常非常高兴。我知道多萝西告诉过你,我们希望你能把这里当成是自己家。不过,我还是想亲口告诉你这个意思。如果我有什么能帮你的,我都会非常乐意的。"他的眼睛里闪烁着真诚的迷人光芒,她不知道他是否看出了她眼睛里的嘲讽意味,"我这人天生嘴笨,我希望你不要把我看作是一个笨嘴拙舌的傻瓜蛋,但我真的希望你能知道,我对你失去了丈夫深表同情。他是个好得不能再好的好人,我们对他的怀念难以用言语来表达。"

"别说了,查理。"他妻子说,"我肯定基蒂明白的……我们的鸡尾酒来了。"

按照驻华洋人的奢侈习惯，两个穿制服的佣人端着点心和鸡尾酒走进了房间。基蒂谢绝了。

"哦，你一定得喝一杯。"汤森用和风细雨般的口吻劝诱说，"它对你有好处的，我敢肯定你离开香港后还没喝过鸡尾酒呢。除非我弄错了，我想在湄潭府是弄不到冰块的。"

基蒂回答说："你说得没错。"

一时间，她的脑海里出现了这样一幅画面：头发乱蓬蓬的一个乞丐，穿着蓝布的破衣烂衫，透过衣服上的破洞你能看见他那羸弱不堪的身躯，倒在院墙边死掉了。

73

他们走进餐厅去吃午饭。查理坐在餐桌的顶头，挥洒自如地控制着交谈的节奏。在说了几句表示同情的话后，他对待基蒂的方式就不再是那种对待刚刚遭遇了可怕打击的人，而是好像基蒂是个刚做完了阑尾手术从上海回来的人。她需要转换心情，他也准备好了要让她高兴起来。让她觉得自在的唯一方式就是把她当作家里的一分子来对待。对此他十分在行。他开始谈起了秋季赛马会的事情，还有马球——天哪，如果他不能成功减肥，就不得不放弃马球了——及他上午和总督之间的谈话。他说起了在海军上将的旗舰上举办的一次派对，广东最近的形势，以及庐山的高尔夫球场。谈了一会儿后，基蒂就感觉自己像是个刚离开了一个周末的人。想想真是不可思议，在那个地方，在这个国家的内地，离这儿只有六百英里的距离（也就是伦敦和爱丁堡之间的距离，不是吗？），男男女女、老老少少像苍蝇一般成堆地死去。

很快，她就打听起了一些熟人的近况，某个在打马球时摔断了锁骨的人最近如何了，这位太太是否回了老家，那位太太是否参加了一场网球竞标赛。查理轻轻松松地开着玩笑，基蒂喜笑颜开。多萝西微微有些趾高气扬的样子（此时基蒂已经不觉得她那么讨厌了，反而有了一种和她是一家人的感觉），温和地嘲讽起了殖民地里各色各样的人物。基蒂开始变得更为活跃了。

"你瞧，她看上去已经好多了。"查理对他妻子说，"午饭前她的脸色还那么苍白，我真的很吃惊。现在她的脸上已经有了一点血色。"

基蒂说话的时候即便不能说是眉飞色舞（因为她觉得不论是多萝西还是爱体面的查理都不会喜欢她那样的），至少也能说是笑逐颜开的。基蒂观察着东道主。在这几个星期里，她的脑子里一直盘旋着要报复他的念头，因此他的形象已经生动地刻在了她的心里：他那头浓密的鬈发显得有点长，梳得过分用心，为了掩饰他的头发已经发白，他头上涂了太多的发油；他的脸色太红了一点，面颊上淡紫色的血管纵横交错；下巴太大了一点，在他没有抬起头来掩饰的时候，你能看到他的双下巴；两道浓密的、灰白的眉毛有点像大猩猩，让基蒂觉得微微有点恶心；他的动作有点笨重，尽管他努力减肥、运动，但还是没办法阻止发福的进程；他的骨头上覆盖了太厚的一层脂肪，他的关节有点人到中年的僵硬；他那花哨的衣服对他来说有点太紧了，而且还太年轻了一点。

不过，当他在午饭前走进起居室时，基蒂着实吃了一惊（也许这就是她的脸色如此苍白的真正原因），因为她发现她的想象力和自己开了个不小的玩笑：他完全不像她在心里给他描绘出来的模样。他的头发一点也没有发白，噢，在鬓角处确实有了几缕白丝，但总体上还是和他的年龄很相称的；他的脸也不红，而是被太阳晒得黝黑；他的脑袋不偏不倚地安在他的肩膀上；他既不胖也不老：事实上他几乎可说是颀长，他的身材相当俊美——如果说他颇为自恋，你能为此责怪他吗？——也许你还会把他当成是一个小伙子呢。当然，他确实懂得穿衣打扮；你不得不承认：他看上去干净、整洁，风流倜傥。究竟是什么东西使她把他想象得那么猥琐呢？他是个相当英俊的男士。幸运的是，她现在明白了他是个不值一提的小人。她当然得承认他有一副迷人的嗓音，他的嗓音和以前一模一样，这使得他说出来的每一句虚伪的话都更为令人憎恨，他那抑扬顿挫的语调，他那温暖的话语，在她听来都是假惺惺的，她搞不懂自己以前怎么会受了他的甜言蜜语的蒙骗。他的眼睛很漂亮，那正是他的魅力所在，他的眼睛里释放出温柔的、湛蓝的光芒，即便他说的都是废话谎话，他的表情还是令人愉悦的，不被它打动几乎是不可能的。

最后，咖啡端了上来，查理点上了一支方头雪茄。他看了看手表，然后站了起来。

"好了，现在我必须走了，你们两个年轻女人可以乘机说说私房话了。我现在要回办公室去了。"他停顿了一下，然后用一种友好的、迷人的目光看着基蒂，对她说，"这两天我不会来打搅你的，直到你安定下来，不过，到那时我就要和你好好商量一下正事了。"

"和我？"

"我们必须处理一下你的房子，你知道，另外还有你的家具。"

"噢，不过我可以去找律师代办。我没有理由麻烦你的。"

"你以为我会让你把钱浪费在请律师上面吗？你想都别想。我会把一切都料理好。你知道，你够格领取抚恤金的，我会和总督阁下商量一下此事，另外通过向有关方面提出申请看看能否获得些额外的补偿。你的事情都交给我去办就好了。不过，你现在什么也不要多想。

我们现在只希望你能快些恢复过来、安定下来,我说得对吗,多萝西?"

"当然啰。"

他对基蒂微微点了点头,然后走到他老婆的椅子旁,捧起她的手吻了一下。大多数英国男人在吻女人的手时都显得有点愚蠢,但他却做得优雅、自然。

74

直到基蒂在汤森家完全安定下来,她才开始感到自己很疲惫。她已经好久没有享受过这样舒适的生活,这样便利的设施,这一下子缓解了她这些日子里所感觉到的压力。她已经忘记了轻轻松松过日子有多么惬意,身边有各种美丽的东西相伴有多么舒心,得到别人的关怀有多么愉快。她发出一声宽慰的叹息,重新投入到东方的奢侈、闲适的生活环境中。她愉快地感觉到,在这个慎重的、有教养的氛围里,她是个让人同情和感兴趣的对象。她刚成了寡妇,因此不可能有什么娱乐活动,但是殖民地里的那些有地位的女士(总督夫人、海军上将的太太和大法官的太太)都会过来陪她静静地喝茶。总督夫人说总督很想和她见面,如果她能低调地来总督府用一顿午餐("不是派对,当然,只有我们自己和总督助理一家!"),就实在太好了。这些女士把基蒂当成像是一只瓷瓶一般既脆弱又珍贵的东西。她不用费脑子就能看出他们都把她当成小小的女英雄,而她也有足够的幽默来扮演这么一个谦虚谨慎的角色。有时候,她希望沃丁顿也能在这里,以他的精明刻薄一定能看出这形势有多么滑稽,等到他俩单独在一起的时候,他们也许会大笑一场的。多萝西收到过他写来的一封信,信里他详细地说了基蒂在修道院里奋力工作的情形,以及她的勇气和沉着。他当然用高明的技巧尽情戏耍了他们一番:这个老江湖。

75

基蒂发觉自己没有任何机会和查理独处片刻,她不知道这是出于偶然还是他故意为之。他的社交技巧十分老到。他的态度无比温和,充满了同情,他愉快又和蔼。没人能猜得出他们的关系曾经非比寻常。但是有天下午,她躺在房间外的沙发上看书,他刚巧经过走廊,就停下了脚步。

他问道:"你在看什么?"

"一本书。"

她嘲讽地看着他。他莞尔一笑。

"多萝西去总督府参加一个游园会了。"

"我知道。你怎么没和她一起去呢?"

"我觉得自己应付不了那场面,我想还是回来陪陪你好。汽车就停在外面,要不要我带你去环岛兜兜风呢?"

"不用,谢谢你。"

他在她躺着的沙发的一角坐了下来。

"自从你来到这里,我们俩还没有机会单独说过话呢。"

她冷冷地、直勾勾地看着他。

"你觉得我们之间还有什么话好说吗?"

"多了去了。"

她稍稍把脚缩回去一点,这样就不会碰到他了。

他问道:"你还在生我的气吗?"同时,他的嘴角露出了浅浅的一丝微笑,眼睛里闪烁着迷人的光芒。

她笑着说:"一点也没有。"

"我觉得要是你不生气就不会笑的。"

"你错了。我对你充满了鄙视,而不是生气。"

他依然客客气气。

"我觉得你对我太苛刻了一点。你冷静地回想一下,你真的认为我当时做错了吗?"

"你是站在自己的立场上看问题的。"

"现在你了解多萝西了,你肯定承认她是个很好的人吧?"

"当然,她对我这么好,我永远都感激不尽。"

"她是个千里挑一的人。如果我们分了手,我会片刻也不得安宁的。要把她蹬掉我就成了十足的混蛋了。而且,我毕竟还要考虑孩子们,这种事情对孩子的伤害是非常大的。"

她用思索的目光看了他一会儿。她感觉形势实在太惨了。

"我来这儿的这一个礼拜里一直在仔细地观察你。我已经得出了结论,你真的很爱多萝西。我以前从没有想到会是这样的。"

"我告诉过你我爱她。我不会做任何让她会有片刻不安的事情。她是一个男人能找到的最好的妻子。"

"你从不觉得你对不起她吗?"

他微笑着说:"俗话说得好,眼不见心不烦嘛。"

她耸了耸肩膀。

"你真卑鄙。"

"我是人。因为我深深地爱上了你,你就觉得我是这么一个无赖,我不懂为什么。爱上你也不全是我一个人的错呀,你知道。"

听他这么说，她觉得心里一阵痛楚。

她苦涩地回答说："我是个容易得手的女人。"

"我自然无法预见到我们会陷入这样一个僵局。"

"无论事情如何发展，你那颗聪明狡猾的脑袋瓜都会告诉你，最后受罪的那个人绝不会是你。"

"我觉得你这句话有点难听。不管怎么说，现在一切都过去了，你应该能看出为了我们俩的缘故我已经尽力而为了。你被爱情冲昏了头脑，你应该为我还能保持冷静感到高兴才是。如果我当时照你的意思去做，你觉得我们俩最终会成功吗？我们在热锅里受煎熬固然很不好受，但要是掉进火里岂不更糟。而且，你也没有受到任何伤害。我们为什么不能亲吻一下、彼此讲和了呢？"

她几乎要笑了出来。

"你教我怎么能忘记，你当初毫无恻隐之心地几乎把我推上了一条死路。"

"哦，真是胡扯！我告诉过你只要多加留心就不会有任何危险。如果我对此没有百分百的把握，你觉得我会就这么让你走吗？"

"你这么认为，因为你希望如此。你就是个懦夫，怎么对你有利你就会怎么认为。"

"随你怎么说好了，事实毕竟胜于雄辩。你回来了，如果你不介意我说句难听的话，我觉得你现在比以前更漂亮了。"

"那沃尔特呢？"

查理脑子里突然冒出一句轻薄话，微笑着说："你穿黑衣再合适不过了。"

她盯着他看了一会。泪水噙满了她的眼睛，她哭了起来。她那张漂亮的脸蛋也因痛苦而扭曲了。她没有掩饰泪水，但把背靠到了沙发上，两手垂到了身体两侧。

"看在上帝的份上,你别哭呀。我不是故意说得那么难听的。只是开个玩笑而已。你知道对你的遭遇我有多么真诚的同情。"

"哦,你还是闭上那张臭嘴吧。"

"只要能让沃尔特活过来,赴汤蹈火我也在所不辞。"

"他是因为你我而死的。"

他握住她的手,但她把手抽了回去。

"请你走吧。"她哭泣着说,"这是你现在能为我做的唯一的事。我恨你,我鄙视你。十个你都及不上一个沃尔特,我当时真蠢,居然没看出来。你走吧,走吧。"

她看见他又准备说话,就腾地一下从沙发上跳了起来,走回了她的房间。他跟在她后面,他走进房间后,出于本能的谨慎,拉上了百叶窗。于是,他们置身于几乎一片漆黑的世界里了。

"我不能就这样离开你。"他边说边用胳膊搂住她,"你知道我不是故意伤害你的。"

"别碰我。看在上帝的份上,走吧。走得远远的。"

她想从他的胳膊里挣脱出来,但他不让。此时,她歇斯底里地哭了起来。

"亲爱的,难道你不知道我一直都爱你吗?"他用低沉的、迷人的嗓音说,"我比以前更爱你了。"

"你吹牛都不用打草稿!放开我。该死的,快把我放开。"

"别对我这么无情,基蒂。我知道自己以前待你很不好,但请你原谅我。"

她颤抖着,啜泣着,挣扎着想要摆脱他的怀抱。但是,他那有力的臂膀又让她有种说不出来的舒服。她曾如此渴望再次感受到他的怀抱，只要一次，她会为之发抖的。她感觉到浑身极度乏力，好像骨头都要酥了的样子。她为沃尔特感到的悲伤，此时已变成了对自己的怜悯。

"哦，你怎么能对我这么残忍？"她哭着说，"难道你不知道我真心爱你吗？没人像我这么爱你的。"

"亲爱的。"

他开始吻她。

她喊道："不，不。"

他把脸凑向她，但她别过头去。他寻找着她的嘴唇，她不知道他嘴里在说些什么，嘀嘀咕咕的，表达爱情的甜言蜜语。他的手臂紧紧地搂住他，她感觉像个迷路的孩子终于找到了家。她低声地呻吟着。她的眼睛闭了起来，脸上沾湿了泪水。然后，他吻上了她的嘴唇，他的吻如上帝的怒火烧遍了她的全身。这就是狂喜，她被这狂喜烧成了灰烬，她感觉身体都融化变形了。在她的梦里，在她的梦里，她曾享受过这份陶醉。现在，他要对她做什么呢？她不知道。她已经不是一个女人，她的个性已然融化，她什么也不是，只是一团欲火。他把她抱了起来，她轻飘飘地躺倒在他的怀里。他搂住她，她紧紧地、柔情地倚着他。她的头倒在了枕头上，他的嘴唇贴了上去。

76

她坐在床沿上，用手遮住了脸。

"你要喝口水吗？"

她摇了摇头。他走到台盆前，往一只漱口杯里接满了水，把它递给了基蒂。

"给，喝口水，你会感觉好点的。"

他把杯子递到她的嘴边，她啜了一口。然后，她用恐怖的眼睛瞪着他。他站在她面前，低头看着她，眼睛闪闪发光，一幅心满意足的神情。

他问道："呃，你还觉得我是个肮脏的无赖吗？"

她低下头去。

"是的。不过我知道，我也不比你好到哪里去。哦，我觉得太羞耻了。"

"哼，我只觉得你忘恩负义。"

"你现在该走了吧？"

"老实说，我也觉得是时候了。我去收拾一下，多萝西就快回来了。"

他迈着欢快的脚步走出了房间。

基蒂坐了一会儿，依然坐在床沿上，像个傻瓜一般躬着背。她的大脑里空空如也，身体一阵战栗。她颤颤巍巍地站了起来，走到了梳妆台前，跌进了一把椅子里。她在镜子里凝视着自己。她的眼睛都哭肿了，脸上泪迹斑斑，脸的一侧有一块红印，那是被他的脸压出来的。她恐怖地看着自己。还是相同的这张脸。她本以为这张脸上会留下什么堕落的痕迹呢。

"猪猡。"她对着镜子里的自己吼道，"猪猡。"

接着，她把脸埋在臂弯里，痛苦地哭了起来。可耻啊，可耻！她不知道是什么力量支配了她。那是一种陶醉。哦，多么可恶！她再也不想看见他的脸了。他什么也没做错。他不和她结婚是对的，因为她是个不值一提的人，她不比一个妓女好多少，哦，甚至比妓女还坏，至少那些可怜的女人是用自己的肉体去换面包的。在她孤苦伶仃、伤心欲绝的时候，多萝西把她接纳到了自己家，而她却在多萝西的家里做出了这等丑事！她哭得肩膀都颤动起来。现在，一切都结束了。她以为自己会发生改变,她以为自己会变得更坚强,她以为自己回到香港后会成为一个冷静克制的人。各种想法会在她的心头舞动,宛如在阳光下飞舞的黄色的小蝴蝶,她希望自己在未来能做个好女人,她希望自己能像个小精灵一般自由自在,她希望自己能够头脑清醒地迈着轻松的脚步在这片广袤的大地上漫游!她曾经以为自己已经摆脱了肮脏的欲念,从今往后能够过一种干净的、健全的纯精神生活。她曾经把自己比拟为黄昏时在稻田间优雅翱翔的白鹭,它们就像轻松自由地飞在天上的思想,而她只是一个凡尘的奴隶。多么软弱,多么软弱!真是没药可救了,再努力也没什么用,她根本就是个淫妇。

她不准备去吃晚饭了。她让仆人去告诉多萝西自己头痛,想在自己的房间里好好休息一下。多萝西走进她的房间,看着她那又红又肿的眼睛,用温柔的、怜悯的语气和她闲谈了几句。基蒂知道,多萝西一定认为她是为了沃尔特而哭的,所以多萝西会像一个温柔、善良的妻子那样同情她,对她自然而然流露出的悲伤表示尊重。

"我知道你的心里不好过,亲爱的。"她在离开前对基蒂说,"但你一定要鼓起勇气来。我相信你亲爱的丈夫也不愿意看见你为了他整天以泪洗面的。"

77

第二天早晨,基蒂一大早就起来了,她给多萝西留了一张字条,告诉她自己要坐有轨电车下山去办点事。她穿过了一条条拥挤的街道,各式各样的汽车、黄包车和轿子,熙熙攘攘,欧洲人和中国人混杂在一起,来到了半岛及东方航运公司的办事处。两天后有一艘船要开,那是离港的第一班船,她下定决心不论船票多贵她都必须乘上那艘船。售票员告诉她所有的舱位都卖光了,她要求见负责人。她报上了自己的大名,负责人出来了,她以前见过此人,负责人把她领进了办公室。他知道她的情况,她把自己的愿望告诉他后,他要来了一份旅客名单。他纠结地看着那份名单。

她催促道:"我恳请你帮我这个忙。"

他回答说:"我觉得在这个殖民地里每个人都乐意帮您忙的,费恩太太。"

他叫来了一个办事员,问了几个问题。然后,他点了点头。

"我准备调换一两个人。我知道您想回家,我觉得我们应该尽量满足您的要求。我可以给您安排一个单独的小客舱。但愿您能够满意。"

她对他表示了感谢。她心情舒畅地走出了办事处。我要远走高飞,那就是她此时唯一的想法。远走高飞!她给父亲发了一份电报,告诉他自己马上就要回去了,她之前已经发电报告诉了他沃尔特的死讯。然后,她返回汤森家,告诉多萝西自己刚才去办了什么事。

"跟你道别我们都会很难过的。"这个温柔的女人说道,"不过,我当然能理解你想尽快回到父母身边的心情。"

自从回到香港后,基蒂一直在犹豫什么时候去看她的老房子。她害怕再次走进那幢房子,害怕再次回忆起在那幢房子里发生的往事。不过现在,她别无选择。汤森已经安排好卖掉她的家具,还找到了一个急着想要租住这套房子的人,但是她和沃尔特的衣服都还在房子里,因为他们去湄潭府时几乎没带多少衣服,另外还有书籍、相片,以及各种各样的零碎杂物。基蒂对什么都不在乎,她希望自己能够彻底摆脱掉过去的阴影,但她也知道如果她把这些东西统统拿出去拍卖的话,一定会引起别人的闲言碎语。她必须把它们包好,然后寄回老家去。

于是，吃完午饭后她就打算去老房子走一趟。多萝西很想帮她的忙，提出要陪她一起去，但基蒂坚持要一个人去。最后，她同意多萝西的两个仆人陪她一起过去，帮她打包。

那幢房子一直由管家照看着，他为基蒂开了门。走进自己的家，感觉却像个陌生人，真是有趣。房子里干净、整洁。每样东西都放在合适的地方，随时准备着为她效劳，不过，尽管外面阳光普照、天气很暖和，寂静的房间里还是有一种阴郁的凉意。房间里的家具摆得中规中矩，都摆在它应该在的地方。插花的花瓶也放在合适的位置上，她不记得什么时候翻开的一本书依旧面朝下扣在那里。这幢房子看上去就像在一分钟前刚刚人去楼空，然而那一分钟却具有永恒的意味，以至于你很难想象能在这幢房子里再次听见欢声笑语。钢琴上放着一本打开的狐步舞曲乐谱，看上去就像是在等待被人弹奏出来，不过你也有这样一种感觉：即使你敲打琴键，也不会听见任何乐声。沃尔特的房间就像他住在里面时一样整洁。五斗橱上放着两张基蒂的大幅照片，一张穿着正式的礼服，另一张穿着婚纱。

仆人们从储藏室里拿出几只箱子，基蒂站在一旁看着他们打点行李。他们的动作干净利落，箱子里摆得整整齐齐。基蒂思忖着，再过两天就一切都太平了。她现在不可以胡思乱想，她没有那个闲工夫。突然，她听见身后有脚步声传来，她转过身去，看见了查理·汤森。她感到心里陡然升起了一股寒意。

她问道："你来做什么？"

"你到起居室来一下好吗？我有些话要对你说。"

"我很忙。"

"只要五分钟就好。"

她不再说什么，只是对仆人吩咐了几句，让他们继续干手里的活，然后就走在查理前面去了隔壁房间。为了表示她没空陪他聊天,她没有坐下来。她知道自己的脸色苍白、心跳加剧,但她还是用敌视的目光冷冷地看着他。

"你有什么事?"

"我刚从多萝西那儿听说你准备后天就走了。她告诉我,你来这儿打点行李,她让我打个电话过来问问要不要帮忙。"

"谢谢你了,不过我自己能够处理好。"

"我就猜你会这么说。我过来不是为了问你这个。我过来是想问你,你这么仓促地决定离开是否是因为昨天发生的那档子事。"

"你和多萝西都对我很好。我不希望你们认为我在利用你们的好意,占你们的便宜。"

"这个回答有点拐弯抹角了。"

"我的决定跟你有什么关系呢?"

"关系大了。我不希望是我的所作所为把你赶跑了。"

她站在桌子前,低着头。她的目光落在了那份《漫画报》上。那是几个月前的报纸了。在那个恶劣的夜晚,沃尔特就是一直盯着这份报纸的,当时……而现在沃尔特已经……她抬起了眼睛。

"我觉得自己堕落到了极点。你不可能像我鄙视自己那样来鄙视我的。"

"可我没有鄙视你呀。我昨天说的每句话都是真心的。你像这样匆匆离去有什么好处呢?我不明白我们为什么不能做好朋友呢。我不希望你觉得我欺负了你。"

"你为什么非要来管我的事呢?"

"真见鬼,我又不是一个铁石心肠的人。你对这件事情的看法很不理智,简直可说是病态。我还以为经过了昨天的事你会对我客气一点的。毕竟，我们只是凡人嘛。"

"我感觉自己不是凡人，而是畜生。一头猪，一只兔子，或者一条狗。呃，我不怪你，我和你一样坏。我对你屈服了，那是因为我也想要你。但那不是真实的我。我不是一个恶毒的、粗俗的、淫荡的女人。我和以前的我脱离了关系。那个躺在床上气喘吁吁和你干那事的人不是我，而与此同时我丈夫正冷冷地躺在坟墓里，而你妻子又对我那么好，好得简直难以用语言来形容。那只是藏在我身体里的野兽，黑暗恐怖的野兽，犹如恶鬼，我恨它、我鄙视它、我要把它赶走。从今往后，只要我想起这事就会感觉恶心，就会觉得要吐出来。"

他皱了皱眉头，发出一声短促的、尴尬的窃笑。

"好吧，我算是个开明大度的人，但有时你说出来的话还是会令我很震惊。"

"我很抱歉，我的话让你不舒服了。你现在最好走吧。你是个无足轻重的小人，我不该这么严肃地和你谈话。"

他一时间没有任何反应，她看得出在他蓝色的眼睛底下掩藏着对她的愤怒。最后，他还是会发出一声宽慰的叹息，像往常一样得体地、礼貌地和她道别。想到在他们握手道别、他祝她一路平安时，她会出于礼貌对他这几天来的照顾表示感谢，她就觉得很有趣。不过，她看见他的表情发生了变化。

他说："多萝西告诉我你怀孕了。"

她觉得自己脸红了，但她竭力保持住了冷静。

"是的。"

"我可能是孩子的父亲吗？"

"不是，不是。是沃尔特的孩子。"

她回答的时候不由自主地用了重音，不过她心里明白自己的话没什么说服力。

"你肯定吗?"此时他露出了狡诈的微笑,"毕竟,你已经和沃尔特结婚好多年了,你们一直没有孩子。时间上来说也似乎正合适。我觉得似乎更可能是我的孩子,而不是沃尔特的。"

"如果是你的孩子,我情愿自杀的。"

"哎,得了吧,你这是废话。我会非常高兴也非常骄傲的。我希望是个女孩子,你知道。我和多萝西只有儿子。不用多久就会一清二楚的,你知道:我的三个孩子个个都是我的翻版。"

他恢复了好心情,她明白为什么会这样。如果孩子是他的,尽管她也许再也不会和他碰面,她将永远都没法摆脱他。他对她的影响力会显现出来,他会影响到她的日常生活,尽管隐隐约约,但是绝对会的。

她说:"你真是一头最爱慕虚荣的蠢驴,碰到你算我倒霉。"

78

轮船烟雾腾腾地驶进了马赛港,基蒂看着蜿蜒曲折的、美丽的海岸线在阳光下闪闪发光。她突然瞥见了一尊圣母玛利亚的铜像,它矗立在圣玛丽大教堂的上方,保佑着水手们在大海上的行船安全。她想起湄潭府修道院里的那些修女,在她们永远告别了故乡的时候,她们一定是跪在甲板上,看着这尊铜像变得越来越远越来越模糊,直至它变成蓝天下的一点金光,为了缓解离乡的痛苦而祈祷着。基蒂握住了双手,向自己也不知道的什么神灵祈祷起来。

在漫长的、寂静的旅途中,她不停地回忆着发生在她身上的那件可怕的事。她无法理解自己。她做梦也没想到会发生这事。究竟是什么魔障控制住了她，以至于她会热切地投入了查理的虚伪怀抱，尽管她如此鄙视他，如此彻底地鄙视他？愤怒和自我厌恶的情绪萦绕在她的心头。她觉得自己永远都不会忘记这份羞耻。她哭了。但是，随着轮船离香港越来越远，她发现这种愤怒的情绪在不知不觉间变得越来越平和。那件事情似乎是发生在另一个世界里的。她就像一个突然发了疯而后又康复了的人，为她依稀记得的自己在发疯时做下的荒唐事感到伤心、羞耻。不过，因为她知道当时的她不是真正的她，所以她觉得至少她可以不用为自己在发疯时做下的事负责。基蒂认为，一个心胸开阔的人应该会同情她，而不是责备她。但她还是发出了一声悲叹，因为她想到自己的自信心就这么被无情地摧毁了。她以前以为摆在自己面前的路是一条笔直的坦途，但现在她认识到那是一条蜿蜒曲折的凶途，脚下充斥着各式各样的陷阱。辽阔的印度洋，美丽而伤感的日落，让她的心情松弛下来。她似乎正向着某个国度进发，在那里她也许可以自由地控制住自己的灵魂。如果她只能通过痛苦的斗争才能获得自尊，那好，她一定要拿出勇气去面对。

未来是孤独的，也是艰难的。轮船抵达塞德港[1]时，她收到了她母亲回复她的电报的一封来信。那是一封长信，用华丽的、斗大的字体写成，在她母亲那个年代，年轻小姐们都会受到这样的书法教育。如此干净整洁的字体，会给你一种不太真诚的感觉。贾斯汀太太在信里对沃尔特的死表达了哀悼，也对她女儿的悲愁表达了适度的同情。她担心基蒂的生计得不到充分的保障，不过殖民政府当然会为她提供一份抚恤金的。听到基蒂即将回到英格兰的消息她很高兴，她当然必须回家和父母住在一起，直到她的孩子出世。接下来，是对基蒂怀孕期

1　Port Said，埃及一港市。

间必须注意的各种事项的殷切指导，以及对她妹妹多丽丝在分娩时的各种细节的描述。小家伙出生时的体重是多少多少，他外公说从来没见过这么漂亮的小宝宝什么的。多丽丝又怀孕了，他们都希望能再生个小子，这样勋爵的爵位就准保能继承下去了。

基蒂看出这封信的重点在于，她母亲发出这份邀请的具体日期。贾斯汀太太不愿意在拮据的经济状况下再负担一个守寡的女儿。想想也真是奇怪，当初她母亲把她当掌上明珠，而现在，她母亲早已对她失望透顶，觉得她只是一个讨债鬼。子女和父母之间的关系有多奇怪啊！在我们小时候，父母疼爱我们，每当我们偶感不适，父母都会心急如焚，我们也依赖父母，全心全意地爱我们的父母。过了几年，我们长大了，外人对我们的幸福的影响力超过了我们的父母。从此，冷漠取代了我们小时候的那种盲目、本能的爱。和父母团聚成了一桩既无聊又烦琐的事。以前和父母分开一个月都会感到难受的我们，如今一别多年也没什么特别的感想。她母亲不必担心，一有可能，她就会自己找地方去住的，不过，必须给她一点时间。此刻，一切都那么混沌，她看不见任何未来的蓝图。也许她会死于难产，这样倒也一了百了。

不过，轮船到港后，她又接连收到了两封信。她惊讶地认出那是她父亲的笔迹。她不记得自己的父亲以前曾给她写过信。他的信写得并不十分热情，开头只是一句淡淡的"亲爱的基蒂"。他在信中告诉她，他是代她母亲写的，因为她病了，被迫住进了一个疗养院，接下来还要动手术。基蒂没觉得惊讶，还是决定继续走水路回国，因为走陆路要比走水路贵得多，而且，现在她母亲也不在家，这样对基蒂来说再去住在哈灵顿花园的家就不太方便了。另一封是多丽丝写来的，开头写的称呼为"基蒂达令"，她这样写并不因为她对基蒂有多少感情，仅仅因为她给任何熟人写信都是这么开头的。

基蒂达令：

我想爸爸已经给你去过信了。妈妈要去做一个手术。她其实去年就病得很厉害了，但你知道她有多讨厌医生，她一直在吃各种药。我不是很清楚她为什么要这样，但她非要坚持不告诉你她的病情，一旦表达出和她不同的意见，她就会火冒三丈。她看上去非常糟糕，如果我是你，我就会在马赛下船，然后尽快赶回家。不过，你别对她说是我让你赶回来的，因为她一直在假装自己没什么大病，她也不希望你在她回家之前先到家。她已经逼医生们保证，让她在一周内出院。

最爱你的
多丽丝

又及：对于沃尔特的去世我深表遗憾。你一定过了一段地狱般的日子，可怜的人儿。我多想马上就见到你啊。我们俩现在都有孕在身，多有趣啊，今后我们可以互相帮助了。

基蒂沉浸在回忆中，在甲板上稍微站了一会。她无法想象自己的母亲会生病。在她的记忆中，她从来都不是一个消极的、被动的人。她对生病的人总是缺乏耐心。接着，一名乘务员拿着一份电报向她走来。

沉痛告知，你母亲已于今晨去世。

父亲

79

基蒂按响了哈灵顿花园住宅的门铃。仆人告诉她父亲在书房里,她走到那儿轻轻推开书房的门,他正坐在火炉旁看昨天的晚报。她走进去,他抬起头来,放下了报纸,急急忙忙地站起来。

"哦,基蒂,我还以为你会乘更晚一点的火车来呢。"

"我不想麻烦你去车站接我,所以没有把到达时间发电报给你。"

他伸出脸来给她亲吻,他的这个动作她到死都不会忘记。

"我正在看报。"他说,"我已经有两天没看报了。"

她看得出,即使只是忙于自己的日常琐事,父亲也觉得有必要对别人解释一番。

"当然。"她说,"你一定累坏了。我恐怕妈妈的死一定让你措手不及了吧。"

他比她最后一次看见他时显得更加苍老也更加干瘪了。一个矮小、枯槁的人,脸上皱巴巴的,无论做什么都一板一眼。

"大夫说其实她早就没什么希望了。她已经病了一年多,但她拒绝看医生。大夫说她肯定会经常遭受巨痛的打击,还说她居然能扛住了真是奇迹。"

"她从不诉苦吗?"

"她说过她不是很舒服,但她从来没说过觉得疼。"他停顿一下,看了看基蒂,"你一路跋涉是不是很累了?"

"不是很累。"

"你想上楼去看看她吗?"

"她在这儿?"

"是的。疗养院把她送回来了。"

"那好，我这就去看她。"

"你要我陪你去吗？"

她父亲的语气让她迅速地看了他一眼。他的脸微微别了过去，他不想让她看见自己的眼睛。这些日子以来，基蒂已经掌握了一眼就能看透别人心思的非凡本领。毕竟，她曾日复一日地绞尽脑汁去琢磨在她丈夫的只言片语或无心的动作里所隐含的深意。她马上就猜到了父亲想对她隐瞒什么：他感到身上的担子卸下来了，永远卸下来了，他被自己的这种感觉吓了一跳。三十年来，他辛辛苦苦地维持住了一个好丈夫、忠实丈夫的形象，他从来没有对妻子说过一句抱怨的话，此时，他本该对她的死感觉悲痛才是。从来都是她希望他做什么他就会去做什么。哪怕只有一个微小的眼神或动作透露出，他并没有感觉到一个丈夫在失去妻子时应有的那种情感，他都会为此羞愧难当。

基蒂说："不用了，我自己去就好了。"

她上了楼，走进了那间又大又冷、矫揉造作的卧室。她母亲已经在这间房间里睡了好多年。她记得很清楚，这间房间里有高大的红木家具，墙上挂着马库斯·斯通[1]的版画的仿制品。梳妆台上的一切都摆得井井有条，这一点是贾斯汀太太坚持了一辈子的习惯。鲜花看上去不该在这儿，贾斯汀太太一定会觉得在她的卧室里摆鲜花是一件很傻很造作的事，而且还不利于健康。鲜花的香气也没能掩盖掉房间里的那股刺鼻的霉味，就像刚洗过的亚麻衣物发出的那种味道，基蒂记得她母亲的卧室里永远都是这股味道。

贾斯汀太太躺在床上，双手交叉着放在胸口，如此谦卑的模样是她活着时从来也没有过的。在因病痛而干瘪了的一张脸上，太阳穴深

---

[1] 马库斯·斯通（Marcus Stone 1840—1921），英国画家。

深地凹陷下去，但她的五官依然棱角分明，你可以说她还相当漂亮，甚至是威风凛凛。死亡把她脸上原本恶劣的表情给抹去了，只留下了一丝性格的残迹。她的样子简直像个罗马女皇。基蒂觉得很奇怪，在她看见过的死人中，这具尸体似乎是唯一仍具有性格的死物，就像上帝当初在捏这块稀泥时就已经注入了精神。她无法感觉到悲伤，因为她母亲和她之间的那些不堪的往事依然苦涩地留在她的心底，她没有任何母女情深的感觉。回顾她还是个小姑娘时的情形，她知道正是她的母亲造就了她现在的这副样子。但当她看着这个曾经严肃的、强势的、野心勃勃的女人——现在她安静地躺在床上，一动不动，死亡已经把她所有七零八碎的女人心机给砸了个粉碎——她还是感觉到了一丝淡淡的悲哀。她一辈子都在尽力盘算、苦心经营，可到头来还是没得到她想要的东西，只得到了一些最普通的、不值一提的小玩意。基蒂怀疑她到了那另一个世界，可能会对她在这个世界里的所作所为感觉到惊恐不已。

多丽丝走了进来。

"我猜你会乘这班火车来的。我觉得我应该来看一下。是不是太惨了点？可怜的、亲爱的妈妈。"

她的眼睛里含着泪，扑入了基蒂的怀抱。基蒂亲吻了她。她知道妈妈以前看好自己，而对多丽丝就非常冷淡，因为多丽丝长相平平、性格沉闷，母亲就待她特别恶劣。她怀疑多丽丝是否真的像她表现出来的那么伤心。不过，多丽丝一直是个多愁善感的人。她希望自己也能挤出几滴泪水，多丽丝一定认为她是个冷酷无情的人。但基蒂觉得自己经历了那么多事，已经没必要再虚伪地装出一副伤心欲绝的样子。

基蒂看到多丽丝的激动情绪渐渐缓和了下来，就问道："你想过去看看爸爸吗？"

多丽丝擦了擦眼睛。基蒂注意到,她妹妹的身孕已十分显眼,她穿着一条黑裙子,看上去大腹便便、臃肿不堪。

"不,现在还不想。看见他我又要哭了。可怜的老头子,他坚强地挺了过来。"

基蒂送走了妹妹,然后回到父亲身边。他站在火炉前,报纸已经整齐地叠好了。他是想让她知道,他没有再看报纸。

"我吃晚饭不换衣服了,"他说,"我觉得好像没那个必要。"

80

他们在一起吃饭。贾斯汀先生告诉了基蒂她母亲在病中及临终时的详情。他还告诉她有多少朋友发来了慰问信(他的书桌上放着一堆又一堆的慰问信,他发出了一声叹息,因为他想到有这么多信要回),以及他为葬礼做好的安排。然后,他们回到他的书房。房子里只有这一个地方有火炉。他迟钝地从炉台上拿下一支烟斗,开始往里面装烟叶,但他又担心地看了他女儿一眼,随即又放下了烟斗。

她问:"你又不想抽烟了吗?"

"你妈妈非常讨厌在晚饭后闻到香烟的味道。而且从战后[1]开始,我就再也不抽雪茄了。"

他的话让基蒂觉得有点难过。一个六十岁的老人想在自己的书房里抽支烟都那么不容易,这简直太惨了。

她微笑着答道:"我喜欢香烟的味道。"

---

[1] 这里指第一次世界大战。

他的脸上显露出一丝淡淡的欣喜,他又拿起烟斗,点着了。他们俩在火炉的两侧对面而坐。他觉得应该听基蒂谈谈她自己的不幸遭遇。

"我想,你应该在塞德港收到过你母亲写给你的信。可怜的沃尔特去世对我们俩都是一种沉重的打击。我觉得他是一个非常好的绅士。"

基蒂不知道该如何回答。

"你母亲告诉我你怀孕了。"

"是的。"

"预产期在什么时候?"

"大概还有四个月吧。"

"这对你将是一种很大的安慰。你一定要去看看多丽丝的儿子。他是个很可爱的小家伙。"

他们俩之间的谈话比两个刚见面的陌生人之间的更为疏远,因为如果他们是陌生人的话,他就会对她感兴趣,对她觉得好奇,但他们之间的那段共同的过去反而在他们之间竖起了一道冷漠之墙。基蒂再清楚不过,她从没做过任何让父亲喜欢自己的事,他在家里从来没什么地位,大家都把这视为理所当然。这个为全家挣面包的人不受家人尊敬,因为他没能给她们提供豪华的生活,但她认为他当然应该爱她,就因为他是她的父亲嘛。现在发现其实在他的心里对她并没有多少感情,这让她也吃了一惊。她知道全家人早就对他觉得厌倦了,但她从没想到他也早就对她们厌倦了。他永远都和和气气,忍气吞声,但她通过痛苦的历练掌握得来的洞察力告诉她,尽管他从来不会对自己更不会对她承认,老实说他其实并不怎么喜欢她。

他的烟斗堵住了,他站起来去找东西通一通。也许,他这么做只是为了掩饰内心的紧张不安。

"你妈妈希望你住在这儿,直到孩子出生。她还打算把你以前住的那间房间收拾一下呢。"

"我知道,我保证不会给你添麻烦的。"

"哎,我不是这个意思。在这种情况下,你当然应该和我待在一起。可是,实际上我刚刚被授予了巴哈马大法官一职,而且我已经答应下来了。"

"哦,爸爸,我太高兴了。我真心祝贺你。"

"这个职位来得太迟,我没来得及告诉你妈妈。要是她知道,一定会开心死的。"

这就是命运开的苦涩玩笑!经过了一辈子的努力、谋划、忍辱负重,贾斯汀太太的心愿(尽管在一次次的失败后,她的心愿和最初的已经不尽相同)终于实现了,但她本人却在这个消息到达前去世了。

"我下个月月头就要动身了。当然,这所房子会交给房产商去处理,我希望能够把家具都卖掉。我很抱歉没法让你在这儿住了,不过,如果你喜欢这里的哪件家具去摆在你找到的公寓里,我会非常乐意给你的。"

基蒂看着炉火。她的心在剧烈地跳动。真奇怪,她怎么突然之间觉得紧张起来。但最后,她还是强迫自己开了口,尽管她的嗓音里带着一丝颤抖。

"我不能和你一起去吗,爸爸?"

"你吗?哦,我亲爱的基蒂。"他的脸拉长了。她以前常听他这么说,还以为这只是他的一句口头禅,但此时她这辈子头一次理解了父亲说这句话的意思。他的意思这么清楚,把她吓了一跳。"可你的朋友们都在这儿呀,还有多丽丝也在这儿。我觉得你还是在伦敦找一个住处更合适一些。我不太清楚你现在的经济状况,不过我很愿意为你负担房租。"

"我的钱过过日子绰绰有余了。"

"我是去一个完全陌生的地方。那里的情况我一点都不了解。"

"我已经习惯了陌生的地方。伦敦对我来说已经没有任何意义。我觉得在这里我会很憋屈。"

他一时间闭上了眼睛,她还以为他要哭出来了。他的脸上出现了一种极其悲惨的神情,她的心为之绞痛。她的估计是对的,妻子的死让他感觉到终于卸下了一副担子,现在他终于有机会和过去的一切说拜拜了,他自由了。他看见一个全新的人生摆在了他的面前,在经过了这么多年的庸庸碌碌后,他终于找到了一个充实的人生,幸福再也不是一个虚无缥缈之物。她隐约地看见了三十年来蚕食着他心灵的所有的痛苦磨难。最后,他终于睁开了眼睛。他忍不住发出了一声叹息。

"当然,如果你愿意去,我会很高兴的。"

真可怜啊。内心的斗争刚昙花一现,他就向自己的责任屈服了。在这么寥寥数语间,他已放弃了全部的希望。她从椅子里站起来,走到他旁边,蹲下去握住了他的手。

"不,父亲,除非你要我去,否则我不会去的。你已经牺牲得够多了。如果你想一个人去,那就一个人去吧。你一点也不用为我考虑的。"

他抽出了一只手,抚摸着她那美丽的秀发。

"我当然要你去,我亲爱的。我毕竟是你的父亲,而且你还是个孤零零的寡妇。如果你想和我一起去而我不要你去,那不是太不像话了吗。"

"但问题就在这里,我不能因为你是我父亲就对你有所苛求,你什么也不欠我的。"

"哎,我亲爱的孩子。"

"什么也不欠。"她激动地重复道,"我只要想到我们一辈子都在依赖你而且对你没有丝毫回报,就觉得无地自容。甚至对你没有一点感情。我恐怕你的生活并不幸福。你能让我为我过去待你的不公正做一点小小的补偿吗?"

他微微皱起了眉头。她的激动令他觉得尴尬。

"我不懂你在说什么。我从来没有埋怨过你什么呀。"

"哦,爸爸,我经历了那么多事,我那么不幸。我已经不是离家时的那个基蒂了。我依然非常软弱,但我觉得我不再是那个自私自利的卑鄙小人了。你能给我一个机会吗?如今我在这个世上除了你别无亲人了。你能给我一个努力的机会,让我以自己的行动来使你爱我吗?哦,爸爸,我那么孤独,那么悲惨,我有多么渴望你的爱啊。"

她把脸埋在他的大腿间痛哭起来,就好像她的心已经破碎。

他喃喃道:"哎,我的基蒂,我的小基蒂。"

她抬起头来,伸手勾住他的脖子。

"哦,爸爸,对我好点吧。让我们对彼此都好点吧。"

他吻她,像个情人似的吻在唇上,他的脸颊被泪水沾湿了。

"你当然要和我一起去。"

"你想让我去吗?你真的想让我去吗?"

"是的。"

"我太谢谢你了。"

"哦,我亲爱的,别对我说这样的话呀。你这么说让我觉得很尴尬。"

他掏出手绢替她擦干了眼泪。他露出了一种她以前从没看见过的微笑。她再次伸出手臂搂住他的脖子。

"亲爱的爸爸,我们会过得很带劲的。你不知道我们在一起会多么有趣。"

"你没有忘记你快要生小孩了吧。"

"我很高兴她将出生在一个听得见大海的声音、看得见广阔蓝天的地方。"

他浅浅地干枯地一笑,嘟哝道:"你已经能肯定是个女孩了吗?"

"我希望是个女孩,因为我想培养她不再犯我曾犯下的错误。每当回想起我的少女时代,我就会厌恶我自己。但我从没有一个将功补过的机会。我会好好培养我的女儿,让她做个独立自主的自由人。我把这个孩子带到世界上来,爱她、抚养她长大,不是为了某个男人想要和她睡觉,而且为此愿意为她提供一辈子的食宿。"

她觉得她父亲僵住了。他从来不会说这种话,从亲生女儿嘴里听到这种话着实让他大吃了一惊。

"就让我说一次真心话吧,爸爸。我曾经是个愚蠢、卑鄙、可憎的女人。我为此受到了沉重的惩罚。我决心不让我的女儿遭遇和我一样的命运。我要把她培养成一个勇敢的、坦诚的人。我想要她成为一个顶天立地的人,因为她能够掌握住自己的命运。我想要她过上自由的生活,要比我会过日子。"

"天哪,我亲爱的,你说出来的话像个五十岁的老阿姨。你的人生还长着呢,你一定不能灰心啊。"

基蒂摇摇头,脸上渐渐露出微笑。

"我没有灰心。我还有希望,还有勇气。"

过去的已经过去,让死人留在他们的坟墓里吧。这么说算不算冷酷无情呢?她真心希望自己已经学会了同情与怜悯。她不知道是什么样的未来在前面等着她,但她觉得自己能够怀着一颗轻松、乐观的心去勇敢地承受任何命运。然后,在突然之间,她不知道为什么会这样,从她那潜意识的心底里,升起了一股对往日的回忆。她回忆起她和可怜的沃尔特去往那座让他送了命的瘟疫之城的旅程:那天早晨,天还没亮，他们的轿子就启程了。曙色降临时，她看见了一幕令她的心跳都要为之停止的美景，刹那间她觉得自己痛苦的心情也缓和了下来。人世间所有的磨难似乎都变得无足轻重了。太阳升起来，驱散了迷雾，她的目光蜿蜒前进，直到目力所及的终点。在稻田间，在一条小河旁，在坑坑洼洼的乡间小道上，她苦苦地求索。也许，她的错误和愚蠢，她所遭受的不幸，并不都是白费的，如果她能追寻在她眼前若隐若现的这条道路，不是滑稽、善良的老沃丁顿提起过的那条死路，而是那些亲爱的修女们如此谦卑地追寻着的一条道路，一条通往祥和的道路。